책과 우연들

책과 우연들

김초엽

열림원

더 많은 책이 우연히 우리에게 도달하면 좋겠다.
그런 우연한 충돌을 일상에 더해가는 것만으로
우린 충분할지도.

〈토이 스토리 3〉가 개봉하던 날, 나는 고등학교 3학년이었다. 때는 팔월, 여름방학이었지만 수능을 앞둔 내게는 방학이 없었다. 평소처럼 아침에 등교해서 밤늦게까지 자습을 해야 했다. 하지만 그날 나는 몰래 자습을 일찍 끝내고 슬그머니 학교를 빠져나왔다. 어두워진 길을 따라 삼십 분을 넘게 걸었다. 도착한 곳은 영화관. 당연히 〈토이 스토리 3〉를 보기 위해서였다. 나는 그간 〈라따뚜이〉와 〈월-E〉와 〈업〉을 인생 영화로 꼽아온 픽사 애니메이션의 열렬한 팬으로서 〈토이 스토리 3〉를 반드시 개봉일에 봐야 할 의무가 있었다. 미국보다 두 달이나 개봉이 늦은 것도 마음에 안 들었는데 하루라도 더 늦게 볼 수는 없지.

극장은 거의 비어 있었다. 아니, 이런 명작(아직 보기도 전이었으면서)을 보러 온 사람이 이렇게 적다니, 생각하며 자리를 잡았다. 잠시 뒤 조명이 어두워지고 픽사 램프가 콩콩 걸어 나왔다. 장난감들이 살아 움직이기 시작했다. 순식간에 나는 색색의 마법에 사로잡혔다. 장난감들은 위기에 처해 있었다. 모든 아이는 자라나 어른이 되고, 앤디도 이제 장난감들을 떠나려 한다. 오래된 우정, 관계의 변화, 옛 시절로 되돌아가기 위한 모험, 그러나 예정된 이별……. 엔딩 장면을 보다가 한참 훌쩍거리며 울었다. 크레딧이 올라오고 극장 불이 켜지자, 텅 빈 줄 알았던 근처 자리에 아이를 데리고 온 가족이 여럿 있었다. 퉁퉁 부은 눈이 민망해서 황급히 고개를 숙인 채 계단을 걸어 내려왔다.

거의 자정이었다. 가로등 길을 걸어 집으로 돌아오는 내내 가슴이 벅찼다. 마음이 헬륨 풍선에 묶여 붕붕 떠 있는 것 같았다. 아주 좋은 무언가를 보고 나면 잠시 머리가 하얗게 된다. 해석이든 내용 곱씹기든 일단은 미루고, 당장의 좋은 감정 외에는 어떤 생각도 채워 넣기 싫은 그 기분. 집까지 걸어오는 동안, 내일 아침도 학교에 가야 한다는 건 까맣게 잊고 실없는 생각이나 했다. 정말 어떻게 이런 이야기를 만들었을까. 그 사람들은 뭘 먹고 살길래.

그러면서 문득 생각했다.

언젠가는 나도 이런 것을 만들고 싶다.

'이런 것'이 뭔지 그때는 몰랐다. 적어도 애니메이션을 만들겠다는 생각이 아닌 건 확실했다. 소설이어야 한다거나 글이어야 한다는 생각도 아니었을 것이다. 그건 아마 형식조차 분명하지 않은, 추상적인 무언가였을 것이다. 보는 사람의 마음을 움직이는 것. 혹은 마음을 가득 채우는 것. 출렁이게 하고 확 쏟아버리게 하는 것. 뒤늦게 다시 주워 담아보지만, 더는 이전과 같지 않은 것.

이야기를 쓰는 이유가 무엇일까. 그 근원에 있는 마음을 묻게 될 때 나는 가로등 길을 따라 집으로 걸어 돌아오던 열여덟 살의 밤을 생각한다. 눈은 잔뜩 부었고 내일의 피로는 예정되어 있지만 마음은 행복감으로 차 있었다. 사실 나는 그 영화의 내용을 많이 잊어버렸다. 정확히 어떤 장면과 대사에 울고 웃었는지 세부 사항이 잘 기억나지 않는다. 하지만 그때의 기분만큼은 기억한다. 무언가가 너무 좋아서 이런 것을 만들고 싶다는 갈망이 뭉게뭉게 생겨나던 순간을. 어떤 이야기와 사랑에 빠질 때의 그 기분, 그것을 재현하고 싶다는 바람이 나의 '쓰고 싶다'는 마음 중심에 있다.

*

솔직히 말해 작가가 되기 전에 나는 그다지 부지런한 독자가 아니었다. 조그만 취향의 원 안에서 빙빙 돌며 좋아하는 것들만 좋아하던 편협한 독자였다. 그러다 갑자기 글쓰기를 직업으로 삼게 됐다. 작가로 계속 살아가고 싶은데 달리 어찌해야 할지 몰랐다. 처음에는 현실도피처럼 책을 읽었다. 무작정 읽다보면 책들이 나에게 뭐라도 말해줄 것처럼. 그렇게 계속 쌓아놓고 읽다보니 어떤 발견을 하게 됐다. 분명 읽기는 쓰기와 같지 않다. 하지만 읽기는 쓰기로 이어진다. 읽기는 나의 세계를 확장하고, 나의 쓰고 싶은 마음을 끌어낸다. 그런데 이전과 달라진 것이 있었다. 나는 쓰기 전과 다르게 읽어야 했다. 쓸 준비를 하고서, 만반의 태세를 갖추고서, 쓰는 사람으로서 읽어야 했던 것이다.

이 책은 나의 읽기 여정을 되짚어가며 그 안에서 '쓰고 싶은' 나를 발견하는 탐험의 기록이다. 여기서 나는 읽기가 어떻게 쓰기로 이어지는지, 내가 만난 책들이 쓰는 나를 어떻게 변화시켰는지에 관해 말할 것이다. 내가 주로 SF소설을 쓰므로 SF와 관련한 이야기가 많지만 그 밖의 이야기들도 할 것이다. 이 책은 특별한 조언이나 창작법이 아니라 새내기 작가로서 겪었던 좌충우돌 생존기이자 혼란의 독서 여정에 가깝다. 보편적이기보다 너무나 개별적인 경험 기록이어서 독자들에게 어떻게 다가갈지 고민이 많다. 글을 쓰는 방법은 각자 매우 다른 데다가, 여기서 언급하는 책들은 대체로 내가 선호하는 책들이지만 다른 누군가에게도 흥미로운 책일 거라고 확신할 수는 없다. 따라서 개별 책의 내용을 구체적으로 소개하기보다는 독서와 창작이 이어지는 과정에 좀 더 초점을 맞추고자 했다.

쓰는 일과는 아무 관련이 없는 독자에게도 이 책이 흥미롭게 다가갈 수 있다면 기쁘겠다. 무언가를 새롭게 시작했지만 그 앞에서 충분히 준비되어 있지 않다는 두려움을 겪어본 이들에게, 나 역시 그랬고 지금도 그렇다는 말을 건네고 싶었다. 무엇보다 우리가 살며 예기치 못하게 만나는 책들이 우리의 세계를 이전보다 더 흥미롭고 복잡하게 만들어줄 수 있다는 나의 생각을 나누고 싶었다.

결코 읽을 일이 없을 거라고 생각했던, 눈길도 주지 않았던 책을 우연히 펼쳐드는 순간이 있다. 투덜거리며, 의심을 가득 품고, 순수하지 않은 목적으로. 그런 우연한 순간들이 때로는 나를 가장 기이하고 반짝이는 세상으로 데려가고는 했다.

그 우연의 순간들을 여기에 조심스레 펼쳐놓는다.

일러두기

* 인명, 지명 등 외국어의 우리말 표기는 국립국어원 외래어 표기법을 따르되, 통용되는 일부 표기는 허용했다.

* 단행본, 잡지, 장편소설은 「 」, 논문, 칼럼, 단편소설은 「 」, 영화, 드라마, 음악, 게임, 전시, 웹진은 〈 〉로 묶어 표기했다.

1장

세계를 확장하기

'결국은 인간 이야기'라는 말

곰팡이처럼 감각할 수 있다면

지난겨울에는 잠들기 전마다 곰팡이에 대한 책을 읽었다. 『작은 것들이 만든 거대한 세계』라는 책이었다. 읽다 잠들고 읽다 잠들고 하다보니 464쪽을 읽는 데에 한 달이 걸렸다. 오해할까봐 덧붙이자면, 책은 무척 재미있었다. 밑줄을 수백 번은 긋고 독서노트를 따로 만들어 문장들을 옮겨 적었다. 다이어리에 특별히 좋았던 책에만 붙이는 별표도 붙였다. 곰팡이에 관해 생각하다보면 인간사의 여러 복잡한 문제가 잊히므로, 책을 읽으며 평화로워진 기분으로 잠들기 좋았다.

정해진 출퇴근이 없는 프리랜서에게 제때 잠드는 일은 중요한 문제다. 원한다면 매일매일 새벽 다섯 시에 잠들 수도 있지만, 그러면 언젠가 큰 대가를 치르고 만다. 올빼미 생활을 하다가 정신 차리기를 여러 번, 이제는 몇 가지 원칙을 세웠다. 늦어도 새벽 두 시에는 작업을 끝낼 것. 잠들기 전 휴대전화는 포레스트 앱을 켜고 멀리 손이 닿지 않는 곳에 둘 것. 가만히 누워 있는 게 따분하다면 차라리 책을 읽을 것.

그러다보니 주로 잠들기 전에만 읽는 책이 생겼다. 선정 조건은 꽤 엄격하다. 일단 너무 흥미진진해서 책장을 덮을 수 없는 책은 안 된다. 해가 뜨기 전에는 잠을 자야 하니까. 하지만 너무 재미없는 책도 곤란하다. 조금의 흥미조차 끌지 못하면 휴대전화를 멀리 두겠다는 원칙이 산산조각 나므로(원칙이라는 것이 이렇게 부실하다니……). 따라서 적당히 흥미롭고 적당히 다음 내용이 궁금한, 중간에 덮고 다음 날 다시 펼쳐도 얼마든지 이어 읽기 좋은 책들—대개 과학이나 인문사회 분야의 논픽션—이 최적이다. 종이책보다는 전자책을 주로 고른다. 자꾸 그림자가 지는 독서등을 이리저리 비춰볼 필요도 없고, 밑줄을 잔뜩 긋기도 편하다. 그런 의미에서, 전자책으로 구입한 곰팡이 책은 적당히 흥미로우면서도 가만히 다음 날을 약속하기에도 좋은 최고의 수면 메이트였던 셈이다.

다시 곰팡이 얘기로 돌아가자면, 작년 여름에 우연히 〈환상의 버섯〉이라는 다큐멘터리를 본 것이 곰팡이에 대한 관심의 시작이었다. 버섯, 정확히는 균류가 내레이션의 주인공인 이 다큐멘터리는 지구 어디에나 존재하는 곰팡이와 버섯들, 그들의 생태적 역할을 소개한다. 그런데 도중에 갑자기 초점이 바뀌어서, 환각버섯을 먹고 초월적인 체험을 했다는 간증자들이 등장하기 시작한다. 환각버섯을 찬양하다시피 하는, 약간 광기 어린 다큐멘터리의 후반부는 좀 당황스러웠지만 앞의 균류에 관한 이야기는 흥미진진했다.

다큐멘터리를 흡족하게 보고는 언젠가 곰팡이가 세상을 지배하는 이야기를 써봐야지 마음먹던 차에 『작은 것들이 만든 거대한 세계』를 알게 됐다. 독서인들의 흔한 패턴대로 막상 책을 산 이후에는 흥미를 잃어 읽기를 미루려다가 유튜브에서 책의 저자 멀린 셸드레이크가 출간된 자신의 책에 버섯을 키워서 요리해 먹는 영상을 보았다. 멀린, 당신은 진정한 버섯 애호가로군요. 균류 전문가들은 다 어딘가 좀 이상한 것인가. 균류의 무엇이 그들을 그렇게 만드나. 맑은 눈을 빛내는 멀린을 보고 있으니 책장을 펼치지 않을 수가 없었다.

곰팡이는 여러모로 우리의 이해 범주를 넘어서는 존재다. 우리 인간은 개체성을 중시하며 각자의 뇌를 애지중지하는 반면 곰팡이에게는 개체성도 없고 뇌도 없다. 곰팡이는 그물망 같은 가닥을 이루며 부분 부분 떨어져 있지만 또 전체로 연결되어 있고, 뇌와 심장 같은 중심이 없는데도 지능 비슷한 것을 지녔다. 단일한 개체라는 개념을 무너뜨리는 특성이 계속해서 관찰된다. 끝에서 갈라지고 또 갈라지면서 땅속으로 퍼져나가는 서로 연결된 균사체 네트워크는 집단일까 아니면 하나일까? 통제 기관이 없는 곰팡이가 어떻게 네트워크 안에서 서로 신호를 보내고, 소통하고, 외부 환경을 구분하고 감각하는 것처럼 보일까? 이 책은 그에 대한 여러 가설을 소개하면서도 사실은 우리가 아직 곰팡이에 대해서 잘 모른다고, 아는 것이 별로 없다고 인정한다.

원제 'Entangled Life(얽히고설킨 생명)'는 책의 중심 주제를 좀 더 분명하게 보여준다. 식물-곰팡이, 인간-미생물, 조류-균류의 공생체인 지의류에 이르기까지 말 그대로 서로 뒤얽혀 있는 생물, 그 관계 자체가 책의 핵심이다. 이 중 특히 지의류는 생물에 관한 통념을 뒤집는 존재다. 지의류는 곰팡이와 조류(algae) 또는 박테리아의 공생체로, 분류학적으로는 거리가 먼 유기체가 한데 얽혀 생겨났다. 원래 따로는 광합성을 하거나 바위를 뚫거나 할 수 없었던 생물이 공생을 통해 새로운 기능을 얻은 것이다.

지의류라는 생물이 완전히 없던 형태의 삶을 보여주는 것은 아니다. 인간의 몸에 공생하는 박테리아는 몸을 이루는 세포보다 그 수가 훨씬 더 많다. 박테리아도 때로 그보다 작은 바이러스에 감염된다. 숲에서 식물의 뿌리는 대부분 외따로 존재하지 않으며 늘 곰팡이와 뒤얽힌 균근을 가진다. 이때 인간과 박테리아를, 박테리아와 바이러스를, 식물과 곰팡이를 엄밀하게 분리해 각각의 개체로 다루는 것이 가능할까. 공생이 자연의 중심원리라면, 개체는 어디에서 시작해 어디에서 끝나는 것일까. 이런 연구를 하던 과학자들도 꽤나 혼란을 겪었는지 결론은 기이한 질문 앞에 다다른다. 우리가 현대성의 상징으로 믿어온 개인, 개체성이 실은 명확하게 존재한 적 없다면?

자, 이제 우리는 무엇으로 정의될 수 있을까? 아니면 이 모든 정의가 전부 적용될까? (중략) 사이보그(cyborg)가 살아 있는 유기체와 기술적 장치의 융합을 의미한다면, 우리는 다른 모든 생명 형태처럼 심보그(symborg), 또는 공생적 유기체(symbiotic organism)다. 생명을 공생의 관점에서 본 한 독창적인 논문의 저자들은 이 점에 대해서는 분명한 입장을 표명했다. 그들은 이렇게 선언했다. "개체는 존재했던 적이 없습니다. 우리는 모두 지의류입니다."

— 멀린 셸드레이크, 『작은 것들이 만든 거대한 세계』 중에서

나는 이 책이 철저히 인간 바깥으로 시선을 돌리는 책이어서 좋았다. 많은 자연과학책이 자연의 놀라운 현상이나 원리에서 인간적 교훈을 추출하려는 경향이 있다. 이를테면 곰팡이 뿌리에서 식물과 균류 사이 공생 관계를 살펴보고는 '자연이 공생으로 유지되는 것처럼 인간 사회도 공생이 절실히 필요하다'는 교훈을 도출하든가 하는 식이다.

우리는 스스로를 너무 중요한 존재로 여기는 나머지, 별들이 주인공인 것이 분명한 밤하늘을 보면서도 인간을 생각하고, 개성 넘치는 생물로 가득한 심해를 보면서도 인간을 생각한다. 하지만 이 책은 '공생은 어디에나 있다'고 인정하면서도 그것을 쉽게 인간적 교훈으로 환원하지 않는다. 낯선 생물들이 공생을 통해 우리에게 마음 따뜻해지는 교훈을 주는 것이 아니다. 오히려 우리가 고집해왔던 범주를 내려놓고, 우리의 통념을 무너뜨려야만 그들을 겨우 이해할 수 있는 것이다. 그런 생각을 한참 하다보니, 데뷔한 이후로 꾸준히 들어왔던 말 하나가 떠올랐다.

"이 소설은 결국 인간 이야기다."

내가 쓰는 소설에 우주도 나오고 외계인도 나오고, 과학 용어가 잔뜩 쏟아지고, 차가운 금속성 기술이 등장하고, 뭔가 어렵고 복잡해 보이지만 결국 이 소설도 인간에 관한 이야기라는 뜻이다. 요즘 한국에서 과학소설을 쓰는 작가들이 꽤 자주 듣는 말인데, 굳이 분류하자면 일종의 칭찬이라고 할 수 있다. SF라는 장르에 선입견을 가지고 읽었던 독자들이 '의외로 좋았다'라는 의미로 쓰는 경우가 많아 나도 대체로 '좋은 말'로 듣는다. 영화 〈인터스텔라〉는 웜홀이니 상대성이론이니 해도 결국 아빠와 딸에 관한 이야기이고, 단편소설 「당신 인생의 이야기」는 언어에 대한 가설이나 페르마의 원리 등을 주요하게 다뤄도 결국 엄마와 딸에 대한 이야기라는 것이다. 그렇게 말하면 진입 장벽도 낮아지고 왠지 친근하게 느껴지니까. 다들 SF를 편하게 생각하고 많이 봐주면 어쨌든 좋은 것 아닌가. 하지만 그렇게만 생각하기에는……

모든 소설은 인간에 관한 이야기일까? 그러면 SF소설도 마찬가지로 '결국은 인간 이야기'로 수렴되는 것일까? 그 말에는 '꼭 그렇지는 않다'고 대답할 수밖에 없다. 원래는 '동의하지 않는다'고 쓰려 했는데, 그래도 대부분의 SF소설이 인간 독자를 고려하고 있는 것은 사실이니 확언은 어려울 것 같다. 내 견해는 동의와 반박, 그 사이 어디엔가 놓인다.

소설은 인물과 배경, 사건으로 구성된다. 소설에는 독자가 이입할 만한 인물 혹은 유사 인격체가 필요하다. 설령 식물이나 동물이나 외계 생물이 이야기를 끌고 가더라도 그들의 행위나 생각이 인간 독자에게 받아들여지기 위한 소설적 통역 과정이 필요하다. 엘리자베스 문의 장편소설 『잔류 인구』는 개척 행성에 홀로 남기로 결심한 노인 오필리아가 주인공인데, 어느 날 오필리아가 자기 혼자 남은 줄 알았던 행성에 실은 인간이 아닌 생명체가 잔뜩 살고 있었다는 것을 알게 되면서 이야기는 갑자기 다른 시점을 취한다. 소설 중간중간 행성의 자생종 생물이 자기들끼리 대화하는 장면이 이런 식으로 나온다.

대기에서 낯선 연기의 냄새가 났다. 저 멀리 불탄 풀밭에서 연기 기둥이 둥지들을 애도하는 것처럼 피어올랐다. 풀들은 되살아나 헐벗은 땅을 숄처럼 덮겠지만, 〈종족〉은 흉터가 생긴 곳들을 언제까지고 잊지 않을 터였다. 이 냄새도 영원히 기억할 것이다.

패배다, 오른손 북 치기였다. 패배가 아니다, 승리다. 왼손 북 치기였다. 그들은 사라지고 우리가 남았으니까. 오른손이 하나둘씩 다른 곳을 향했고 마침내 왼손 북 치기에 〈종족〉의 힘이 모두 실렸다.

　높은 하늘에 생긴 꼬불꼬불한 흰색 줄무늬. 괴물이 날아오면서 대기에 낸 흉터. 오른손은 수 세대 전 먼 남쪽에서 그런 줄무늬들이 목격된 적 있다고 상기시켰다. 왼손 북 치기는 계속되고 있었다─승리, 승리, 안전, 피난처, 복귀.

　─ 엘리자베스 문, 『잔류 인구』 중에서

　약간은 어렵지만, 그래도 이해할 수 있다. 오른손 북 치기와 왼손 북 치기는 무언가 상반된 의미의 의사표현이고, 〈종족〉은 그들이 스스로를 지칭하는 말이며, 어떤 전투의 결과에 관해 서로 논의하는 것이겠지. 오필리아의 시점에서 자생종 생물들의 대화는 "시끄러운 소리" "주전자 물이 끓기 직전에 나는 듯한 소리" "요란스러운 소리"로 들린다. 하지만 작가는 자생종들이 주전자 물 끓는 소리로 무슨 대화를 나누는지 인간 독자에게도 넌지시 알려주고 싶었던 모양이다. 그래서 우리는 다소 낯설지만 여전히 익숙한 언어로, 그들이 어떤 존재이고 어떤 이야기를 하는지 짐작할 수 있다.

　『중력의 임무』에는 중력이 매우 강하고 납작하게 찌그러진 모양의 행성에서 살아가는, 납작한 전갈처럼 생긴 메스클린인이 등장한다. 이 외계 생물은 겉모습은 물론이고 문명의 형태도 인간과 다르다. 그렇지만 어쩐지 메스클린인은 인간과 어느 정도 비슷하게 감정을 느끼고 말하고 행동하므로, 우리 인간 독자도 메스클린인의 이야기를 큰 무리 없이 따라갈 수 있다. 어떻게 보면 거의 대부분의 SF소설이 인간 또는 인격체 주인공을 등장시킨다고 봐도 무방하다. 그것은 소설을 읽고 쓰는 우리가 인간이니까, 아무리 애써봐도 야자수나 갯지렁이, 외계인의 관점으로는 세계를 파악할 수 없기 때문이겠지만.

그럼에도 이 소설들을 '결국은 인간 이야기'로 요약해서는 안 될 것 같다. 『잔류 인구』는 가장 쓸모없는 존재로 여겨지던 노인 오필리아가 인류 전체에서 가장 중요한 존재가 되는 이야기인 동시에 이 개척 행성의 원래 주인공인 자생종들, 인간과 대화할 수 있고 교감할 수도 있으나 인간과는 다르게 북을 치고 독특한 집단을 만드는 존재들의 이야기이기도 하다. 이 소설을 오필리아만의 이야기로 보는 것은 소설의 중요한 축 하나를 완전히 빠뜨리는 셈이다. 『중력의 임무』의 중심은 역시 괴상하게 생긴 외계 생물, 그리고 낯선 행성 메스클린 자체다. 메스클린인은 우리 인간 독자가 이해할 수 있는 방식으로 말하고 행동하지만(심지어 소설 속에서 지구인과 교류하지만) 어쨌든 소설의 초점은 메스클린의 기이한 생물과 행성에 맞취져 있다. 실제로 할 클레멘트는 작가의 말에서 몇 페이지를 할애해 이 가상의 행성에 관한 이야기만 열띠게 하고 있다. 오직 행성 이야기만. 그에게 지구인은 안중에도 없는 것이다.

다시 말해, SF는 인간만의 이야기가 아니다. 나는 그 사실을 무척 좋아한다. 개별 작품마다 인간에 치우치거나 비인간에 치우치는 정도의 차이는 있지만 대부분의 SF에서 비인간 존재들—자연, 우주, 행성, 테크놀로지, 동물, 식물, 외계 생물—은 인간만큼이나 중요하다. 나는 이 행성의 꽤 많은 사람이 비인간 존재들에게 마음을 뺏기고 만다는 사실을, 또 그들 중 (그리 많지는 않지만) 일부가 SF를 읽고 쓴다는 사실을 좋아한다.

어쩌면 유독 인간 바깥의 무언가에게 이끌리는 사람들이 SF의 세계에 푹 빠져드는 것인지도 모르겠다. 곰팡이가 미로를 피해 균사를 뻗치고 개미를 조종할 때, 꼭 거기서 어떤 인간적인 교훈을 추출해내지 않더라도, 그냥 곰팡이가 그런 존재라는 것이 재미있는 사람들. 때로는 우리가 개별적 개체에 갇혀 전체를 사유할 수 없는 존재라는 것이, 곰팡이처럼 감각할 수 없다는 사실이 못내 아쉬운 사람들. 그럼에도 우리가 상상하고 지각할 수 있는 세계 바깥에 무수히 많은 세상이 있다는 사실이 여전히 가슴 벅차게 설레는 이들이라면.

비인간 존재를 중심에 놓기

배명훈 소설가의 단편 「안녕, 인공존재!」에는 조약돌처럼 생긴 인공존재 '조약'이 등장한다. 천재 공학자 신우정 박사가 죽기 전 마지막으로 남긴 이 기계에는 아무런 입출력 장치가 없다. 전원을 연결해도 전혀 작동하지 않는 것처럼 보이는 조약은 내부의 특수한 회로를 통해 존재를 추출한다고 난해한 설명서를 통해 주장하지만 그것을 검증할 방법은 없다. 이경수는 품질검사를 부탁한다는 메모와 함께 친구의 유작을 전달받고, 이 쓸모없고 무신경한 기계에서 정말 존재가 발생하는지를 증명해야 한다.

조약은 인공적인 존재이지만 인격적인 존재라고는 할 수 없다. 돌멩이 안에서 추출된 존재는 끊임없이 생각하고 존재하지만 외부와 어떤 감각 자극도 주고받지 않는다. 조약은 외롭고 고독하지만 그것이 조약에게 인격을 부여하는 것은 아니다. 인간만 외롭게 태어나는 것은 아니니까. 그런데 바로 이 점이 조약을 더 흥미로운 존재로 만든다. 조약은 인격적인 존재가 아님에도 그 자체로 조약 바깥의 사람들에게 막대한 영향을 미친다. 사람들은 조약을 통해 존재란 무엇인지 생각한다. 조약을 보며 어떤 존재를 기억하고 그리워한다. 존재가 부재하는 순간 우주에는 균열이 발생한다. 비유가 아니라 정말 물리적으로 그렇다는 이야기다.

대학생 때 '대중문학의 이해'라는 수업에서 이 소설을 처음 읽었는데, 나는 외로운 인공존재에게 반해버린 나머지 감상문을 평소보다 훨씬 길게 정성 들여 써서 제출했다. 감상문은 '다소 과한 해석인 것 같습니다'라는 교수님의 코멘트와 함께 A+를 받았다(아니, A0였나?). 그 이후에도 한참이나 이 소설 속 인공존재를 생각했다. 부재함으로써 마침내 존재를 증명하는 어떤 존재, 그것은 반드시 인간을 닮은 존재일 필요는 없다.

몇 달 전 작업실 이사를 준비하며 책장을 비웠는데 텅 빈 책장을 보자 갑자기 작업실이 완전히 작업실이 아닌 곳으로 변모한 듯한 느낌을 받았다. 책을 빼고도 며칠 더 작업실을 사용할 생각이었지만 책상 앞에 앉아도 도저히 집중이 되지 않았다. 예전과 같은 공간이 아니었다. 책의 부재를 인식한 다음에야 책이 공간을 꽉 채우고 있었다는 사실을 알았다. 책의 존재가 작업실을 규정하고 있었던 것이다. 이경수의 말을 빌려오자면 이렇다. "존재라는 게 제자리에 있을 때는 있는지 없는지 눈치도 못 채던 거였는데, 사라지고 나서 그게 차지하고 있던 빈자리의 크기가 드러나니까 겨우 그게 뭐였는지 감이라도 잡을 수 있는 거잖아요."

SF는 비인간 존재들의 존재감을 드러내는 데에 탁월한 장르다. 세계를 이루는 어떤 구성요소―기술이든 시스템이든, 한 부유한 노인의 집에 살고 있던 깡통 로봇이든―를 없애거나 더하거나 비틀거나 부풀려서 그전에는 알 수 없었던 존재감을 부각한다. 그것이 비인간 존재들을 인간처럼 여기거나 인격을 부여한다는 의미는 아님을 한 번 더 짚고 싶다. 우리는 지구, 행성, 동물, 기계 따위를 인격체로 상상하는 오랜 습성을 갖고 있지만 그들이 이야기의 중심이 되기 위해 반드시 인간성이 필요한 것은 아니니까.

가장 인간을 닮도록 만든 기계들조차도 그렇다. 언젠가 로봇이 인간을 사랑하게 될지, 인공지능이 마음을 갖게 될지 지금 우리는 알 수 없다. 어쩌면 앞으로도 오랫동안 알 수 없을지 모른다. 그러나 우리는 이미 현실에서도 상상 속에서도 그들을 두려워하고 궁금해하며 때로는 사랑하고 마음을 준다. 그럼으로써 그 존재들은 인간에게 막대한 위력을 행사한다.

첫 장편소설을 구상하던 시기에 나는 인간과 비인간 존재가 함께 세상을 바꾸는 이야기를 쓰고 싶었다. 좋은 쪽이든 나쁜 쪽이든 비인간과 인간은 항상 쌍방향으로 얽힌다. 인간이 만든 스마트폰은 다시 인간이 행동하고 관계 맺는 방식을 바꾼다. 팬데믹이 덮친 세계에서 마스크, 백신, 치료제, 진단 기술, 비대면 플랫폼은 감염을 통제하고 희생을 줄이는 데에 결정적인 역할을 했지만 사람들 사이 제대로 된 합의와 제도 없이는 기술과 도구도 제 역할을 할 수 없다. 여기서 인간과 기술 둘 중 하나가 더 중요하다고 무게를 실어주는 것은 불가능할뿐더러 불필요한 것 같다. 모든 테크놀로지는 인간과 함께 복잡한 연결망 위에서 작동한다.

종말의 시대에 번성했던 식물이 등장하는 장편 『지구 끝의 온실』을 쓸 때 가장 먼저 떠올린 장면이 '연결망'이었던 것은 그 때문이다. 인간과 비인간 존재가 같이 지구 곳곳으로 퍼져 나가는, 흩어져 이동하는 이미지가 생각났다. 그 이동 경로를 마치 과학 논문의 도표처럼 점과 점 사이를 잇는 무수한 실선으로 표현해보고 싶었다. 왜 사람들이 비인간 존재와 함께 원래 살던 곳을 떠나야만 했는지, 그 행동의 원인과 결과가 무엇이었는지 구체적인 사항은 나중에 덧붙였다. 그물망처럼 엮인 선들이 돌이킬 수 없는 변화를 증명하는 이야기, 연구 데이터를 파헤쳐서 잊힌 이야기를 복원하는 장면. 그것이 소설로 이어진 처음의 발상이었다.

멸망한 지구를 뒤덮을 비인간 존재는 무엇일지 정해야 했다. 추상적인 것보다는 실체가 있는, 물리적 형상을 지닌 무언가이기를 바랐다. 벌레, 박테리아, 곰팡이를 고려해봤지만 벌레는 너무 징그럽고 박테리아와 곰팡이는 너무 작았다. 그래도 식물은 여전히 나중 순위였다. 솔직히 나는 식물에 별 관심이 없었고 생물 수업을 듣던 때도 식물 파트가 제일 지루했다. 관심 없는 것을 공부해서 쓸 자신도 없었다. 그런데 문득 이런 질문이 떠올랐다. '인간 없는 세상에서, 무엇이 가장 번성할까?'

앨런 와이즈먼의 『인간 없는 세상』이라는 논픽션은 '어느 날 갑자기 인간이 사라진다면, 지구는 어떻게 될까?'라는 질문을 던지며 시작한다. 저자는 질문에 대한 답을 찾기 위해 지구에서 오랫동안 인간의 손길이 닿지 않은, 혹은 인간의 장소였다가 이제는 버려진 장소들을 탐험한다. 그곳에서 와이즈먼이 마주하는 풍경은 황폐함과는 거리가 멀다. 버려진 장소들은 이제 가장 번성한 생태계다. 물과 바람, 흙, 그리고 식물들이 가장 먼저 인간이 떠난 장소를 점령하고 인간의 흔적을 지워버린다. 그러면 인간 대신 다른 동물들이 찾아와 자리를 채운다. 책을 읽는 내내 머릿속에 덩굴식물들이 가득 뒤덮어버린 멸망한 도시 유적지 같은 것이 떠올랐다. 인간 없는 세상에 무엇이 가장 먼저 퍼져나갈지 답은 분명했다. 불모지, 폐허, 무인도를 뒤덮어버리는 식물들. 식물은 황무지를 개척

해 새로운 생태계를 만드는 존재다. 지구의 거의 모든 생물이 식물들에게 빚지고 있다. 그들은 말없이 뿌리를 뻗고 세상을 지탱한다.

식물에 관한 이야기를 쓰겠다고 결심하고 조사를 시작하자 내가 식물의 위력을 과소평가하고 있었다는 생각이 머릿속을 떠나지 않았다. 비인간 존재와 함께 세상을 바꾸는 이야기를 쓰고 싶다고 하면서 정작 그들의 힘을 제대로 알 생각이 없었다니. 어쩐지 집어 드는 책마다 식물학자들이 무척 분통해하면서 사람들이 동물은 세세히 잘 구분하는 반면 식물은 너무 뭉뚱그려 생각하고, 그냥 마구 다뤄도 상관없는 무생물 정도로 식물을 대한다며, 식물의 중요성에 비해 식물 연구가 관심을 받지 못하고 있다며 불만을 토로하는 이유를 조금 알 것 같았다.

『지구 끝의 온실』에 등장하는 모스바나는 어디까지나 가상의 식물이지만, 그래도 나는 가장 있을 법한 형태로 이 식물을 묘사하고 싶었다. 밖에 나갈 때마다 예전에는 관심도 없던 잡초들을 눈여겨보기 시작했다. 식물 사진을 찍으면 정보를 알려주는 앱을 구독하고, 식물이 무성히 자라나 있는 장소라면 무조건 카메라를 들이댔다. 예전에는 무신경하게 지나쳐 갔던 풀들의 이름을 하나둘 알게 되었다. 식물 학명을 그럴싸하게 만들고 싶어서 『정원사를 위한 라틴어 수업』 같은 책을 뒤적이기도 하고, 아름다운 세밀화로 가득한 『식물 : 대백과 사전』을 사서 책장 잘 보이는 곳에 자랑스레 꽂아두기도 했다. 물론 그 아름답고 무거운 책은 집필에는 그다지 도움되지 않았는데, 그래도 펼칠 때면 왠지 '우와, 내가 식물 이야기를 쓰고 있어!' 하는 생각에 기분이 좋았다. 뭐든 과정을 즐기는 것이 중요하니까.

마침 제주로 두 번의 출장이 있었던 터라 식물원 탐방도 했다. 사실 SF는 가상의 장소를 배경으로 할 때가 많아서 자료 조사 명목으로 진짜 있는 장소를 방문할 기회는 흔치 않다. 마음 같아서는 작중 배경인 말레이시아로 가는 티켓을 당장 끊고 싶었지만 당시에는 코로나19로 떠날 수 없어서 국내의 식물원, 특히 열대우림 식물들을 볼 수 있는 장소를 찾아다녔다. 열대우림을 재현한 온실에 한참 머물며, 자그만 팻말에 적힌 식물 이름을 휴대전화로 메모하며, 쏟아지는 인공폭포 옆에서 축축하고 따가운 물소리를 들으며, 공기를 가득 채운 풀과 흙 냄새를 맡으며 소설 장면을 그려보았던 순간들. 식물이 거대한 초록색 덩어리로 뭉뚱그려지던 때를 벗어나 그들 하나하나에게 명칭과 독창적인 생존 방식이 있다는 것을 알게 된 이후에는 온실 속 풍경이 달리 보였다. 분명 전에도 식물원에는 여러 번 가보았는데 완전히 새로운 느낌이었다. 이제껏 알지 못했던 세상의 풍경들이 나에게 갑작스레 문을 열어준 것만 같았다.

장편을 쓰는 동안 작업실 베란다를 차지했던(지금은 이사 때문에 부모님 집으로 옮겨진) 화분은 딱 세 개뿐이다. 테이블야자, 몬스테라, 아이비. 초보자가 키우기 쉽다는 종류로만 특별히 엄선된 그 식물들은, 인간에게 막대한 위력을 행사한다고 하기에는 다소 소박한 모습으로 물이나 햇볕을 과다하게 요구하지도 않고 그저 그 자리에서 조용히 살아가고 있었다. 그래도 소설을 쓰면서 나는 매일 그들을 들여다봤다.

어느 날 몬스테라 줄기에 연두색 새순이 삐죽 올라왔다. 처음에는 하루가 다르게 쭉쭉 길어지는 것 같았는데, 뭉뚝하던 줄기 끝이 말린 잎사귀 모양으로 변하고, 잎이 천천히 느릿느릿 펼쳐지고, 다른 잎들만큼 색이 짙어지는 데에는 거의 한 달이 넘게 걸렸다. 식물을 직접 기르는 것이 처음이어서 너무 신기하기도 하고 말린 잎의 모양이 궁금해서 손으로 슬쩍 펼쳐볼까 하다가 가만히 놔두었다. 잎을 낸 것은 몬스테라인데 왜 내가 이렇게 뿌듯해하는지. 작업실로 출근하면 곧바로 베란다 문부터 열고 새 잎을 구경하다 문득 그런 생각이 들었다. 어떤 낯선 생물이 한 달에 걸쳐 나에게 단 한 마디의 말을 건네온다면 나는 그 말을 알아들을 수 있을까. 우리 사이에는 이렇게나 다른 시간 규모가 존재한다. 머리로는 이미 알고 있던 사실을, 나는 한 달 동안 매일매일 몬스테라 화분을 들여다보고서야 비로소 실감했다.

만약 인간과 다른 시간 규모를 지닌, 아주 빠른 시계를 가진 외계인이 지구에 도착한다고 가정해보자. 그들이 보기에 지구인은 너무나 느리게 움직이고 거의 고정된 것에 가깝다. 하지만 그 때문에 그들이 지구인은 불활성 물질이라는 결론을 내리고 지구인을 무자비하게 살해하고 착취한다면, 얼마나 부당한 일일까. 이 에피소드는 『매혹하는 식물의 뇌』를 쓴 스테파노 만쿠소가 지인에게 해준 이야기로 〈스타트렉〉의 한 에피소드—내적 시계가 극단적으로 가속화되어 있는 스칼로시안이라는 종족이 등장하는—가 저자의 기억 속에서 무작위로 재구성된 것이라고 한다. 이 이야기에서 외계인이 지구인을 대하는 태도가 마치 식물을 대하는 우리 인간의 태도 같다는 점을 생각해보면 지금 창밖에 보이는 정적인 나무들조차도 예사롭지 않게 보인다. 인간은 아주 한정된 시공간 규모 안에서 살아가는, 그 규모 밖에서 일어나는 일들은 제대로 감지하지도 못하는, 작은 행성의 조그만 종족에 불과한 것이다.

어쩌면 좀 과다하게 부풀려진 인간존재의 중요성을 조심스레 축소해 제자리에 돌려놓는다는 점에서, 인간의 지각과 감각의 한계를 잠깐이라도 넘어보도록 요구한다는 점에서, SF는 인간중심주의라는 오랜 천동설을 뒤집는다. 지동설의 등장을 단번에 마음 깊이 받아들이기는 쉽지 않다. 아니, 지구가 움직인다니, 고작 수많은 천체 중 하나에 불과하다니, 그게 말이 돼? 우리를 중심으로 하늘이 움직이는데, 태양이 움직이고 별들이 움직이는데. 그걸 내 눈으로 봤는데……. 마찬가지로 SF를 읽으며 인간이 잠시 변두리에 놓이는 경험을 한다고 해도 그것이 우리의 관점을 근본적으로 바꾸기는 어렵다. 우리는 인간이 비인간 존재들과 동등하게 다뤄지는 수많은 이야기를 읽다가도 이건 결국 인간 이야기인데…… 하며 아늑한 천동설의 세계로 돌아온다. 그것이 우리가 세상을 해석하는 방식이고, 우리는 그 한계로부터 완전히 떠날 수 없다.

그러나 나는 SF가 수행하는 그 불완전한 시도들을 좋아한다. 지구의 밤하늘에만 달이 뜨는 것이 아니라 달의 하늘에 지구가 뜰 수도 있음을 알았을 때, 그 장면을 사람들이 사진으로라도 직접 목격했을 때 그들이 지녔던 지구에 대한 인식은 약간은 반드시 변했을 것이다. 강한 중력이 몸을 납작하게 만드는 행성에서의 삶을 상상하는 것, 땅속에서 꿈틀거리는 지렁이의 관점을 경험하는 것, 아주 낯선 모습의 외계 생명체

와 최초의 접촉을 하는 것, 그런 간접경험들은 우리가 발 디
딘 지상을 한 번쯤 떠나게 만든다. 한 번이라도 떠났다 돌아
오는 것과 아주 떠나지 않는 것은 다르다. 일단 저 밖에 있는
세계를 경험하고 오면 남은 평생 인간의 관점에 매여 살아간
다고 해도 적어도 이것이 전부가 아님을 알게 된다. 연결망의
한 점으로, 조그만 구성요소로, 수천수만 가지 현실의 단면
중 오직 일부만을 감각하는 한 종으로서의 인간의 지위를 생
각하게 된다.

　우주에서 바라본 작고 푸른 점, 행성 지구에 관해 칼 세이
건이 했던 말을 나는 자주 떠올린다. "그 작은 점을 대하면 누
구라도 인간이 이 우주에서 특권적인 지위를 누리는 유일한
존재라는 환상이 헛됨을 깨닫게 된다."(『창백한 푸른 점』) 그리
고 우리가 위대한 존재여서가 아니라 단지 이 작은 행성의 일
부에 불과하기에, 살아가는 동안 이 행성의 이웃들에게 너무
많은 것을 빚지고 있기에, 우리가 지닌 좁은 이해의 영역을
계속해서 넓히고 존엄을 지키며 살아갈 방법을, 상상하고 또
읽는다.

마구 집어넣다보면 언젠가는

처음 소설 습작을 시작했을 때는 그런 생각을 자주 했다. '나는 이런 글은 쓸 수 없을 거야.' 아이디어를 빼곡히 채운 노트가 여러 권 쌓여갔지만 그것들 대부분은 소설로 이어지지 못했다. 죽은 사람들의 기억을 보관하는 거대한 라이브러리가 있다면 어떨까, 소년이 뇌를 사고로 잃은 후 생각의 대부분을 연결된 로봇 개가 대신 한다면 어떨까, 외부 정보를 차단하는 기술이 형벌을 대신하는 사회가 있다면 어떨까. 이거 소설로 쓰면 분명 재미있을 텐데 생각하며 조금씩 써내려가다가도 어느 순간 제동이 걸리고는 했다.

'이 사회는 어떤 구조로 되어 있지? 국가체제는? 지리적으로는 어디에 있을까? 한국일까? 이런 사건이 근미래 한국에서 벌어질 수 있을까? 말이 되나? 역사가 어떻게 전개되어야 이런 사회가 생겨나지? 이 기술을 관리하는 주체는? 인물의 직업은? 이 직업을 가진 사람은 평소에 무슨 일을 하지? (검색만 하다가 구글의 늪에 빠진다) 음, 내가 뭘 알아보고 있었더라. 너무 막막해서 뭐라고 검색해야 할지도 모르고 이야기도 상상이 안 되고…… 아니, 잠깐…… 이렇게 쓰는 게 맞나? 아직 이 글을 쓸 준비가 안 된 것 같은데?'

그 무렵 나는 상상력과 지식이 동떨어져 있는 것이 아니라 긴밀하게 연결되어 있다는 것을 알게 됐다. 아는 것이 없어서 상상할 수도 없었던 것이다. SF를 쓰겠다고 생각한 이후에는 더욱 그랬다. 세계를 그럴싸하게 만들어야 하는 작업이다보니, 모르면 모르는 대로 여기저기 구멍이 났다. 대학 시절 내내 배워서 그나마 익숙한 과학지식은 소설에서 세계를 구성하는 일부에 불과했다. 대충 얼버무리려 해도 단 한 줄짜리 설명이라도 앞뒤가 맞지 않으면 독자에게 세계 전체에 대한 의심을 불러일으키기 마련이니, 정말이지 큰일이었다.

습작 시절 쓴 소설들을 다시 보면 유명한 소설이나 영화, 드라마의 분위기를 어설프게 모방한 것이 많다. 완전히 새로운 것을 스스로 만들어낼 밑바탕이 없으니 살면서 접해온 익숙한 이미지를 빌려와야 했던 것이다. 몇 권을 쌓아둔 노트의 아이디어 메모들도 다시 검토해보니 이미 누군가 썼을 법한 그다지 새롭지 않은 이야기가 대부분이었다. 점차 나는 경험도 밑천도 없다는 생각에 사로잡혔다. 운 좋게 공모전으로 데뷔하고 몇 편의 소설을 발표한 이후에도 계속해서 비슷한 두려움에 시달렸다.

'내가 알고 있는 것은 다 써버렸어. 내가 쓸 수 있는 글도 다 써버렸어. 이제 밑천이 바닥난 거야.'

갓 데뷔해놓고 자기 밑천이 벌써 바닥났다고 괴로워하는 작가라니 그런 불쌍하고 한심한 사람이 존재하나 싶지만……불행히도 그게 나였다. 의뢰받은 글을 쓰면서, 첫 소설집을 준비하면서, 차기작을 구상하면서도 계속 같은 생각을 했다. 나는 끌어다 쓸 밑천이 없는 작가라고. 너무 준비되지 않은 상태에서 갑자기 데뷔해버린 것 같다고. 새 글을 시작할 때마다 아무것도 없는 주머니를 억지로 쥐어짜는 기분을 느꼈다.

그렇게 고갈한 주머니를 쥐어짜며 몇 년이 지났다. 그동안 여러 권의 소설 단행본을 출간했다. 다행히 아직 직업을 바꾸거나 글쓰기를 때려치우지 않고 무사히 소설가로 살아가고 있다. 심지어 이제는 독자들로부터 "아이디어가 넘쳐흐르는 것 같은데 어떻게 소설의 소재를 얻으시는지……" 같은 질문을 종종 받는다. "이야기보따리가 있나봐요" 하는 말도 듣는다. 정말 이상한 일이다. 이야기보따리가 있다고요? 저에게요? 매번 어리둥절. 하지만 나도 이야기라는 것이 어디서 샘솟거나 하늘에서 뚝 떨어지는 줄 알았던 때가 있다. 그 생각이 나를 오래 괴롭혔던 것 같다.

정말 그렇게 이야기를 허공에서 낚아채거나 혹은 아무것도 없는 냄비를 휘적휘적 저으며 끄집어내는 작가들도 있는 것 같다. 하지만 적어도 나는 아니다. 나에게는 영감이 샘솟는 연못도 비밀스러운 이야기보따리도 없다. 대신 나는 밖에서 재료를 캐내고 수집하고 쓸어 담는다. 마지막에는 모은 재료를 바닥까지 긁어다 쓰는 방식으로 글을 쓴다. 소설을 어떻게든 계속 써보려고 전전긍긍하는 과정에서 내가 그렇게 글을 쓴다는 것을 조금씩 알아갔다.

지금도 나는 내가 밑천 없는 작가라고 느끼지만 예전만큼 그것이 두렵지는 않다. 이제는 글쓰기가 작가 안에 있는 것을 소진하는 과정이라기보다는 바깥의 재료를 가져와 배합하고 쌓아 올리는 요리나 건축에 가깝게 느껴진다. 배우고 탐험하는 일, 무언가를 넓게 또는 깊이 알아가는 일, 세계를 확장하는 일. 그 모든 것이 나에게는 쓰기의 여정에 포함된다.

읽기와 쓰기의 엉킨 실타래

　새 작업실로 이사하면서 큰맘 먹고 책장 정리를 했다. 예전에 쓰던 작업실은 책상을 벽면에 붙여두어서 글 쓰는 동안 벽만 봤는데 이번에는 작업하는 동안 책장을 마주 볼 수 있게 배치하고 싶었다. 작업용 책상을 방 한가운데 두고, 책장을 벽면 가득 채우고, 도저히 다 꽂을 수 없는 책을 몇백 권쯤 슬퍼하며 버리고, 남긴 책들은 분류별로 잘 정리했다. 이 상태로 세 달을 넘길 수 있을지 걱정은 되지만(종이책을 제발 그만 사자, 전자책이 있으면 무조건 전자책을 사자 마음먹었는데도 이미 책장 여기저기 혼돈이 발생하고 있다) 어쨌든 이제 책상 앞에 앉으면 한눈에 책이 들어온다. 보고 있으면 글을 한 자도 안 썼지만 이미 다 쓴 것처럼 마음이 뿌듯하다.

　좋은 점만 있는 것은 아니다. 모니터를 보다가도 계속해서 모니터 뒤편 혹은 옆에 있는 책들로 신경이 분산된다. 방금 이 문장을 쓰다가도 '어라, 『벌의 사생활』? 저 책 사놓고 어디 있는지 몰라서 안 읽었는데 얼른 읽어야지!' …… 덕분에 읽기와 쓰기는 더 한데 얽혀 분리할 수 없는 과정이 되었다. 이 원고를 쓰면서도 얼마나 산만하게 굴었는지 모른다. 참고하겠답시고 온갖 에세이를 죄다 꺼내 쌓아놓고, 인용할 가능성이 있는 책도 다른 한쪽에 잔뜩 쌓아놓고, 이 책을 펼쳐 삼십 여 페이지쯤 읽었다가 또 다른 책을 이십 페이지쯤 읽고 엎었다가 원고와는 아무 상관없는 책을 펼쳤다가…… 그러다가 내가 가장 좋아하는 책 중 하나인 『미루기의 천재들』에 손이 닿았다. 이 책은 미루기의 달인이자 프리랜서 저술가인 저자 앤드루 산텔라가 자신의 미루기 습관을 합리화하기 위해 세계 곳곳을 다니며 예술과 과학의 거장들, 역사 속 인물들의 자취를 좇는 책으로, 단지 '미루는 사람'이라는 공통점만으로 찰스 다윈과 레오나르도 다빈치, 그리고 우리를 잇는 과감한 비약을 감행한다. 작업에는 도움이 안 되지만 읽으면 기분이 좋아지는 책이다.

저자는 이 책을 쓰기 위해 미루기를 주제로 한 여러 문헌을 조사하고 취재 장소를 여행하며 얼마나 오랫동안 글쓰기를 미루어왔는지를 털어놓는데, 저자의 말마따나 "자료 조사야말로 글쓰기에 있어 우리 모두가 가장 선호하는 미루기의 기술"이다. 마음 깊이 공감하며 밑줄 그은 부분이 많다. 나도 '이제 안 쓰면 정말 큰일 나겠다' 싶은 순간 직전까지는 자료 조사랍시고 책을 읽으며 끈질기게 미적거리는 편이어서 그렇다. 한편으로는 이렇게도 말하고 싶다. "억울해요. 그냥 미루는 게 아니라, 이것도 쓰는 과정이라고요." 텅 빈 워드 화면

이 내게 현실을 알려주지만…….

아침부터 책상 앞에 붙어 있지만 아무것도 나오지 않는 날에는 보통 머릿속에 뭔가를 구겨 넣는다. 책이든 기사든 논문이든. 이따금 넷플릭스 다큐멘터리나 유튜브 영상도. 밀어 넣은 글자들—혹은 정보들—이 무언가 알 수 없는 반응을 부글부글 일으키기를 기대하면서. 재미있는 건, 그렇게 마구 집어넣다보면 언젠가는 쓰게 된다는 것이다. 도저히 쓸 수 없어 보이는 순간에도 그렇다.

이런 확신에 다다른 것은 대학원생 시절의 깨달음과도 관련이 있다. 학부 졸업 후 진로를 고민하다가 DNA와 단백질을 다루는 생화학 연구실에 들어갔는데 이 년 반의 연구실 생활 이후 내린 결론은 나는 실험과학자로는 참 형편없으며 앞으로도 가망이 없다는 것이었다. 공부를 좋아한다고 생각했지만 실험은 잘 못했다. 세상에 없던 지식을 만들어내려면 책상 앞이 아니라 벤치 앞으로 가야 했는데, 잘 못하니까 좋아지지도 않았다. 하필이면 실험실을 떠날 수 없는 화학 전공이었다. 무엇보다 나에게는 인내심과 끈기가 없었다.

실험실 연구는 끈기를 필요로 한다. 실험은 결코 한 번에 되는 법이 없고, 거의 항상 문제가 생겨서 조건을 재설정해야 한다. 똑같은 과정을 수십 번 재반복. 방향을 제대로 못 잡으면 몇 달을 아무 성과도 내지 못하거나 성과를 냈다고 생각했는데 아무것도 아니었거나 한 경우가 부지기수다. 수없이 반복되는 실패의 사이클 속에서, 약간의 끈기 차이는 엄청난 성취의 차이로 나타난다.

최근에 제니퍼 다우드나를 중심으로 크리스퍼 연구의 발전사를 다루는 『코드 브레이커』를 재밌게 읽었는데, 저자가 박사과정생 시절 환상적으로 실험을 잘하고 손이 빨랐던 다우드나에 관해 서술하는 부분을 읽고 잠시 감탄했다. "실험에 뛰어났고, 동시에 큰 질문을 던질 줄도 알았다. 다우드나는 신은 작고 세세한 것에 존재하지만 동시에 큰 그림에도 존재한다는 사실을 깨우쳤다." 다우드나는 작은 분자들로부터 생명의 원리로 도약하기 위한 탁월한 생화학자의 자질을 모두 갖추었다는 이야기다. 이 총명한 박사과정생은 나중에 유전자 편집 혁명을 이끄는 생화학자가 된다. 그 대목을 읽으니 내가 훌륭한 연구자가 되지 못한 이유도 알 것 같았다. 나는 큰 그림에 존재하는 신을 깨치기는커녕 작고 세세한 것에 존재하는 신도 발견하지 못했다. 어쩌면 나의 생화학 연구실 경험은 이 흥미진진한 책을 잔뜩 몰입해 읽을 수 있었던 것으로 마지막 효용을 다한 것이 아니었을까?

연구실에 있으면서 지겹게 되새겼던 값진 깨달음이 하나

있다. 그것이 뭐였냐면, 나는 정말이지 아는 것이 하나도 없고, 나는 아무것도 아니며, 내가 만들어내는 것은 모조리 형편없다는 사실이었다. 그것은 그냥 슬픈 진실이지 무슨 값진 깨달음까지 되겠냐마는…… 여기에는 '처음에는 다들 그렇다'는 작은 단서가 달려 있었다.

누구나 처음에는 아는 것이 없고 형편없는 것만 만들어낸다. 하지만 앞선 연구자들이 오랜 세월 쌓아놓은 벽돌 무더기를 딛고 올라가서 장벽 너머를 보면 무언가가 약간 변한다. 새로운 것, 예전에 없던 것을 만들어내려면 이전에 뭐가 있었는지를 탐구하는 일이 우선이다. 그래야 무엇이 새로운지를 알 수 있으니까.

나는 장벽 너머를 보지는 못했지만 적어도 그게 어떤 건지 짐작할 수 있었다. 처음에는 시키는 일을 따라가기에 급급하고 결과를 제대로 해석할 수도 없었지만 논문을 무작정 쌓아놓고 읽다보니 적어도 무엇을 해야 하는지, 어디에 있는지, 어디로 가야 하는지가 안갯속에서 조금씩 드러났다. 모든 것이 마음만큼 잘되지 않아 괴로웠던 그때도 세계가 점점 선명해지고 있다는 감각이 주던 기쁨만큼은 지금도 생생하다. 어떻게든 머릿속에 집어넣다보면 밑천이 생기고, 보는 관점이 달라지고, 그러면 언젠가 새로운 질문을 던질 수도 있게 된다는 것을 그때 배웠다.

물론 연구에서 배운 것을 소설에 그대로 적용할 수는 없었다. 창작은 선행연구도 리뷰 논문도 없는, 어디서부터 출발해야 할지 막막한 세계였다. 데뷔 직후 몇 건의 소설 의뢰가 들어왔을 때, 나는 기쁨보다 막막함을 더 크게 느꼈다. 내가 '또' 쓸 수 있을까? 공모전 당선작도 겨우 쥐어짜서 썼는데.

그래도 글쓰기가 실험용 피펫보다 나에게 잘 맞는 도구 같다는 직감은 있었다. 오랫동안 취미로 글을 써와서 적어도 편하게는 느껴졌다. 가져다 쓸 재료가 당장 없는 상황은 글쓰기나 실험이나 비슷했다. 괴로움 앞에서 나는 데뷔 직전까지 하던 일을 해보기로 했다. 일단 모르면 모르는 대로 뭐라도 무작정 읽어보기로. 그러면서 SF의 세계에 대한 흐릿한 지도를 그려보기로 했다. 그러다보면 어떻게든 쓸 수 있을 거라고 믿어야 했다.

SF 작가도 모르는 사이언스 픽션

"작가님도 알다시피 SF라는 장르가 아직 국내 독자들에게는 많이 낯설잖아요. 일반 소설을 쓸 수도 있을 텐데 하필 SF

를 쓰는 이유가 무엇인지 그리고 SF라는 장르가 어떤 것인지 한번 소개 부탁드립니다."

데뷔 이후 정말 많이 들은 질문이었다. 인터뷰에서도, 북토크나 강연을 해도 절대 빠지지 않았다. 왜 SF를 쓰냐니. 데뷔 전까지는 그런 질문을 스스로 해본 적이 없었다. 답은 너무 단순했다. 그냥 쓸 수 있어서 쓴 것이다. 어릴 때부터 과학이 좋았고, 과학과 관련된 이야기들이 좋았고, 그런 것을 찾아다니다보니 SF가 좋아졌고, 마침 소설 습작을 시작한 시기에 SF를 쓸 기회들이 생겨났다. 아마 다른 작가들도 그다지 특별한 이유는 없을 것이다. 소설을 취미로 쓸 때는 SF를 쓰든 판타지를 쓰든 "그걸 좋아하시나봐요" 하고 납득하는데 취미로 쓰던 소설로 데뷔하게 되면 갑자기 "좋아서요" 이상의 그럴싸한 대답을 생각해내야 하다니.

더 난감한 질문은 그다음이었는데 SF가 어떤 장르인지 소개해달라는 것이었다. 인터뷰를 당한 적도 해본 적도 거의 없었으니 다들 평소에 이런 질문을 받는지 알 수가 있나. 원래 소설가에게는 소설이란 무엇인가, 시인에게는 시란 무엇인가, 무용가에게는 무용이란 무엇인가, 래퍼에게는 힙합이란 무엇인가 묻는 것일까(써놓고 보니 정말 묻는 것 같기도 하다!). 그래도 대개 그런 질문이 당신에게 소설이란 어떤 의미입니까,

하고 개인적 의미를 묻는 반면 'SF란 무엇인가'라는 질문은 말 그대로 '우리가 아직 SF가 어떤 장르인지 잘 모르겠으니 한번 설명해주시죠'처럼 들려서 더욱 곤란했다. 제가 SF소설로 데뷔하기는 했지만 사실 SF 마니아도 아니었고 SF가 뭔지 잘 모르는데요……. 솔직하게 대답하면 기사에 뭐라고 적혀 나갈지 걱정스러웠다. 'SF란 무엇인가' 질문에 여러 번 당황하고 한 가지 결심이 섰다. 앞으로도 인터뷰든 강연이든 수백 번은 들을 법한 이 질문에 대한 답을 준비해놔야겠다고. 며칠이면 답을 찾을 수 있는 문제인 줄 알았다. 큰 착각이었다.

SF의 정의는 작가들 인터뷰나 사전 항목 몇 개만 찾아봐도 알 수 있듯 상당히 불분명하다. 정확하게 규정하는 것이 무척 어렵다. 가장 쉽게 찾을 수 있는 SF에 관한 설명은 '과학적 사실 혹은 가설을 바탕으로 외삽한 세계를 배경으로 하는 소설'인데 현대 SF로 분류되는 이야기 중에는 이 정의에 맞지 않는 것이 정말 많다. 이를테면 시간여행은 과학적인 사실 혹은 가설을 바탕으로 하는가? 시간여행이 허무맹랑하지 않다는 주장을 하기 위해 상대성이론이나 평행세계 같은 개념을 끌어오지만 이런 설명이 뒤따른다고 시간여행이 정말 과학적 근거를 지녔다고 할 수 있을까? SF가 현실의 과학적 사실에 근거를 두어야 한다면 과거와 미래를 정신없이 오가는 시간

여행과 물리법칙을 파괴하는 초능력이 등장하는 상당수의 이야기는 이미 SF에서 탈락인데, 문제는 시간여행물과 초능력물이 SF의 가장 인기 있는 서브장르 중 하나라는 것이다.

이것은 풀기 쉽지 않은 문제였다. 다행히 나는 당시 아직 신인 소설가여서 딱히 할 일이 없는 반백수 처지였으므로 시간이 많았다. 'SF란 무엇인가'에 대한 자료를 다 찾아 읽기로 했다. 먼저 국내 SF 작가들의 인터뷰를 보이는 대로 전부 읽었다. 다른 신문 기사와 웹진의 인터뷰도 유용했지만 특히 환상문학웹진 〈거울〉에 정리된 인터뷰가 소중한 자료였다. 다른 작가들이 SF가 어떤 장르인지에 관해 뭐라고 말했는지 읽으며 한국에서 SF가 읽히고 또 쓰여온 흐름을 되짚어갔다. 지난 이십 년간 반복된 비슷한 질문에 작가들이 고민한 흔적이 고스란히 남아 있었다. "왜 SF를 쓰시나요?" "SF는 무엇인가요?" 내가 데뷔 초기에 너무나 많이 받았던 질문을 이전 작가들도 똑같이 받은 것을 보니 웃음도 나오고 괜한 친근감도 느껴졌다. '이제 새로운 질문이 나올 때가 됐습니다!' 하고 분개하던 작가들의 심정에 백번 공감이 갔다. 작가들의 성실한 인터뷰 답변은 내가 SF라는 장르를 다각도로 생각해보는 데에 도움이 되었다.

국내 SF 작가들의 인터뷰를 잡히는 대로 읽은 다음에는 구글에서 Science Fiction에 대한 자료를 찾았다. 위키피디아부터 온갖 SF 사전, SF 매거진, SF 리뷰 블로그, SF 칼럼을 눈에 띄는 대로 읽었다. 지금은 SF 비평이론을 상세히 소개하는 좋은 번역서가 몇 권 나와 있지만 그때만 해도 번역된 단행본이 거의 없었고 나는 파편화된 자료들을 모아 담아서 나만의 SF에 대한 상을 그려가야 했다. 물론 몹시 혼란스러웠다.

내가 읽은 SF에 대한 수많은 정의를 아주 대충 요약해서 나열해보면 이런 식이다. 1) SF는 과학기술과 인간의 관계를 다루는 문학이다. 2) SF는 과학적 방법론을 바탕으로 한 장르다. 과학적 소재가 아니어도 다루는 태도가 과학적이면 SF다. 3) SF는 경이감의 장르다. 4) SF는 인지적 소외의 문학이다. 5) SF는 세계의 변화를 다루는 장르다. 6) SF는 다른 시공간을 배경으로 하는 장르다. 7) 작가가 SF라고 썼으면 SF다. 8) 전부 틀렸다. 하드 SF만 진정한 SF다. 9) 무슨 소리, 고전 SF가 진정한 SF다. 이후는 전부 모조품이다. …… 정말 난제가 아닐 수 없다.

몇몇을 제외한 대부분의 설명은 그럴싸했고 고개가 끄덕여졌지만 한편으로는 그 정의에 들어맞지 않는 작품을 금방 생각해낼 수 있었다. 수많은 작가와 평론가가 자신이 생각하는 SF를 설명하기 위해 각자의 정의를 만들어냈다. 그 모든 것이 SF가 될 수 있다면 결국 SF를 무엇이라고 말해야 하는가 하는 질문은 끝까지 남았다.

그 시기에 나는 SF의 정의에 대한 자료뿐만 아니라 SF소설들도 하나씩 독파해나갔다. 나는 〈닥터 후〉와 몇 개의 게임 시리즈, 일부 SF 작가의 팬이었을 뿐 SF 마니아는 아니었으므로 그전까지 내가 접한 SF는 매우 한정적이었다. 출간된 SF 번역서와 국내 SF 책들을 가능한 사들여 책장에 꽂았고 다양한 시대의 작품을 접해보려고 했다. 황금기의 SF, 아시모프와 클라크, 하인라인, 뉴 웨이브, 1960년대, 1970년대, 분명한 흐름을 정의할 수 없는 20세기 후반에서 동시대 작품까지. 취향에 맞지 않는 작품도 많았지만 SF를 쓰기 위해 진작 했어야 할 공부를 지금 한다고 생각하니 투지가 불타올랐다. 내가 좋아할 수 없는 작품에도 반드시 배울 점은 있었다.

작품들을 읽다보니 ‘SF란 무엇인가’ 하는 질문이 왜 그렇게 답하기 어려운지 알 것 같았다. SF는 액체괴물과 비슷했다. 손끝에 단단히 만져지고 모양을 만들 수도 있지만 고정된 형태는 없다. 특징을 설명할 수 있지만 틀에 가둘 수는 없다. 무엇을 SF로 볼 것인지의 문제는 거의 항상 논쟁적이었고 때로는 정치적이었다. 후대의 SF는 이전의 SF를 계승하기도 하고 전복하기도 하면서 장르의 영역을 계속해서 확장해왔다.

결론은 이랬다. 모두가 합의할 수 있는 명확한 SF의 정의는 없다는 것.

지금도 강연을 하러 가면 "제가 생각하는 SF가 어떤 장르인지 소개하겠지만, 사실 합의된 정의는 없습니다"라고 먼저 이야기한다. SF가 흔히 어떤 특징들을 지녔고 내가 좋아하는 SF의 요소들이 무엇인지는 말할 수 있어도 여기서부터 SF이고 저기서부터는 아니라고 선을 그을 수는 없다. 그럼에도 한 가지는 확언할 수 있다. 'SF란 무엇인가'에 대답하기 위해 온갖 자료를 찾아보고 고민하는 과정이 분명 내게 필요했다는 것이다. 그때 나는 SF 작가로 살아가기 위한 최소한의 밑천을 만든 셈이었다. 데뷔 직후에 나는 '이런 게 무슨 SF냐'는 퉁명스러운 리뷰를 종종 보았다(재미있게도 이 말은 작품에 대한 칭찬으로도 멸시로도 쓰인다). 그 말이 신경 쓰여서 누가 봐도 SF인 글을 써보겠다고 'SF란 무엇인가'를 탐험하는 과정을 지나고 나니, 나는 내가 쓰는 글들이 이미 SF라는 폭넓은 세계의 어느 언저리쯤에 있다는 것을 확신하게 되었다. 누가 뭐래도 이 소설들은 SF 세계의 일부였다.

첫 소설집을 쓰면서 나는 SF의 고전적인 테마들을 내 나름대로의 방식으로 재해석하는 일에 도전해보았다. 유토피아와 디스토피아, 퍼스트 콘택트, 신체에 침입하는 외계 생명체,

마인드 업로딩, 사이보그…… 이런 테마들은 오랫동안 SF 장르에서 사랑받았고 수많은 이야기로 다시 쓰여왔다. 첫 소설집의 단편들을 쓰면서 기존 SF 작품들이 각각의 테마를 어떤 방식으로 풀어갔는지 파악하고 그것을 약간이라도 변주하려고 했다. 앞선 작품들이 없었다면 내 단편들도 결코 쓸 수 없었을 테니 첫 소설집의 단편들이 독창적이라는 생각은 그다지 들지 않는다. 나는 첫 소설집을 좋아하고, 각각의 테마에 나의 고유한 무언가를 더해보려고 노력한 것도 맞지만, 굳이 표현하자면 석사논문 정도의 독창성이라고 할까.

그래도 나는 첫 소설집을 쓰면서 내 작업이 명확한 SF 장르의 계보에 있음을 알았고, 그렇기에 무엇을 참고해서 어디로 뻗어나가야 할지 대략적인 지도를 얻을 수 있었다. 그것은 첫 소설집을 통해 얻은 가장 큰 성과였다. 언젠가는 그 지도 밖으로 완전히 나가보는 것 또한 새로운 과제가 될 테지만.

이제 SF 작가들은 예전만큼 'SF란 무엇인가' 하는 질문을 자주 듣지 않는다. 대신 그 질문들은 'SF라는 장르를 통해 하고 싶은 이야기가 무엇이냐' 같은 좀 더 까다롭고 생각을 많이 해봐야 하는 질문으로 바뀌었다. 그래도 내 소설 이야기에 초점이 맞춰지지 않고 마치 장르 전체를 대변하듯 말해야 했던 상황에 비하면 훨씬 재미있고 유익하다. 지금은 다양한 SF

가 소설을 비롯한 여러 매체로 사람들을 만난다. 그러다보니 이것도 SF고 저것도 SF라는 것을, 장르에는 명확한 경계가 없다는 것을 받아들이는 이가 많은 것 같다. 잘된 일이다.

그렇지만 여전히 나는 SF를 쓰려는 사람들에게 'SF란 무엇인가'의 미로 속에서 한번 길을 잃어보는 것이 가치 있는 경험이라고 생각한다. 나에게도 그 시간은 가치 있었다. 미로를 헤매며 SF 세계의 복잡하고 종잡을 수 없는 특성을 직접 몸으로 체득했다는 점에서, 그리고 앞으로 탐험할 드넓은 세계의 약도를 대략적으로나마 그려볼 수 있었다는 점에서 말이다.

구체성 속에서 이야기를 발견하기

뭘 어떻게 해야 할지 감이 잡히지 않을 때, 일단 머릿속에 뭐라도 자료를 구겨 넣으면서 생각해보는 것은 소설을 쓸 때도 비슷하다. 소설을 쓰기 전 나는 한참을 두리번거리는 과정을 거친다. 목적지나 방향이 전혀 정해지지 않은 탐색은 너무 막연하기 마련인데, 다행히도 나아갈 방향이 어느 정도 제시되는 경우도 있다.

소재나 주제가 먼저 정해진 소설 의뢰가 그렇다. 내가 SF

소설가여서 그런지 요즘의 트렌드가 그런 건지 나는 유독 '유토피아에 대한 소설을 써주세요' '디자인에 대한 소설을 써주세요' 같은 의뢰를 자주 받는다. 주위 소설가들에게 물어보니 예전에는 별로 그렇지 않았다는 말도 있고 장르 앤솔로지에서는 오래전부터 흔한 일이라는 말도 있다. 아마 둘 다 약간씩 영향이 있나 싶다. 어쨌든 평소에는 생각해본 적 없던 소재에 대해 써볼 기회여서 이런 의뢰를 반긴다. 자유롭게 써달라는 의뢰를 받아도 이번에는 무엇에 관한 이야기를 써봐야겠다고 얼른 정해둘 때가 많다. 선인장에 관해 써야지, 버섯이 나오는 소설을 써야지 하는 식이다. 어떤 소설가들은 인물이나 상황에서 시작한다는데 나는 그보다 소재와 설정, 아이디어에서 주로 시작하는 편이다.

소재를 정했다고 이야기가 바로 떠오르는 경우는 거의 없다. 무엇을 쓰기로 결심하면 그에 대한 자료를 계속 찾아본다. 아무리 이야기가 떠오르지 않아도 관련된 책을 열 권 정도 읽으면 그 사이에서 이야기를 발견할 수 있다고 믿는다. 가급적 이전에는 잘 모르던 것들, 낯설고 새로운 개념을 알려주는 책일수록 좋다.

지난여름에는 아르코미술관의 프로젝트 〈횡단하는 물질의 세계〉에 전시할 짧은 소설을 의뢰받았는데 스테이시 앨러이

모의 '횡단―신체성(transcorporeality)'이라는 개념에서 출발하는 전시였다. 한마디로 요약하기는 어렵지만, 인간이 만들어낸 독성물질이 땅을 거치고 생물들을 거쳐 다시 인간의 몸과 사회제도, 기후와 환경 전체를 관통하게 되는 현상을 이 개념의 예로 들 수 있다. 즉 인간의 몸과 마음, 물질과 과학기술 등이 얽히고설켜 서로에게 침투하는, 인간과 비인간 사이의 연결과 이동을 탐구하는 개념이다. 이번 전시 역시 횡단―신체성의 문제의식을 빌려와 인간과 비인간의 상호 연결과 얽힘, 탈인간중심주의 등의 주제를 포괄한다고 했다. 원래 나는 포스트휴머니즘에 관심이 많았다. 직간접적으로 관련이 있는 논픽션 책도 쓰고 횡단―신체성을 다룬 책을 읽어본 적도 있었지만 정작 이 주제로 소설을 써달라고 하니 전혀 감이 잡히지 않았다. 이럴 때의 해결책은 일단 책을 왕창 사는 것이다.

기존에 내가 관심 있던 이론은 좀 더 과학과 기술 쪽에 치우친, 과학기술이 구성되는 과정과 구성요소, 사회와의 상호작용을 연구하는 과학기술학(Science and Technology Studies, STS) 계열이었다. 반면 스테이시 엘러이모는 비인간 사물과 물질성에 주목하는 신유물론 계열의 이론가인데 마침 몇 년간 신유물론 분야의 책이 국내에 많이 번역 출간되어 있었다. 『숲은 생각한다』『부분적인 연결들』『생동하는 물질』『존재의 지도』 같은 책들인데 이 전시를 준비하며 대부분 사들였다. 그런데 책들이 거의 대중서가 아닌 학술서에 가까운 데다 내가 아직 익숙하지 않은 분야라 독서는 엄청 지지부진했던 것으로 기억한다. 그렇지만 어떻게든 붙잡고 계속 읽다보니 내 머릿속에도 어떤 이미지들이 생겨나기 시작했다. 나는 이 분야에서 자주 언급되는 '인간과 그 외부의 경계 없음'이라는 개념을 중심으로 이야기를 구상했다. 인간은 외부 환경과 뚜렷이 구분되는 신체와 자아를 가지고 있다고 생각하지만, 실제로 우리의 몸은 자연과 끊임없이 물질을 주고받으며 재구성된다. 그런 흐름을 상상하며 「늪지의 소년」이라는 단편을 썼다. 늪으로 도망쳐온 소년과 늪의 생물들 사이에서 상호 침투하는 물질의 흐름, '나'라는 개체적 정체성이 확고한 소년과 자아라는 개념이 따로 없는 낯선 생물의 충돌을 다루었다.

소설가의 좋은 점은 제대로 이해하지 못한 책에서조차 힌트를 얻을 수 있다는 것이다. 물론 잘 이해했다면 더 풍부한 의미를 담아낼 수 있었을지도 모르지만. 최근 SF 비평도 이 분야의 이론에 근거하는 경우가 많아서 이때 읽은 책들은 언젠가 제대로 된 독해에 재도전해봐야겠다고 생각하며 책장 한 칸에 모아두었다.

중편소설 『브레모사』는 다리를 의족으로 대체한 무용수 유안과 세계 각지에서 온 여행자들이 므레모사라는 아직 외부에 개방되지 않은 여행지로 첫 투어를 떠나는 이야기다. 나는 이 소설을 비극과 재난의 장소로 여행을 떠나는 다크 투어리즘이라는 키워드에서 시작했다. 〈다크 투어리스트:어둠을 찾아가는 사람들〉이라는 넷플릭스 다큐멘터리를 보고 언젠가 새벽 시간의 투어 밴에서 시작하는 다크 투어리스트들의 이야기를 써봐야겠다고 생각하고 있었다. 정작 쓰다보니 다크 투어리즘보다 다른 쪽, 그러니까 유안이라는 인물의 선택에 방점이 찍힌 소설이 되기는 했지만, 어차피 글을 다 쓰기 전에는 소설이 어떤 방향으로 흘러갈지 쓰는 사람도 잘 모른다. 시작할 때는 마구 읽어서 이야기를 구체화할 뿐이다. 이 소설을 시작하면서도 일단 다크 투어리즘에 대한 책부터 되는 대로 사들였다는 뜻이다.

내가 본 넷플릭스 다큐멘터리는 다크 투어리즘의 기괴함에 초점을 맞춘다. 여행자들은 밀입국자가 되는 경험을 해보겠다고 국경에서 불법 밀입국 체험을 하고 악명 높은 마약왕의 자취를 따라가는 투어에 돈을 지불한다. '뭐 이런 관광이 다 있지' 하는 생각이 들어 다크 투어리즘에 대해 살펴보기 시작한 셈이다. 그렇지만 자료 조사를 시작하고 읽은 일본의 철학자이자 문화비평가 아즈마 히로키가 쓴 『관광객의 철학』

이 내 생각을 조금 바꾸었다. 관광은 진지하지 못한 유희로, 관광객은 현지 사정에 무지하고 때로 관광지에 피해를 끼치기까지 하는 부정적인 존재로 흔히 그려져왔다. 그런데 저자는 관광객의 '가벼움'이 다른 문화, 다른 세계와의 우연한 연결을 이끌고 변화의 가능성을 열 수 있다고 주장한다. 한편으로 동 저자의 『체르노빌 다크 투어리즘 가이드』는 실제로 이뤄지고 있는 다크 투어에 관해 여러모로 생각해보는 데에 도움을 주었다. 취재진이 직접 체르노빌 투어를 다녀와 쓴 가이드처럼 구성되어 있고 사진도 많아서 마치 현장에 같이 다녀온 듯한 기분이었다. 다크 투어리즘의 다양한 측면을 다룬 인터뷰와 기고문도 실려 있어 유용했다.

　이런 책들을 읽다보니 다크 투어리즘을 기이한 관광, 소비하는 관광으로만 바라보는 것 역시 한쪽 면만 바라보는 것이 아닐까 싶었다. 실제로 많은 연구자들이 다크 투어가 재난과 비극에 대한 공동체의 기억을 유지하고 이어가는 중요한 방안이 될 수 있다는 점에 주목하고 있었다. 다만 『므레모사』를 쓰는 과정에서, 나는 처음 생각했던 것과는 달리 다크 투어리즘 그 자체보다는 개인을 대상화하는 것과 지역적 재난을 대상화하는 것의 교차점을 좀 더 강조하고 싶어졌다. 그건 나도 처음에 자료 조사를 할 때는 예상하지 못한 부분이다. 언젠가

여행에 대한 다른 소설을 쓴다면 그때는 남겨둔 질문들이 반영될지도 모른다.

소설을 쓰며 부수적으로 읽은 책들도 전부 인상 깊게 남아있다. 소설의 배경이 된 므레모사라는 지역은 예전에 읽었던 『아토믹 걸스』를 다시 읽으며 구체화했다. 이 책은 맨해튼계획을 수행했던 오크리지의 비밀 군사기지에 대한 논픽션으로, 책 자체도 재미있지만 나는 주로 군사기지의 지리적 특성과 내부시설, 구조 등을 참고했다. 자료 조사를 위한 독서는 케이트 브라운의 『체르노빌 생존 지침서』로 이어졌다. 이 책은 재난과 재난 이후의 삶, 그곳의 생존자들, 드러나지 않은 행위자들에 대한 방대한 분량의 환경사다. 재난 이후의 풍경을 좀 더 구체화할 수 있을까 싶어 집어 든 책이었지만 그보다는 재난을 기록하고 기억하는 방식에 대한, 더 무거운 질문들이 남았다. 이번 소설을 쓰면서는 깊이 들어가지 않은 주제였지만 이 책을 만난 것은 글쓰기가 나에게 준 뜻밖의 선물이다.

넓은 범위에서 좁은 범위로 좁히기

반면 아무것도 정해져 있지 않은 의뢰는 오히려 가장 어려운 의뢰다. 창작의 범위가 무제한으로 주어지면 글을 쓰기 어려워진다. 적당한 제약은 창작의 덫이 아니라 도화선의 불씨 같은 것이라고 할까. 도대체 뭘 써야 할지 아무런 생각도 떠오르지 않을 때 과학책, 그러니까 과학 논픽션은 그 불씨를 찾기 위해 내가 가장 자주 참조하는 분야다.

SF와 과학의 관계는 미묘하다. 분명 Science Fiction, 과학소설이니 태생이 과학과 긴밀한 관련이 있는 것은 맞는데 앞에서도 이야기했듯이 사실 SF의 범위가 그동안 아주 넓어졌다. 덕분에 이제 과학적 요소가 전혀 없어 보이는 작품도 SF 라벨을 달고 나오고, 진짜 과학이 아닌 'SF의 과학'만 참조한 작품도 잔뜩 나온다. 나도 그런 소설을 꽤 많이 썼다. 이를테면 「최후의 라이오니」나 「우리가 빛의 속도로 갈 수 없다면」에는 유의미한 과학적 세부 사항이 그다지 등장하지 않는다. 이 소설들에는 복제를 통해 영생하는 기술, 냉동수면, 초광속 항해 등이 등장하는데, 그것들은 현실의 과학이라기보다는 SF 장르 내에서 독자적으로 발전되어온 가상적 과학에 가깝다. 비록 현실에서 그 가능성이 탐구되고 있다고 해도 말이다. 이렇듯 내 소설도 현실 과학의 비중이 크지 않지만 내가 과학책에서 아이디어를 많이 얻는다고 하면 왜인지 사람들은 쉽게 납득한다. 가끔 스스로도 의문이 든다. 나는 정말 과학책에서 아이디어를 얻고 있는 것일까? 그냥 내가 과학책을 좋아하는 것뿐 아닐까?

설문조사를 돌려본 적은 없지만, 다른 SF 작가들은 과학책에서 곧바로 아이디어를 얻기보다는 소설을 구상하다가 필요하면 과학책을 참조하는 정도가 많은 것 같다. 나는 반대 순서일 때가 꽤 많다. 과학책을 읽으며 이야기를 떠올린다. 최근에도 촉각과 접촉에 대한 『한없이 가까운 세계와의 포옹』이라는 책을 읽고 인공피부를 디자인해주는 가게를 배경으로 하는 단편, 진동하는 언어를 다루는 단편, 벌써 두 편의 소설을 썼다. 나의 무의식에서 과학책 읽기와 SF 쓰기가 정확히 어떤 방식으로 만나는지는 아직 미스터리다. 하지만 경험으로 터득한 바 '무작정 읽다보면 쓰게 된다'가 가장 잘 적용되는 독서 분야는 내 경우 과학책이다. 나에게 과학책 읽기는 일의 일부다. 쓰기 전 단계이고, 중간 과정이고, 드물지만 후속 과정이 되기도 한다.

이전 소설들을 어떻게 써왔는지 되짚어보다가 내린 결론은, 과학책이 나에게 일종의 '유용한 제약'을 제공해준다는 것이다. 백지 위에 마인드맵을 그리기 위해서는 중심 키워드가 있어야 한다. 과학책은 이 중심 키워드를 찾아내는 일을 돕는다. '이번에는 이걸 써보자!'라고 결심하게 만드는 것. 그것이 나에게 과학책이 하는 역할이다.

과학책을 읽을 때 나는 무조건 연필과 플래그를 지참한다. 책에서 발견한 아이디어가 소설이 되는 경우가 많아서다. 카라 플라토니의 『감각의 미래』는 인간의 감각에 대한 최신 인지과학을 탐색하는 책이다. 목차에는 우리가 흔히 감각이라고 여기지 않는 '시간 감각'에 대한 챕터도 있다. 인간의 시간 감각이란 우리가 보고 듣고 느끼는 기본적인 감각들을 뇌 안에서 통합하고 편집하여 인지하는 초감각이자 다중감각이라고 한다. 이 책을 읽고 언젠가 이것을 소설로 쓸 수 있지 않을까 생각하다가 나중에 울산의 공중관람차를 배경으로 한 이야기로 이어갔다. 관람차를 탈 때 시간이 느려지는 기분, 주위의 풍경이 멈춘 듯한 기분을 시간 감각, 시간 인지능력과 연관 지어 써보면 재미있을 것 같았고 그 결과물은 「캐빈 방정식」이 되었다. 소설의 화자는 삼 년 전 사라진 언니에게서 울산 공중관람차의 귀신 출몰 소동에 대해 조사해달라는 편지를 받는다. 소문의 실체는 언니의 연구 대상이기도 했던 시간 감각의 왜곡과 긴밀하게 연결되어 있다.

의뢰받은 소재와 당시 읽고 있던 책에서 다루는 소재가 합쳐지기도 한다. 국립현대미술관 〈광장 : 미술과 사회〉 전시 도록의 일부로 실을 소설을 써달라는 의뢰를 받았을 때, 마침

에릭 캔델의 『어쩐지 미술에서 뇌과학이 보인다』를 읽고 있었다. 인간이 추상화를 보고도 눈물을 흘릴 수 있는 이유, 즉 미적 경험을 과학적으로 분석해가는 책인데, 추상미술과 뇌과학이라는 주제가 미술 전시 도록과도 연결될 것 같았다. 한편 의뢰를 주신 기획자님은 '광장'이라는 주제를 설명하기 위해 이졸데 카림의 『나와 타자들』을 예로 들었다. 『나와 타자들』이 담고 있는 다원화사회에서의 타자 혐오와 공적 공간에 관한 고민을 읽다보니 물리적인 공간과 가상의 공간을 잇는 어떤 기술, 그것을 통한 공존과 충돌에 관한 이야기를 써보고 싶었다. 두 책을 동시에 읽으면서 앞서 생각한 집단 간 충돌의 원인이 세상을 인지하는 시지각의 차이에서 오면 어떨까 하는 생각이 들었다. 세상을 구상화가 아니라 추상화처럼 인지하는 이들이 공동체를 이룬다면, 그들의 사고방식과 가치관은 어떻게 달라질까. 보통의 사람들과 완전히 다른 시지각을 지닌 세대의 출현 그리고 그들만의 고유한 기술 네트워크를 중심으로 하는 소설 「마리의 춤」을 그렇게 구상했다.

어떤 과학책은 소설의 중심이 되는 아이디어 대신 곳곳의 디테일에 영향을 준다. 해리 콜린스의 『중력의 키스』 같은 책이 그랬다. 이 책은 2015년 중력파 최초 검출이라는 과학적 사건에서 라이고(LIGO) 협력단이 중력파 신호를 처음 발견해

논문을 발표하기까지 약 반년간의 과정과 이후 사회적 반응을 다룬 과학사회학책이다. 이 책도 도저히 중력파에 관한 친절한 설명을 담은 대중서라고는 할 수 없을 만큼 학술적인 설명이 넘쳐난다. 그런데 재미있는 점은 이 책이 과학자들이 주고받은 수천 통의 이메일과 토론 과정에 주목한다는 것이다. 라이고 협력단은 천 명이 넘는 과학자 집단으로, 이들이 특정 신호에 대해 어떤 치열한 논의와 검증을 거쳐 중력파 최초 검출을 선언하는지가 책의 주된 내용이다. 나는 책을 읽으며 하나의 거대한 협업 프로젝트로서의 현대 과학에 대해 많이 생각했다. 장편소설 『지구 끝의 온실』을 쓰면서도 전 세계의 식물지리학자들이 데이터를 함께 보완해 식물 모스바나의 이동 경로를 추적하는 장면을 넣었다. 과학 연구란 상호 간의 치열한 경쟁이면서 치열한 협업이기도 하다는 점을 늘 염두에 두게 된 탓이다.

최근 들어 점점 주목하는 것은 과학보다 과학 언저리를 다루는 책이다. 과학이 발견한 지식 자체보다, 그 지식이 어떻게 형성되고 또 어떻게 사회적으로 받아들여지는지를 살피는 책이 나에게는 무척 흥미롭다. 앞에서도 짧게 이야기했던 『아토믹 걸스』는 오크리지의 비밀 군사기지에서 자신이 하는 일이 무엇인지도 모른 채 우라늄 농축을 도왔던 여성 노동자들의 이야기를 다룬다. 책에서 우라늄 농축과 원자폭탄 개발은 분명 흐름을 꿰뚫지만 그보다는 연구개발 과정의 변두리에 있었던 이들이 충격적인 비밀을 어떻게 눈치채고 또 이후에 받아들이는지가 더 중심이 된다. 최근에는 『리센코의 망령』을 인상 깊게 읽었다. 과학사학자 로렌 그레이엄이 쓴 이 책은 20세기 소련에서 잘못된 과학을 주장하며 반대파 과학자들을 숙청으로 몰아넣은 악명 높은 과학자 리센코에 대한 현대의 재평가 현상을 다룬다. 당대 리센코는 유전학을 거부하고 획득형질 유전설을 주장했는데, 최근 생물학계에서 후성유전학이 부상하며 일부 러시아 언론이 '사실은 리센코가 과학적으로 옳았던 것이 아니냐'고 주장한다는 것이다. 저자는 실제 리센코의 연구 세부 사항과 현대의 후성유전학, 그리고 그 연구가 사회적으로 받아들여지는 방식을 꼼꼼히 비교·분석하며 '리센코에 대한 재평가'를 검토한다. 결론부터 말하면 리센코는 그때도 지금도 틀렸다. 하지만 결코 단순하게 요약해버릴 수 없는 내용을 담고 있으니 흥미가 간다면 한 번 읽어보기를 권한다.

이런 책들은 분명 과학책으로 분류될 만큼 과학 관련 내용을 충실하게 다루지만 한편으로는 인문사회서 같기도 하다. 나는 이렇게 과학 언저리를 주목하는 책이야말로 SF 작가에게 가장 중요한 통찰을 주는 책들이 아닐까 싶다. SF도 마찬가지로 가상의 과학기술과 인간의 관계, 상호작용에 주목하는 경우가 많기 때문이다.

가끔 소설을 쓸 때 논문을 찾아보기도 하는지 궁금해하는 독자들이 있다. 연구 논문은 현재 가능한 과학에 근거해 있고, 논문 하나하나는 매우 세부적인 주제를 다룰 때가 많아서 내 경우는 좀 더 다양한 주제를 폭넓게 다루는 과학 논픽션을 더 많이 참조하는 편이다. 때로는 논문에서 아이디어를 얻기도 하는데, 이 경우도 논문 자체를 매번 찾아 읽기보다 흥미로운 연구 결과를 소개한 해외 기사를 읽다 알게 되는 경우가 많다. 『지구 끝의 온실』은 내가 쓴 소설들 중에 가장 실제 논문을 여러 편 참조한 글이었고 식물 연구와 식물학자들의 현장에 대한 디테일을 개인적으로 무척 즐겁게 쓴 작품이기도 했다. 그 점을 눈여겨본 분들도 있었지만 그보다 많은 분이 "과학은 전혀 중요하지 않은 이야기였다!"라고 말해서 역시 작가 마음이 늘 잘 전달되는 건 아니구나 싶었다. 그것도 소설이라는 장르의 묘미이지만.

밑천이 없다는 두려움

나는 지금까지 소설을 쓰며 참고했던 자료들을 대부분 기억하는 편이다. 단편을 쓸 때는 '참고 자료'라고 하기에는 정말 스치듯 참고하거나 발상의 씨앗 정도로 삼은 경우도 많지만, 긴 소설은 아예 책 뒤에 참고문헌을 달기도 한다. 이렇게 각각의 소설이 어디에서 출발해 어떻게 이야기를 싹틔웠는지 기록하고 기억하는 일에는 한 가지 장점이 있다. 두려움을 떨쳐낼 수 있게 해준다는 것이다. 작가로서의 밑천이 없다는 두려움, 나에게는 꺼내어 쓸 만한 것이 없다는 두려움은 이야기가 저 바깥 세계에서도 얼마든지 발견 가능한 것임을 깨닫는 순간부터 점차 옅어져갔다. 소설이 정말 인간만의 이야기라면, 인간의 감정과 관계와 내면의 갈등에 대해서만 다루는 것이라면, 소설을 쓸 자격이라는 것은 인생을 한참 살고 인간에 대한 경험치를 다 쌓은 다음에야 획득할 수 있는 것인지도 모른다. 다행히도 소설은 인간만의 이야기가 아니고, 나는 밖으로 나가 새로운 이야기를 탐색한다. 나의 내면 깊은 곳만 들여다보아서는 발견할 수 없는 이야기들을.

소설을 막 쓰기 시작할 때 보통 내 머릿속에는 아주 희미한 아이디어와 구체화되지 않은 배경, 설정, 인물들이 죽처럼 희멀건하게 뒤섞여 있다. 나는 삶의 경험도 부족하고 아는 것도 적어서 내가 가진 것만으로는 도저히 이야기를 구체화할 수가 없다. 나를 끊임없이 뒤쫓아오던 밑천에 관한 고민은 바로 그 때문에 생겨났다. 하지만 소설은 나에게 아는 걸 쓰는 게 아니라 쓰면서 알아가야 한다는 걸 알려주었다. 백지 위에 세계를 단숨에 휘갈겨 그려낼 수 있는 무한한 상상력이 나에게 없다면 적어도 다양한 재료를 가져와 그것을 섞고 다져서 토대로 쌓아 올려보자고 생각했다.

가끔은 소설 쓰기를 낯선 여행지의 가이드가 되는 일에 비유한다. 나에게는 이 세계를 먼저 탐험하고 이곳이 지닌 매력을 독자들에게 보여줄 의무가 있다. 출발 지점에서, 낯선 여행지는 아직 내게도 안개로 덮인 듯 뿌옇게 보인다. 그렇지만 안갯속에서 초고를 쓰고, 많은 자료를 읽고 공부하고 가져와 길목 구석구석을 점차 구체화하고, 또다시 쓰고 고치다보면 안개가 걷히기 시작한다. 공기의 냄새가 느껴지고 사각사각 밟히는 나뭇잎 소리가 들려온다. 시야가 점차 맑아지고 풍경이 선명해진다. 그리고 어느 순간 내가 그 여행지의 풍경 속에 정말로 들어와 있는 것처럼 느껴진다면, 비로소 나는 이 소설을 쓸 준비가 된 것이다.

얼렁뚱땅 논픽션 쓰기

    소설가가 되기 전에 나는 논픽션 작가가 되고 싶었다. 언제부터 글을 썼는지 질문을 종종 받는데 내 답은 이렇다. "글은 아주 어릴 때부터 써왔고 소설은 쓴 지 얼마 안 됐어요." 소설가가 된 것은 정말이지 생각해본 적 없었던 갑작스러운 경로 전환이었다. 하지만 그전에도 나는 작가가 되겠다는 꿈을 갖고 있었다.

    글쓰기에 있어 나의 가장 오래된 기억은 여덟 살 때 공책에 또박또박 적어둔 '거울'이라는 제목의 짤막한 동시에 대한 것이다. 어떤 내용인지는 기억이 안 나지만 그 시가 엄마와 아빠, 공부방 선생님, 그리고 엄마의 지인들에게 몹시 큰 감명을 주었던 것은 기억한다. 우리 애가 천재라고 호들갑을 떠는 것은 세상 부모님들이 다 그렇다지만, 그런 사실은 감쪽같이 몰랐던 나는 그저 칭찬을 계속 듣고 싶었을 뿐이다. 그것이 나의 글쓰기의 시작이었다.

주로 그 나이에 일상에서 접하던 사물들, 공책이니 연필이니 하는 것들이 소재였다. 사물을 들여다보다 낯선 특징을 발견하면 그것으로 시를 썼다. 이를테면 연필은 깎아서 쓰는데 실제로 쓰이는 부분은 흑연 심뿐이고 나무 테두리는 지지하는 역할만 하다가 떨어져 나간다든가 하는. 글쓰기는 즐거웠고 어른들의 칭찬과 관심은 계속 이어졌다. 인터넷 카페나 웹사이트의 시 창작 게시판 같은 데에도 글을 올려서 댓글을 받았다.

그런데 얼마 지나지 않아서 나는 글쓰기가 관심을 얻는 도구일 뿐만 아니라 굉장히 실용적인 기술이라는 사실을 깨닫게 됐다. 초등학교 고학년 때부터인가 갑자기 학교에서 열리던 성평등 글짓기 대회니, 통일 글짓기 대회니 하는 행사에서 부상으로 도서상품권을 주기 시작했다. 상장만 줄 때는 시큰둥했지만 상품권이라면 이야기가 달랐다. 나는 모든 글짓기 대회에서 최우수상을 받겠다는 열의를 불태웠다. 받은 도서상품권으로는 게임 〈바람의나라〉 정액제 이용권을 사고 〈던전앤파이터〉 캐시를 충전했다. 뿌듯했다. 내 손으로 내가 쓸 돈을 벌다니, 어른이 된 기분이 이런 걸까.

마침 시대는 글쓰기가 훌륭한 학생의 덕목이라고 말하고 있었다. 툭하면 교내 글쓰기 대회가 열렸고, 논술이 중요하다며 서술형 답안을 강조하더니, 기어이 입시전형까지 바뀌고는 갑자기 자기소개서가 입시의 필수 서류로 등장했다. 나는 고3이 되자마자 자기소개서 쓰기에만 몰두한 끝에 자기소개서의 전문가로 거듭나서 몇 달 뒤에는 같은 반 친구들의 자기소개서를 온종일 봐주게 되었다. 문장을 다듬고, 문단 순서를 바꾸고, 펀치라인이 될 소제목을 붙이고, 각 항목에 맞는 과거의 경험을 발굴하겠답시고 긴 상담을 나누기도 하고. 어차피 입시 철이 시작되며 공부는 뒷전이 된 터라 책상 한편에 오픈한 상담소 운영은 게임만큼이나 재미있었다.

대학에 들어가서도 실용 글쓰기의 덕을 톡톡히 봤다. 부족한 생활비를 보충하기 위해 온갖 공모전과 해외 탐방 기획서, 장학지원 자기소개서 따위를 끊임없이 썼다. 하필이면 대학생들의 스펙 경쟁이 화두가 되던 시기여서 그랬는지 자잘한 일거리는 계속 생겼다. 대학생의 글을 실어주는 매체에 원고를 보내서 십만 원, 이십만 원씩 하는 원고료를 받기도 했다.

그렇게 글쓰기의 실용성을 체감하면서도, 한편으로 나는 늘 다른 글을 쓰고 싶다는 갈망을 품고 있었다. 나에게 실질적 이득을 가져다주는 글 말고도, 누구나 읽고 감탄할 수 있는 글을 쓰고 싶었다. 유용한 글이 아니라 좋은 글을 쓰고 싶었다. 마음을 움직이고, 충격을 주고, 새로운 세계로 발을 내딛게 하는 글을. 그중에서도 특히 나는 과학 논픽션을 쓰고 싶었다. 청소년 시절의 나를 과학으로 이끌었던, 아득하고 아름답고 경이로운 글들을 늘 마음에 품고 있었으니까.

과학자들의 전기나 자서전에는 어릴 때부터 연못으로 나가 개구리와 벌레를 관찰했다든지 아니면 화학실험에 한참 빠져 있었다든지 하는 이야기가 흔하다. 반면 나는 매우 정적인 방법으로 과학에 입문했다. 바로 책이었다. 무슨 약속이라도 한 듯 대부분 검은색 하드커버를 입고 사백 페이지, 오백 페이지를 가뿐히 넘기는 과학책들.『코스모스』『창백한 푸른 점』같은 책들은 물론이고 지금은 내용도 잘 기억나지 않는 『엘러건트 유니버스』『평행우주』『눈먼 시계공』『거의 모든 것의 역사』같은 책을 통해 과학을 만났다.

그런 책들이 정말로 과학을 처음 만나는 적절한 방법인지 의문은 여전히 있지만, 그럼에도 문자의 세계가 나를 물질의 세계로 데려다주었다는 사실을 나는 자주 상기했다. 나에게 읽고 쓰는 세계와 과학의 세계는 처음부터 분리 가능한 영역이 아니었다. 언젠가는 과학에 관한 논픽션을 쓰게 될 것이라고 생각했다. 하지만 시간이 지나며 그 생각은 서서히 시험에 직면했는데, 논픽션 작가가 되는 현실적인 경로를 찾지 못해서였다.

딱 들어맞지는 않지만, 과학 논픽션 작가로 이름을 알린 사람들을 대강 두 부류로 나눌 수 있을 것 같다. 먼저 과학 전공자가 아니거나 연구자 출신이 아닌, 자신의 전문 분야 바깥의 여러 주제를 취재와 문헌조사를 통해 다루는 작가들. 신문, 매거진, 방송 등으로 경력을 시작한 저널리스트 출신이 많지만 그 밖에도 배경은 다양하다. 메리 로치, 다이앤 애커먼, 룰루 밀러 같은 작가들이 있다. 한편 좀 더 고전적인 경로로는, 연구자 출신이거나 현직 연구자로서 자신이 몸담아온 분야의 지식과 경험을 바탕으로 논픽션을 쓰는 사람들이 있다. 칼 세이건이나 올리버 색스와 같은 잘 알려진 작가들을 포함해 과학자들이 자신의 연구분야에 대한 대중적인 책을 쓰는 경우는 많았고, 점점 더 많아지고 있다.

물론 어디까지나 느슨한 분류여서 여기 맞지 않는 다른 사례들을 얼마든지 떠올릴 수 있다. 해양생물학자로 일했던 레이첼 카슨은 자신의 전문영역이라고 할 수 있는 바다에 관한 논픽션 『우리를 둘러싼 바다』로 처음 명성을 얻었지만, 이후에는 훨씬 확장된 영역을 다루면서 화학물질이 지구 생태계와 생명체에 미치는 영향에 대한 사 년간의 치밀한 자료 조사를 바탕으로『침묵의 봄』을 썼다.

과학 논픽션 작가가 되는 경로는 매우 다양하고, 과학자만 과학 논픽션을 쓰는 것은 아니다. 이렇게 보면 당연한 말 같은데도 예전의 나는 그 사실을 잘 몰랐다. 내 책장에 꽂힌 두툼한 책들, 내가 동경했던 그 책들은 대부분 과학자가 쓴 책이었고 심지어 연구와 학술적 업적으로도 이름을 알린 과학자가 많았다. 그래서 나는 과학 논픽션을 쓰기 위한 필요조건이 과학자가 되는 일인 줄로 알고 있었다. 현직이 아니어도 최소한 연구 경험은 있어야 한다고 생각했다. 게다가 내가 아는 과학자들은 '전문성 없는' 작가나 기자들에 대해 자주 불만을 토로했다. 날카로운 지적들을 볼 때마다, 내 영역 바깥의 글을 쓴다는 것은 상상도 할 수 없는 일처럼 느껴졌다.

그런 오해뿐만 아니라 여러 현실적인 이유가 논픽션 작가가 되겠다는 결심을 막아섰다. 연구실에 들어간 지 얼마 지나지 않아, 나는 훌륭한 과학자가 될 수 없다는 사실을 깨달았다. 연구에는 재능이 없었다. 탁월한 전문가로서 전문 분야에 관한 멋진 글을 쓴다는 당초의 계획은 탈락. 그렇다면 훌륭하지는 않은 보통의 연구원이 되거나 전공과 크게 관련 없는 직업을 구해서 기회가 되면 겸업으로 글을 쓰는 방법이 있을 텐데, 그나마 가능성이 있었지만, 그런 식으로 기회를 기다리다 글쓰기를 손에서 놓게 될지도 모른다는 생각이 들었다. 나중에는 방송이나 언론에서 일하며 과학을 다루는 사람들, 드물지만 전업 저술가로 활동하는 사람들을 알게 되었지만 기자로 일할 자신은 전혀 없었고 전업 저술가로 살아남을 자신은 더더욱 없었다.

무엇보다 과학에 관한 생각이 조금은 복합적으로 변한 것도 있었다. 나를 이 세계로 초대한 과학책들은 열정과 호기심, 순수한 경이감으로 가득 차 있었다. 실제 과학은 그렇지 않았다. 끝이 보이지 않는 실험, 행정업무, 육체노동과 정신노동을 포함해 반복되는 잡다한 일들, 사람 사이에서 생겨나는 복잡한 문제들. 그 안에도 즐거움과 기쁨이 없는 것은 아니었지만 내가 상상했던 모습과는 달랐다. 여전히 과학이 좋았지만 예전과 같은 방식으로는 아니었다.

그렇게 한참 고민에 빠져 있던 시기, 새로운 길이 눈앞에 나타났다. SF 공모전에 냈던 두 편의 소설이 수상 소식을 가져왔다. 기사가 크게 나서 장르 독자들 사이에서 화제도 되었다. 대학원 졸업 학기, 진로를 결정해야 할 무렵이었다. 마땅한 길을 찾지 못했던 나는 이왕 주목받는 행운을 누린 김에 딱 일 년만 전업 작가로 살아보자는 뜬금없는 결정을 내렸다.

소설 쓰기는 즐거움과 현실 도피를 위해 시작한 취미였다. 적성에 잘 맞는다고 느꼈지만 그게 직업이 될 거라고는 생각해본 적 없었다. 하지만 어쩐지 이것은 다시 없을 기회라는 생각이 들었다.

어쨌든 그런 식으로 얼떨결에 소설가로 데뷔한 이후 기한이 정해진 전업 작가의 삶을 연장하기 위해 최선을 다했다. 그 과정에서 종종 서평, 에세이, 칼럼을 쓸 기회도 생겼다. 즐거웠지만 어디까지나 본업은 아니라고 생각했다. 논픽션 책을 써보고 싶다는 생각은 서서히 의식 저편으로 흩어졌다. 한 종류의 글을 써서 알려지면 다른 종류의 글에도 도전할 기회가 생길 테니, 언젠가 논픽션도 써볼 수 있겠지 정도로만 생각했다. 그게 아주 나중의 일이 될 것이라고 여기면서.

2018년 십이월, 한 통의 메일이 도착하기 전까지는 그랬다.

모르는 이야기로 한 권의 책을 쓸 수 있을까

메일은 김원영 작가로부터 온 것이었다. 때마침 그해 여름, 나는 김원영 작가의 『실격당한 자들을 위한 변론』을 읽고 몹시 들뜬 나머지 평소 잘 가지도 않는 저자 북토크까지 찾아가고, 괜히 질문도 하고, 깜빡 집에 놓고 온 책을 새로 사서 사인도 받으며 지금까지의 점잖았던 독자 인생에서 최대치의 호들갑을 떨고 온 경험이 있었다. 『실격당한 자들을 위한 변론』은 장애 정체성과 평등, 존엄에 관한 논픽션으로, 내용을 한 줄로 요약하기는 어렵지만 책을 덮고 이런 생각을 했던 것이 분명히 떠오른다. '와, 언젠가 이런 글을 꼭 써보고 싶다.' 그런데 그 책을 쓴 작가에게 협업 제안을 받다니, 이게 성덕이라는 건가.

당장 카카오톡을 열어 오랜 친구이자 장애―기술 연구자인, 북토크에도 함께 갔던 K에게 메시지를 보냈다. 아직 같이 하겠다고 답장을 보내지도 않았으면서 어떤 내용을 쓸 것인지, 어떻게 자료 조사를 할 것인지 다음 달에 책이 나올 것처럼 수선을 떨었다. 신난 내 얘기를 들어주던 K는 한참 뒤에 물었다. "언니, 근데 정확히 제안 내용이 뭐야?" 어, 그러게. 제안이 뭐였더라…….

처음 김원영 작가에게서 온 제안은 '서로 다른 위치에 놓여 있지만 동시에 장애라는 소수성을 공유하는 두 사람의 시차를 드러내는' 글을 쓰자는 내용이었다. 나는 십 대 후반에 난청이 생겨 청각장애인이 되었고, 김원영 작가는 휠체어를 탄다. 하지만 그 외 조건과 상황은 매우 다르다. 성별과 연령,

전공, 직업이 모두 다르지만 장애라는 공통점이 있는, 그러나 그 역시도 청각장애와 지체장애라는 다른 경험으로 나뉘는 우리 두 사람의 관점 차이가 흥미로울 것이라는 아이디어였는데, 다룰 주제는 아직 구체화되지 않아 여러 방향으로 열려 있었다.

다음 메일을 몇 차례 주고받으면서 우리의 관심사는 '포스트휴먼과 장애'라는 주제로 빠르게 좁혀졌다. 김원영 작가는 '만약 미래에 기술과 의학의 발전으로 장애가 소거되는 사회가 도래한다면 장애 정체성과 장애의 경험이란 어떤 의미를 가질까'라는 주제를 오래전부터 고민 중이었다. 마침 당시 나도 인지과학, 로봇공학과 신경공학, 유전학과 같은 과학기술 분야에서 장애를 다루는 방식에 비판적인 관심이 있었다. 포스트휴머니즘과 몸, 장애 정체성에 관한 이야기가 '사이보그─되기'라는 키워드로 모였다. 단행본 작업을 하기 전 주간지에 연재를 하며 이야기를 다듬어보자는 계획까지 막힘없이 진행되었다.

메일을 주고받다보니 확신이 생겼다. 이 책은 우리 둘의 경험만으로는 결코 쓸 수 없을 것이라고. 책의 성격은 에세이보다 인문사회서에 가까울 것이다. 각자의 개인적 경험에서 출발하는 부분도 있겠지만 바깥에서 가져와 채워야 할 부분이 훨씬 많았다. 『실격당한 자들을 위한 변론』이 작가의 경험뿐만 아니라 다양한 사례와 논증, 학술적 근거를 들어 이야기를 확장하는, 교양서와 학술서의 사이쯤 있는 책인 것처럼 우리가 논의하던 책도 그런 특징을 지니게 될 것 같다는 생각이 들었다. 나를 드러내는 글을 쓴다는 것이 내심 부담스러웠던 나로서는 이런 방향 설정이 오히려 반갑고 좋았다.

작업에 관한 이야기를 나누며 무척 들뜨기 시작했다. 이렇게 빨리 논픽션에 도전할 기회가 찾아오다니. 과학기술과 장애, 포스트휴먼, 사이보그, 미래의 장애 정체성…… 이런 낯선 주제들로 독자들에게 여러 감정과 생각을 끌어내는 글을 쓸 수 있을까. 물론 이 책은 과학기술을 직간접적으로 다룰 뿐 과학책은 아니겠지만, 이것 역시 내가 오래전부터 바라왔던 일이기도 했다. 독자들을 낯선 세계로 초청하고, 마음을 움직이고, 멈춰서게 만드는 글을 쓰는 것.

다만 여기에는 심각한 문제가 하나 있었다. 내가 이 주제에 대해 아는 것이 거의 없다는 것이었다.

고민이 많았다. 놓칠 수 없는 제안이라고 생각해 곧바로 받아들였지만 '내가 정말 이 글을 써도 될까?' '이 책을 쓸 수 있을까?' 같은 고민을 한 해 내내 한 것 같다. 좋아하는 저자와 함께 글을 쓰는 것은 기쁘기만 한 일은 아니다. 기쁨은 잠시, 공저자의 글을 감당할 실력을 갖추지 않으면 큰일이라는 사실을 깨닫는 순간이 온다. 여러 명의 저자가 글을 나누어 싣는 앤솔로지와도 조금 다르다. 앤솔로지는 보통 기획자가 있고 기획에 맞추어 각자 쓴 글을 모아 책으로 묶는다. 개별 글의 편차가 있어도 기획이 뛰어나면 괜찮은 책이 될 수 있다. 그러나 이 책은 단둘이서 정확히 절반의 분량을 책임지며 문제의식을 깊이 공유하고 서로의 글을 완전히 이해하면서 써야 하는 책이다. 얽혀갈 수 없는 작업이라는 뜻이다.

이미 좋은 논픽션을 써본 저자인 김원영 작가와 달리 나는 뜬금없는 기회 앞에 던져진 초보 작가였다. 그렇지만 그 사실이 나의 부족함을 덮어주지는 않을 터였다. 나는 나만의 방식으로 이 작업물에 내 몫의 기여를 해야 했다. 하지만 이렇게 아는 게 없는데, 과연 할 수 있을까?

걱정에 빠져 있을 틈도 없이 주간지 연재가 먼저 시작됐다. '사이보그가 되다'라는 프로젝트 제목도 일사천리로 정해졌다. 대부분의 연재가 이렇다. 도저히 못 쓰겠다고 약한 소리 하는 작가들을 일단 착즙기에 넣어서 원고를 쥐어짜는 것이다. 나 역시 평소에 '마감이 있으면 일단 쓰게 된다'는 믿음을 가지고 있었기에 일단 기운차게 시작했지만, 그 이후 반년간 어떤 진실을 마주해야 했다. 마감이 있으면 어떻게든 쓰게 되는 것은 맞지만 글의 퀄리티를 보장할 수는 없다는 슬픈 진실을.

바쁜 시기였다. 첫 소설집 『우리가 빛의 속도로 갈 수 없다면』 출간을 준비하고, 책이 나온 후에는 여러 인터뷰와 행사에 불려 다니느라 눈코 뜰 새 없는 때였다. 그래서 물리적으로 시간이 부족하기도 했다. 서울과 울산을 오가는 KTX 안에서, 행사를 앞두고 잠깐 들른 카페에서 틈틈이 글을 써야 했다. 하지만 가장 큰 문제는 나에게 당시 장애와 과학기술에 관한 충분한 고민과 문제의식이 부재했다는 것이다. 나는 아직 어떤 질문을 던져야 할지 몰랐다. 남들이 다 가지고 있는 질문 정도밖에 없었다. 그래서 자료 조사를 어떻게 시작해야 할지도 몰랐다. 한 편 한 편 어떻게든 주제에 대한 나의 미천한 경험과 얼마 없는 지식을 바닥까지 긁어봤지만 글이 공개될 때마다 이런 생각이 밀려왔다. '안 돼, 이렇게 형편없는 글을 책으로 낼 순 없어!'

시간은 순식간에 흘러갔다. 첫 소설집이 예상치 못하게 주목받고, 거의 한 달에 한 편꼴로 단편 마감을 하느라 정신이 혼미해진 사이 나는 첫 논픽션에 대한 확신을 잃어갔다. 그냥 다 미루고 도망치고 싶었지만 하필이면 주간지 연재로 동네방네 떠들어버린 탓에 없던 일로 할 수도 없어졌다. 일은 벌어졌고, 나 혼자만의 일도 아니었고, 이제 와서 발을 내빼기에는 너무 늦었다. 주위 지인들이 '잘 읽었다, 책으로는 언제 나오냐'는 선량한 안부 인사로 나를 괴롭혔다. 그해 연말, 프로젝트를 해보자고 의기투합한 지 정확히 일 년쯤 지난 때에 김원영 작가로부터 연락이 왔다.

"초엽 작가님, 우리 이제 정말 책 준비를 해야 하지 않을까요."

아마 김원영 작가에게도 이 작업은 쉽지 않았고, 여러모로 부담되는 일이었던 것 같다. 이상하게도 파트너와 프로젝트에 대한 부담감을 공유하고 있다는 사실이 다시 작업을 시작할 힘이 되었다. 이 주제는 원래 어렵다는 것, 나에게만 어려운 게 아니라는 것, 그 사실을 새삼스레 되새기자 용기가 생겼다. 나 역시 한 해 내내 못 쓰겠다고 한숨 쉬면서도 한편으로는 약간이라도 써먹을 만한 자료가 보일 때마다 강박적으로 모으고 있었다. 뇌의 해석 틀이 프로젝트의 주제와 동기화되는 느낌을 받았다. 언젠가부터는 세상이 다 장애와 과학기술 이야기만 하고 있는 듯한 착각이 일었다. 이제 정말 더는 미룰 수 없는 시점이었다.

안개가 모두 걷힌 지도

쓰는 사람의 입장에서 소설과 논픽션은 어떻게 다를까? 나에게는 둘의 차이가 '세계의 안개'가 있냐 없냐의 차이 같다. 전략전술 게임에서는 보통 전장의 안개(Fog of War)라는 것이 등장하는데(〈스타크래프트〉 맵을 가리는 그 안개가 맞다) 적대 진영이나 중요 자원의 위치 등이 지도상에서 검은 안개로 가려져 있어 직접 탐색하기 전에는 드러나지 않는 장치다. 나는 전략전술 게임보다는 넓은 세계를 직접 탐사하고 퀘스트를 수행하는 오픈월드 게임을 좋아하는데, 이런 게임들도 처음 지도를 열면 플레이어가 아직 가보지 않은 장소가 안개나 그림자로 가려져 있는 경우가 많다. 이런 게임에서는 '세계의 안개'라고 부르면 더 적절할 듯하다. 플레이어가 가려진 곳을 탐사하면 안개가 걷히면서 숲과 바위, 호수 같은 지형이나 퀘스트, 대장간과 보관함 따위가 드러난다. 계속해서 게임을 진행하다보면 안개 대부분은 걷힌다. 그런데 모든 안개를 걷어낼 수 있는 것은 아니다. 어떤 지역은 끝까지 안개 너머에 있다. 그것은 원래부터 볼 수 없지만 여전히 그곳에 무언가 존재한다는 착각을 주기 위한 장치다.

나는 소설이, 특히 SF소설이 세계의 안개로 뒤덮인 지도와 비슷하다고 본다. 독자의 관점에서도 작가의 관점에서도 그렇다. SF를 읽는 가장 좋은 방법 중 하나는 '이게 도대체 다 무슨 말이야?' 싶은 부분을 일단 무시하고 넘기며 쭉쭉 읽는 것이다. 작가는 알 수 없는 단어와 상황을 의도적으로 도입부에 배치하고 독자를 대뜸 사건 속으로 끌어들인 다음에야 이게 무슨 상황인지를 조금씩 알려준다. 그래서 SF를 읽는 경험은 세계의 안개로 뒤덮인 지도 위를 탐사하는 일과 비슷하다. 당장은 뭐가 있는지 몰라도 앞으로 걷다보면 가려진 세계의 구석구석이 드러난다. 또 한 가지 재미있는 점. SF의 지도에도 끝까지 읽어도 걷히지 않는 안개의 영역이 반드시 남아 있다.

소설은 주로 제한된 시점, 특정한 인물을 따라 전개되기에, 세계의 어떤 부분을 보여주고 어떤 부분을 안갯속에 남겨둘지를 작가가 선별한다. 특히 어린아이의 시점으로 진행되는 소설에서 그 효과가 극대화된다. 『클라라와 태양』은 아이들의 친구 로봇 클라라의 일인칭시점으로 진행된다. 클라라가 경험하는 세계는 자신이 진열되어 있던 로봇 매장과 동반자 소녀 조시의 집 안에 한정되어 있다. 독자는 집 바깥의 근미래 미국 사회가 어딘가 이상하고 뒤틀려 있다는 막연한 단서만을 얻을 수 있을 뿐이다. 물론 세계를 일인칭으로 경험하는 것은 아이들만이 아니다. 이십 대의 신출내기 경찰도, 사십

대의 유능한 과학 연구원도 결국은 각자의 관점으로만 세계를 경험한다.

이런 제한 시점을 따라간다는 특성 때문에 소설은 독자의 의심에서 조금은 자유롭다. 논리적 짜임새와 매끈한 세계 구성은 중요하지만 그것이 전부는 아니다. 때로는 개연성을 압도하는 다른 요소들이 있다. SF를 쓰는 작가들 역시 작품을 구상하다보면 매력적이지만 개연성이 부족한 이야기, 매력적이지만 구조적 결함이 있는 세계를 종종 떠올리게 된다. 아무리 애써도 개연성의 구멍을 쉽게 채울 수 없는 경우가 있다. 그럴 때면 굳이 논리적 결함을 채우기 위해 덕지덕지 온갖 이유를 가져다 붙이기보다 아예 독자가 '모르고 넘어가도록' 이야기를 설계하는 것이 낫다. 주인공이나 주요 인물들의 시선에 사각지대를 만든 다음 허점을 그 사각지대에 숨기는 것이다. 확인해본 적은 없지만 아마 SF 작가들 대부분이 의식적으로든 무의식적으로든 이런 방법을 쓰고 있지 않을까?

출간 이후 독자들의 개연성 지적은 글을 쓰면서 우려했던 부분보다 미리 생각지 못한, 놓쳐버린 부분에서 주로 나온다. 그러니까 SF를 쓸 때는 지도를 가리는 안개의 범위를 잘 설정하는 것이 중요하다. 어차피 논리적으로 완벽한 세계를 만들 수 없다면 적당히 가려서 진짜처럼 믿게 만드는 것이다.

(때로 단련된 독자들은 안개 너머 세계를 능숙하게 추론해 세계의 결점을 마구 드러내는데, 다행히 이런 무서운 독자들의 수가 그리 많지 않다는 점을 위안 삼아야 할지…….)

반면 논픽션의 세계는 안개가 없는 지도다. 작가의 의도에 따라 길을 따라가며 탐색하는 것은 소설과 비슷하지만, 소설과는 달리 이곳 현실이 논픽션의 무대다. 처음부터 지도는 안개가 걷힌 채로 여기 투명하게 드러나 있다. 세계의 안개로 독자들의 눈을 가리기란 불가능하다. 물론 개별 독자가 세계 전체에 대해 알지는 못한다. 누구나 그렇듯 우리 모두 각자의 관점으로 세계의 일부만을 경험하기에. 하지만 작가는 개별 독자가 아닌 전체 독자를 생각해야 한다. 개별 독자는 부분적인 지도만을 갖지만, 이 책을 읽을 잠정적 독자들의 부분적 지도를 다 합쳐보면 그것은 거의 세계 전체에 근접할지도 모른다. 현실에 대해 틀리게 쓰면, 어떤 부분이 왜곡되어 있거나 구멍이 나 있으면 반드시 누군가는 그 사실을 알아차린다. 이 책을 읽은 수천수만 명의 사람 중 단 한 명에 불과하더라도.

대상 독자에 따라 약간 달라질 수는 있어도, 기본적으로 논픽션을 쓸 때는 이 분야를 통달한 최고의 전문가들도 내 책을 읽을 것이라고 가정하고 쓰는 편이 나은 것 같다. 이미 그 분야를 아는 사람에게는 작가가 어디까지 알고 무엇을 모르는

지가 쉽게 보인다. 일부러 오류를 찾으려고 하지 않아도 눈에 띈다. 실제로 많은 교양서가 출간 이후 전문가들 혹은 독자들로부터 여러 오류 지적을 받는다. 논픽션의 세계에서는 그저 당연히 일어나는 일이라고 생각해야 마음 편하다.

그러니까 한마디로 말해, 논픽션은 '모르는 것을 얼버무리기'가 통하지 않는 영역이다. 세계의 안개를 남겨둘 수 없는 글쓰기라는 점에서 평소보다 훨씬 깊이 있는 자료 조사와 그에 대한 충실한 이해가 필요했다. 『사이보그가 되다』 단행본을 준비하던 초반에는 그 사실 때문에 무언가에 발목을 잡힌 듯 앞으로 나아가지를 못했다. 정말 내 밑천이 드러날 텐데, 이 글을 썼다가는 내가 아무것도 모른다는 사실이 투명하게 보일 텐데 하는 두려움이 있었다.

그 두려움에 맞서게 한 것은 글 외적인 여러 이유, 돌이킬 수 없는 출판사와의 계약, 탁월한 파트너의 존재, 독자들의 기대도 물론 해당했지만 무엇보다 이 프로젝트의 주제를 꼭 한번은 탐구해보고 싶다는 마음이었던 것 같다. 나는 장애와 과학기술, 그리고 소외된 몸의 미래라는 주제에 점차 강하게 매료되었다. 장애라는 정체성 혹은 상태는 우리 사회에서 가장 차별받고 배제되고 억압되는 위치에도 있지만 동시에 인간 신체와 정신, 능력주의에 가장 날카로운 질문을 던지며 온

몸으로 저항하는 전복적인 위치에도 놓여 있다. 그 정체성 혹은 상태가 미래라는, 장애와는 가장 거리가 멀어 보이는 단어와 결합했을 때 발생할 질문들이 궁금했다. 그 복잡한 질문들을 엮어서 독자들에게 낯선 풍경을 보여주고 싶었다.

　나에게는 무척이나 다행스럽게도, 당시 장애와 소외된 몸에 관한 현대적 논의와 사유를 다룬 여러 책이 한국어로 많이 번역되고 있었다. 국내 저자들이 쓴 좋은 책들도 몇 년 사이 쏟아져 나왔다. 장애학과 약간이라도 관련이 있는 책이라면 눈에 띄는 대로 사들였다. 솔직히 말해 인문사회 분야의 책을 그렇게 단기간에 많이 읽어본 것이 처음이었다. 이 논픽션을 작업하기 전까지 나는 고등학생 때 역사와 사회 과목이 싫어서 이과에 간 전형적인 '인문 소양 없는 이과생'이었다(그래서 데뷔 이후 독자들이 가끔 '문·이과 통합 작가' 같은 말을 하면 칭찬이라는 것은 알지만 몹시 당황스러웠다……). 예전에 나는 인간이라는 '답이 없는' 존재를 탐구하는 학문들이 모호하고 답답하다는 편견을 가지고 있었다. 하지만 장애학을 접하며 왕창 읽기 시작한 인문사회서들은 이전과 완전히 다르게 다가왔다. 이 책들은 우리 세상에 정답은 없겠지만 나아갈 방향은 있다고 말하고 있었다. 현상을 관찰하고 분석할 뿐만 아니라, 한 걸음 더 나아가 무엇을 해야 하고 또 어떻게 싸워야 하는지를 말하고 있었다. 모호함을 부정하지 않고, 정답 없음을 직면하되, 잠정적 결론을 내리기를 무작정 유예하지는 않는 단호함. 나에게는 이 시기 읽은 책들이 이런 태도를 지닌 것처럼 느껴졌다.

특히 『망명과 자긍심』이나 『거부당한 몸』과 같은 좋은 책들은 장애 당사자들과 장애학자들의 논의, 현재의 쟁점을 뒤쫓아 가는 데에 큰 도움을 주었다. 현대의 장애권리운동과 장애학은 장애인이 겪는 차별과 배제가 장애 자체에서 비롯한 것이 아니라 손상을 장애로 만드는 사회구조에 기인한다는 '장애의 사회적 모델'을 받아들이며 출발했다. 그러나 한편으로는 장애인이 몸과 정신의 손상, 즉 장애 자체로 겪는 고통도 분명히 실존한다. 어떤 사람의 장애가 어느 정도 사회적으로 구성된다고 해서, 그가 개별자로서 고유하게 경험하는 몸의 고통을 부인할 수는 없다. 그렇기에 현대의 장애 담론은 손상을 장애화하는 사회, 제도, 문화에 날카로운 질문을 던질 뿐만 아니라 장애인 사이의 다양성, 구체적인 몸의 고통과 경험, 장애 정체성과 자긍심 문제를 놓치지 않고 다룬다.

한편 포스트휴머니즘과 인간 신체─결합기술에 관한 대중서와 학술서도 국내에 여럿 나와 있었다. 마크 오코널의 『트랜스휴머니즘』은 인간 신체의 한계를 극복하려는 트랜스휴

면에 대한 기업인들, 미래학자들의 꿈을 비판적으로 검토하는 책으로, 기술낙관주의에 대한 문제의식을 다듬는 데에 도움이 되었다. 포스트휴머니즘을 다루기 위해 꼭 읽어봐야 할 도나 해러웨이, 로지 브라이도티, 캐서린 헤일스와 같은 학자들의 책들도 이미 번역이 되어 있거나 적절한 시기에 새로 번역 출간되었다. 만약 한국어로 쓰이거나 번역된 그 책들을 출발 지점으로 삼을 수 없었다면 영문 자료의 망망대해에서 분명 길을 잃고 말았을 것이다.

다음으로 내가 해야 할 일은 두 영역을 잇는 자료들을 찾아내는 것이었다. 장애학 기반으로 포스트휴먼을 이야기하거나 보철 기술, 보조공학 등을 이야기하는 한국어 자료는 수도 적었고 찾기도 쉽지 않았다. 무엇보다 나는 기존 현상에 대한 비판을 넘어 유의미한 대안을 찾아내야 했다. 비판을 하라면 할 수 있을 텐데 이후에 나아갈 방향은 어디서 찾아야 할지 도무지 감이 잡히지 않았다. 하지만 막막했던 그때도 마음속에 희미한 확신은 있었다. 세상 어딘가에는, 이런 이야기를 해온 사람들이 분명 꽤 많을 것이라고.

언어를 발견하는 기쁨

본격적으로 자료 조사에 들어가던 당시 나는 치앙마이에 있었다. 태국 북부의 도시, 일월에도 한여름 기온을 자랑하지만 비는 한 방울도 내리지 않는 곳. 여름을 사랑하지만 여름의 동반자 장마는 끔찍하게 싫어하는 나에게는 정말 천국 같은 곳이었다. 치앙마이에서 겨울을 보내며 글을 쓰겠다고 계획한 것은 한참 전이었는데, 사실 『사이보그가 되다』 작업을 한참 질질 끌 것이라고는 생각도 못 하던 때 세운 계획이었다. 미팅과 강연으로부터 해방된 먼 타국에서 녹음 우거진 창밖을 이따금 내다보며 여유롭게 장편소설을 쓰고 있을 줄 알았는데. 현실은 와장창. 아직 자료 조사도 시작 못 한 논픽션 원고를 백지부터 채워야 했다.

그래도 다행이라고 해야 할지 치앙마이는 오래 머물기는 좋지만 구경거리는 많지 않은 곳이어서 일주일쯤 지나니 관광 레퍼토리가 다 떨어졌다. 그 무렵 숙소 가까운 코워킹 스페이스, 일종의 공유 작업실을 하나 발견했다. 카페와 비슷하지만 컴퓨터 작업에 적합한 책상과 의자, 콘센트 등을 갖춘 곳이었다. 내가 갔던 곳은 좀 특이한 서비스도 있었다. 삼십 분마다 재스민 티와 물 주전자를 든 친절한 사장님이 나타나 책상 위 물잔이 절대 비지 않도록 채워주셨다. 의도하신 것은 아니겠지만 딴짓을 덜하고 잠이 깨는 효과가 있었다. 왠지 나를 제외한 사람들은 대부분 IT 개발자였는데 다들 작업에 몰두하고 있어서 집중하기 좋은 분위기였다.

작업실로 출퇴근하기 시작하면서 여행은 금세 일상의 영역으로 들어왔다. 아침 햇살에 눈을 뜨면 오픈 시간에 맞춰 작업실로 달려가 자리를 잡고, 두 시간쯤 일을 하다가 간단한 점심을 먹고, 또 저녁까지 일을 하고, 저녁을 먹고 다시 돌아와보면…… 어느새 같은 공간을 쓰던 사람들은 모두 퇴근하고 나만 남아 있었다. 그런 날이 몇 번 반복되자 한 가지 깨달음을 얻고 말았다. 실은 그동안 부정해왔을 뿐 나도 너무나 K-일중독자 근성이 뼈에 새겨져 있었던 것이다.

한국어를 쓰지 않는 환경이 나에게는 환기 효과가 있었던 것 같다. 그다지 잘하지도 못하는 영어로 학술 자료들을 읽어야 한다는 것이, 심지어 그것이 내가 전공한 분야와는 아무 상관없는 낯선 영역이라는 것이 처음에는 부담스럽고 버겁게만 느껴졌는데 한국어 대화가 오가지 않는 날들이 계속 이어지자 어쩐지 '까짓것, 그냥 한번 해보자'라는 생각이 들었다. 그래, 이렇게 멀리까지 왔는데, 뭐라도 쓰고 가야지.

장애와 과학기술의 연결은 그 자체로 이미 인기 있는 논의

주제다. 첨단과학기술이 장애인을 도울 수 있는가, 보조기술은 어떻게 장애를 보완하는가, 산전 유전자 검사와 유전자 편집은 장애를 없앨 것인가. 밀려오는 논쟁의 파도 앞에서 나는 먼저 '어디에 서서 문제를 바라볼 것인가'를 정해야 했다. 한마디로, 입장 정리를 해야 했다. 장애를 그저 불편하고 가급적 없으면 좋은 상태로만 여긴다면 장애와 과학기술에 관해서도 통념대로 이야기할 수밖에 없다. 기술 발전은 좋은 것이고, 장애와 질병은 줄어들 것이고, 보조기기는 장애인들을 도울 것이고…….

나에게는 다른 관점이 필요했다. 정확히는 장애를 오직 의료적 교정과 치료의 대상으로만 바라보는 관점에 반대하면서, 비장애중심 사회구조를 바꾸어나가자는 입장에 서서 과학기술을 이야기하는 관점이 필요했다. 요약하면 '장애학의 관점으로 장애－과학기술의 관계를 재설정하는 일'이라고 할까. 문제는 해외에서도 이런 관점이 주류가 아니라는 데에 있었다. 이제부터는 자료의 바다를 헤매며 찾아내는 수밖에 없었다.

나는 첨단기술을 결합한 장애인을 '사이보그'로 칭하는 여러 광고 영상, 신문 기사와 칼럼으로부터 출발했다. 한국에서나 해외에서나 구원자로서의 과학기술은 널리 퍼져 있었다.

기술이 걷지 못하는 이를 일으켜 세우고, 듣지 못하는 이를 듣게 만들 것이라는 약속과 낙관이 기업 홍보 영상이든 대중적 콘텐츠든 흔히 등장해온 것을 확인할 수 있었다. 그리고 그에 대한 비판 역시 주류는 아니지만 오래전부터 꾸준히 제기되어왔음을 알 수 있었다. '기술이 장애를 종식할 것이다' '기술만이 장애의 유일한 해결책이다'와 같은 주장들이 어떻게 비현실적 낙관으로 사람들의 시선을 돌리고 장애인의 현실을 외면하게 만드는지에 대한 비판이었다.

여기까지는 사례를 모으기가 수월했지만 그다음이 어려웠다. 나는 비판뿐만 아니라 대안을 제시하고 싶었다. 장애를 단지 과학기술이 해결해야 할 문제로만 바라보는 관점이 잘못되었다는 점은 충분히 동의할 수 있었지만, 한편으로는 발전하는 과학기술이 장애 당사자들의 삶에 이전보다 많은 가능성을 열어주고 있는 것 같다는 생각도 했다. 그렇다면 장애인을 소외시키고 억압하는 기술과 장애인을 실제로 돕는 기술이 따로 있는 것일까? 글쎄, 그것을 나눌 수 있는 선이 애초에 존재하기는 할까? 만약 기술에 대한 비현실적 낙관도 비판도 아닌 그 사이의 어떤 길이 있다면 그것은 무엇일까? 완전히 다른 방향으로 뻗어나가는 대안은 없을까? 대립 혹은 수용만이 있는 것일까?

처음으로 「크립 테크노사이언스 선언(Crip Technoscience Manifesto)」이라는 논문을 발견했을 때의 반가움이 지금도 생생하다. 이 논문의 저자들은 그동안 장애인을 '위해' 만들어진 기존의 장애-기술을 넘어서서 장애인이 기술지식의 제작자로서 중심이 되는 새로운 과학기술을 제안한다. 장애를 고치는 기술이 아니라 환경을 개선하는 기술, 먼 미래를 약속하는 대신 장애인들이 지금 당장 일상을 잘 살아가고 사회로 나오도록 돕는 기술을 추구하자는 것이다. 이렇게만 쓰면 막연해 보이지만, 저자들은 선언을 뒷받침하는 실천적 사례들도 소개한다. 이 자료를 접한 날, 나는 작업일지에 이렇게 적었다.

'이제 알겠다! 이제 쓸 수 있을 것 같아.'

그저 막연한 문제의식, 충분히 벼려지지 않아 뭉툭한 질문, 아직 패턴을 찾지 못한 생각이 비로소 그것을 설명해줄 명료한 언어를 만났을 때의 기쁨이란.

이 논문이 실린 저널 〈카탈리스트(Catalyst)〉의 해당 호에는 크립 테크로 해석될 수 있는 다양한 실제 사례가 함께 실려 있어서, 국내에서 크립 테크의 예시를 어떻게 찾아봐야 할지도 감을 잡을 수 있었다. 저널의 해당 호가 발행된 지 겨우 반년밖에 되지 않았다는 것도 이 주제의 동시대성을 실감하게 했다. 장애중심적 과학기술을 고민하고, 구체적으로 언어화하고, 관련된 다양한 활동을 실시간으로 벌이는 사람들이 바다 건너에 이미 있었던 것이다. 일단 연구자와 활동가 몇몇의 이름을 알게 되자 그들의 네트워크를 추적하는 일은 쉬웠다. 인용과 참고 자료를 따라가고, 아직 정식 논문이나 기사로 나오지 않은 소셜미디어와 블로그의 글도 찾아보았다.

그다음으로 이어진 발견의 기쁨은 나의 본업인 소설 쓰기와도 관련이 있었다. 내가 SF 소설가인 만큼, 장애와 관련된 SF를 소개하는 '장애의 미래를 상상하기'라는 챕터를 쓰자고 계획했지만 사실 뚜렷한 확신은 없었다. SF에서 장애인 캐릭터나 장애―기술이 등장하는 일은 종종 있지만 다른 소수자 문제에 비하면 상대적으로 덜 다뤄지는 것처럼 느껴졌다. 하지만 일단 조사를 시작하고, 아직 번역되지 않은 해외 SF까지 범위를 넓히니, SF를 통해 장애를 진지하게 탐구해온 작가들의 수가 결코 적지 않다는 것을 알 수 있었다.

가장 먼저 읽은 책은 『SF에서의 장애(Disability in Science Fiction)』라는 SF 비평서였다. 알려진 작품들을 장애중심적 비평 틀로 해석하는 이 비평서를 통해 기존의 SF 작품에 등장하는 장애인 인물 혹은 장애―기술을 어떻게 비판적으로 바라봐야 할지 단서를 얻었다. 그리고 장애와 접근성을 주제로 한 사고실험적 SF 작품을 모은 선집 『미래에 접근하기(Accessing the Future)』와 SF 매거진 『언캐니(Uncanny)』의 장애 특집호를 읽으며 동시대 작가들이 SF 속에서 어떻게 장애와 과학기술의 관계를 다루는지를 살펴보았다. 이 과정은 단지 책을 쓰기 위한 조사에만 그치지 않았고 나의 이후 소설 작업에도 많은 영향을 미쳤다. SF가 가상세계에서의 접근성을 실험해볼 수 있는 장소라는 것을 다른 작가들의 글을 읽으며 실감한 것이다.

읽은 자료들을 김원영 작가와 공유하며 목차와 각 장의 개요를 잡아나갔다. 목차와 전체 구조는 초고를 쓰는 과정에서 여러 번 바뀌었다. 독자들에게 낯선 내용을 끝까지 읽게 만들려면 무엇보다 글의 흐름이 매끄러우면서도 극적이어야 한다고 생각했다. 먼저 각자의 경험에서 출발해서, 왜 우리가 지금 이 시대에 장애와 기술의 관계를 함께 고민해야 하는지 화두를 던지고, 구체적인 사례들을 살펴보며 현상을 분석하고, 다양한 대안을 제시하며, 마지막에는 좀 더 미래적인 이야기까지 확장하는 흐름으로 구상했다. 서로 자료를 공유하다보니 같은 사례를 책에서 여러 번 소개하는 경우도 있어서 중복되는 내용을 조율하고 각자 다른 소주제를 다루면서도 연결될 수 있는 지점을 고민했다. 주간지 연재에서 썼던 글들을 그대로 다시 사용한 부분이 거의 없을 정도로, 글을 아예 무너뜨리고 다시 짓는 것이나 다름없었다.

그렇게 초고를 써나가던 중에 코로나19 사태가 터졌다. 한국의 지인들에게 "여기보다 태국이 안전하니까 좀 더 있다 들어와"라는 말을 들으며 조마조마한 일상을 보내다가 원래 계획했던 대로 이월 말까지 치앙마이에 머물다 한국으로 돌아왔다. 여담이지만 당시 내가 너무 좋아했던 장소 MANA co-working space는 코로나19의 여파로 슬프게도 문을 닫고 말았다. 언젠가 다시 문을 열어주지 않을까 바라면서 일이 잘되지 않는 날마다 그곳의 햇볕 잘 드는 전면 창, 낡은 소파를 차지하며 낮잠을 자던 검은 고양이, 오묘한 맛의 타이 스타일 샌드위치를 떠올리고는 한다.

마침내 삼월 말, 초고가 완성되었다. 김원영 작가와의 초고 합본을 편집자님에게 보냈다. 아직 다듬을 곳이 많이 남았지만 그래도 제법 구조를 갖춘 글이었다. 흥미로운 사례를 많이 소개했고 새로운 이야기를 다루고 있다는 자신감도 있었다. 얼마 뒤, 편집자님의 피드백이 도착했다. 언제나 단행본 원고의 첫 피드백을 여는 순간이 가장 긴장된다. 편집자님은 원고를 처음 읽는 독자이자 날카로운 안목을 지닌 훈련된 독자였고, 이 원고를 함께 좋은 책으로 만들어갈 협업자이기도 했다. 만약 편집자님을 만족시킨다면 이 초고도 그럭저럭 괜찮은 것이었다.

"보내주신 원고 잘 읽어보았습니다."

그렇게 시작된 피드백은 아직 만족과 거리가 멀었다. 편집자님은 이 글이 분명히 많은 장점과 매력을 가지고 있지만 초기 협업의 목표로 삼은 두 저자의 '차이'를 드러낸다는 아이디어가 지금 단계에서는 잘 구현된 것 같지 않다는 조언을 해주었다. 또한 내 파트가 독자의 입장에서 좀 더 어렵게 느껴진다고 했는데, 장애학과 과학기술학 분야의 다양한 논의를 소개하고는 있지만 감정과 생각을 진솔하게 드러내는 에세이적인 성격이 부족해서 몰입이 잘되지 않는다는 것이었다. 너무 건조하고 무덤덤하게 서술되었다는 말이었다.

"독자가 지적인 자극을 넘어 이야기 속으로 좀 더 깊이 들어가려면, 자신을 뒤흔드는 문제의식이나 끝내 해결되지 않는 고민 등 조금 더 자신을 내보이는 이야기가 담겨야 하지 않을까 생각했어요. 여기서 소개하는 여러 논의의 중심에 당사자인 자신의 경험과 문제의식이 놓여 있으면 좋겠어요."

편집자님의 정확한 지적에 그동안 중요한 것을 놓치고 있었다는 생각이 들었다.

나를 마주하는 글쓰기

초고가 그렇게 건조하게 쓰인 이유는 두 가지 정도가 있는 것 같다.

먼저, 지금도 약간은 그렇지만, 나는 글에서 사적인 부분을 드러내는 것을 좀 어색해한다. 나의 소소한 일상이나 주위 사람들과의 일화, 성장 과정에서의 경험을 소재로 쓰는 것에 거부감도 있고 간지러움도 느낀다. 일상을 대체로 무덤덤하게 보내는 편이고 특별히 극적인 일도 없어서 글로 쓸 만한 이야기도 없다. 남들처럼 감정이 폭주하던 십 대 시절에는 사적인 글들을 블로그에 올리기도 했지만 나중에 읽어보면 '이런 얘기를 대체 왜 공개적으로 썼지?' 싶어서 부끄럽기만 했다.

그래서 나는 소설가로 데뷔하게 되어서, 특히 SF 소설가로 데뷔해서 좋았다. 현실과 워낙 거리가 먼 이야기다보니 작가가 글에 드러나지도 않고 독자들도 굳이 작가가 누구인지 어떤 사람인지 짐작하지 않을 것 같아서였다(꼭 그렇지만은 않다는 것을 나중에 알았지만). 그래도 소설이 아닌 글에서는 주제 때문이든 독자의 몰입을 높이기 위해서든 작가의 이야기가 필요할 때가 있는데, 알면서도 직접 쓰는 것은 역시 익숙하지 않았다.

다음은 좀 더 주된 이유로, 나는 이 글에서 당사자성을 얼마나 드러내야 하는지 고민이 많았다. 나는 후천적으로 난청을 얻은 장애 당사자이고, 그 당사자성이 장애와 과학기술이라는 주제로 책을 쓰게 된 중요한 계기이기는 하지만, 글 전체를 보았을 때 그것이 글에서 큰 비중을 차지하지 않기를 바랐다. 글을 쓰는 사람으로서 당사자성이란 매우 다루기 어려운 공처럼 느껴진다. 어떤 주제를 다루기 위한 적절한 출발 지점이자 현상을 해석하는 틀이지만 그것이 전부는 아니다.

나뿐만 아니라 보통 당사자로서 어떤 주제에 대해 글을 쓰는 저자들이 궁극적으로 말하고 싶은 것은, 당사자로서 겪은 경험만이 아니라 그 다음의 이야기일 것이다. 개인의 경험이 어떻게 사회와 연결되는지, 이 경험을 구조 속에서 어떻게 바라봐야 하는지, 나와 타인의 경험은 얼마나 같고 또 다른지. 그런 이야기까지 도달할 수 있어야만 개인의 경험은 사적인 서술에 그치지 않고 풍부한 의미를 갖게 된다. 그러나 때로는 이런 글이 경험 너머의 이야기로 읽히지 않고 저자의 당사자성에만 조명을 비추고 끝나는 경우도 있다. 나는 이 책도 그렇게 읽힐까봐, 특히 이 책의 독서 경험이 나의 소설을 독해하는 데에 불필요한 영향을 미칠까봐 우려했다. 내가 이십 대 초중반에 많이 겪었던 것처럼 '와, 장애가 있는데도 이렇게 열심히 살다니 정말 대단해!' 같은 맥락 없는 말을 듣게 되거나, 앞으로 소설을 발표할 때마다 소설이 장애라는 해석 틀로만 읽힐까봐 다소 섣부른 걱정을 했다. 그래서 약간은 방어적인 태도로 초고를 썼다. 그 결과는 내가 너무 글 뒤에 숨어버린, 무미건조한 글이 되고 말았다.

편집자님의 피드백에 대부분 동의했던 나는 일단 초고를 뜯어고치며 내 경험 서술을 늘리고 회상 장면들을 '감정적으로' 크게 수정했다. 나보다 훨씬 능숙하게 자기 이야기를 녹여내는 김원영 작가의 파트를 읽으며 분석도 했다. 그런데 내 글을 수정할수록 뭔가 좀…… 아닌 것 같았다! 대체 뭘까, 이 기분은? 한참 고민하다가 프로젝트의 시작부터 계속 이야기를 나눠왔던 연구자 K에게 글을 보여주었다.

K는 글을 다 읽더니 단호하게 말했다.

"언니, 아니야. 이건 너무 과해."

K의 말에 따르면, 추가된 내용이 독자의 몰입을 돕는 대신 그냥 불평불만처럼 느껴진다는 것이었다. 그럼 그렇지. K의 '과하다'는 표현 하나로 내 원고에 느꼈던 거리감이 정리되는 기분이 들었다. 독자를 몰입하게 해야 한다는 생각 때문에 오히려 내가 과거에 느꼈던 감정을 지나치게 부풀린 부분이 있었다. 게다가 추가된 경험들이 그다지 흥미롭지도 않았다.

삑, 이번에도 탈락.

도대체 어떻게 해야 할까. 어떻게 써야 나를 적절히 드러내면서도 과한 느낌을 주지 않고, 당사자로서의 경험을 중심에 두되 더 넓은 곳으로 뻗어나가는 글을 쓸 수 있을까.

초고를 고치고 또 고쳐 쓰면서, 경험을 넣었다가 빼고 다시 넣으면서, 조금씩 문제의 원인을 깨달아갔다. 초고가 독자의 몰입을 끌어내지 못한 근본적인 이유는 내 경험이 얼마나 많이 들어갔는지의 문제가 아니었다. 글을 쓰던 나조차도, 책에 소개한 많은 사례와 내 이야기를 여전히 떨어뜨려놓고 생각해왔기 때문이었다. 그러니 경험이 글에서 겉도는 느낌이 들수밖에. 그 시점까지 나는 장애를 나의 정체성으로서 진지하게 받아들여본 적이 없었던 것이다.

하지만 이 책을 쓰면서는 달라야 했다. 무엇보다 이 책은 기술과 연결되어 살아가는 장애인들의 진짜 경험을, 구체적인 삶의 결을 들여다보자고 말하는 책이었다. 적어도 이 논의가 저자인 나를 소외시키지 않아야 했다. 내 이야기는 낯선 논의로 독자들을 이끄는 이 책의 첫 사례가 되는 것이다.

초고를 수정하면서 스스로 질문을 거듭 던졌다. 내가 지난 경험 속에서 기술에 대한 지나친 낙관과 장애인의 현실 사이의 간극을 직접 실감한 적이 있을까. 기계장치와 상시 연결되어 혹은 접촉되어 살아가는 일이 매우 번거롭다는 사실을 내가 깨달은 순간은 언제였을까. 그 경험들은 지금의 나에게 무슨 의미가 있을까. 내가 보고 듣고 겪은 것들 중에 장애중심적 과학기술이라고 할 만한 것이 있을까. 지금까지 내가 겪었지만 한 번도 깊이 들여다본 적 없는 경험들을 되짚었다. 질문을 던지면서 나는 내 경험의 의미를 사후적으로 구성해나갔다.

당사자성은 얼마나 중요한가. 『사이보그가 되다』를 쓰던 당시에도 딱히 결론을 내리지 못한 문제였지만 지금은 이런 생각이 든다. 중요하지만, 어쩌면 그렇게까지 중요하지는 않을 수도 있다고. 장애 당사자라도 자신의 장애 정체성에 대해, 장애의 사회적 위치와 의미에 대해 충분히 고민해본 적이 없다면, 혹은 그 방향이 어긋나 있다면, 비장애인보다 더 장애인을 혐오하고 차별할 수 있다. 당사자 각자의 경험이 너무나 다르기에 당사자성만을 무작정 강조하는 논의는 때로 파편처럼 흩어져버리는 것 같기도 하다. 나는 지금도 『사이보그가 되다』와 같은 책을 꼭 당사자가 써야 하는 것은 아니라고 생각한다.

그래도 나에게는 이 책을 쓰며 나의 경험과 장애 정체성을 진지하게 돌이켜보는 일이 꼭 필요했다. 자료 조사를 하고 글을 완성해가면서 내가 장애인과 장애 정체성에 대해 갖고 있던 생각들이 바뀌어갔다. 나는 그동안 장애인을 차별받는 사람들이라고, 비장애중심적인 구조 때문에 부당하게 사회로부터 배제된 이들이라고 생각했다. 틀린 생각은 아니었지만 그렇게 규정할 때 장애는 여전히 부정적 정체성이었다. 어쩌면 그래서 내가 장애 당사자이면서도 장애 정체성을 선뜻 받아들이거나 스스로 장애 공동체에 속해 있다고 여기기 어려웠는지 모른다. 나에게도 장애로 인한 소외와 배제, 차별의 경험이 있지만 그것은 어쩐지 '충분'하지 않다고 느껴왔던 것이다.

하지만 이 책을 쓰며 나는 차별에 맞서 싸우는 장애인들, 부당한 구조를 무너뜨리고 새롭게 세우는 장애인들의 이야기를 계속 접했다. 기술이 매끄러운 세계를 만들고 '당신들의 자리는 없다'고 말할 때 어떻게든 틈새를 비집고 들어가 자리를 만들어내는 사람들이, 차별받는 사람들뿐만이 아니라 차별과 싸우는 사람들이 그곳에 있었다.

원고 수정이 마무리되어갈 무렵 〈크립 캠프〉라는 다큐멘터리를 봤다. 기술과 장애라는 주제와 직접적인 관련은 없지만 장애 공동체를 다룬 영화라는 말에 호기심이 생겼다. 이 다큐멘터리는 1971년 뉴욕에서 열린 장애 청소년들의 캠프 제네드의 풍경을 비추는 것으로 시작한다. 캠프에 온 십 대들은 집과 시설에만 갇혀 살다가 이곳에서 놀라운 자유를 경험한다. 함께 음식을 만들고, 휠체어를 탄 채 운동경기를 하고, 모든 결정을 스스로 하는 법을 배운다. 장애인이 중심이 되는 이곳 캠프에서 그들은 자신들을 가둬온 것이 자신의 장애가 아닌 세상 자체였음을 알게 된다. 그리고 세상을 바꿀 수 있다면, 더는 갇혀 살지 않아도 된다는 것을 깨닫는다.

그렇게 캠프 제네드를 거친 이들 중 상당수가 어른이 되어 장애 차별에 맞서 싸우는 활동가가 된다. 더 나은 세상을 한 번 겪고 온 사람들은 다시 그전으로 돌아갈 수 없다. 그들은 미국 각지의 도로와 건물을 점거하고 시위를 벌이고 정부와 협상하며 권리를 쟁취한다. 더 이상 분리를 받아들이지 않겠다고 선언한다. 그들의 얼굴이 책을 쓰며 알게 된 사람들의 모습과도 겹쳐졌다. 장애중심적 기술을 만들어가는 당사자들, 유튜브와 소셜미디어로 장애권리운동을 펼치는 사람들, 한국에서 버스와 지하철을 멈춰 세운 장애활동가들.

그 많은 사람과 내가, 국적도 장애 유형도 삶의 경험도 너무나 다른 우리가 '장애의 경험'이라는 느슨한 연결고리로 이어져 있다는 것이 문득 좋았다. 그들이 억압에 맞서 싸운, 각자의 전선에서 세상을 바꿔온, 비장애중심 사회에 끊임없이 균열을 내온 존재들이라는 것이 고맙고 자랑스러웠다. 그제야 나는 어떤 사람이 자신의 장애에 '자긍심'을 지닐 수 있다는, 이상하고도 모순된 것처럼 들리는 이 말의 의미를 조금 이해할 수 있었던 것 같다.

따로 또 함께 쓰는 글

참고문헌 목록을 작성할 때, 나는 소설과 논픽션의 가장 큰 차이를 실감했다. 소설이 비록 기존 작품들의 영향 아래 있지만 그럼에도 온전한 나의 창작물이라는 느낌이 들었던 반면 논픽션은 수많은 타인의 연구와 사례, 저술 없이는 성립될 수 없는 글이었다. 책을 쓰며 이 자료가 세상에 존재해줘서 고맙다는 생각을 얼마나 자주 했는지 모른다. 저작물의 공적인 의미에 대한 생각도 조금 바뀌었다. 소설을 쓸 때는 주로 창작자의 권리가 충분히 보장되지 않는 현실이 문제라고 생각했다면, 논픽션을 쓰면서는 지식의 공공성에도 관심이 생겼다. 창작자의 권리가 중요한 만큼 많은 저작물이 서로 조금씩은 빚지고 있다는 인식도 필요한 것 같다. 어떤 개인이든 평등하게 책과 자료에 접근할 수 있도록 보장하는 도서관의 존재가 새삼 중요하다는 생각도 들었다.

원고가 다른 저작물들에게 빚지고 있는 만큼, 작업 자체도 그랬다. 앞서 몇 번 언급했던 연구자 K는 특히 장애학과 과학기술학의 전문 연구자료들을 이해하는 데에 큰 도움을 줬다. K는 대학원에서 장애—기술 관련 과학기술학 연구로 박사과정을 밟는 이 분야의 국내 몇 안 되는 연구자였다. 나는 이 분야의 자료를 처음 읽다보니, A 논문을 읽으면 이 말이 옳은 것 같고 B 책을 읽으면 또 이 주장이 다 맞는 것 같고, 이래저래 줏대 없이 휘둘리는 상태였다. 해당 분야의 연구 흐름을 잘 파악하고 있는 K는 내가 자료를 비판적으로 검토할 수 있게 조언해주었다. 지금 인용한 논문은 이러이러한 맥락에서 나온 논문이고, 또 이 자료는 어떤 선행연구를 바탕으로 나온 논문이고 하는 식으로. 그렇게 맥락을 K가 명확히 짚어준 덕분에 자료를 전체적인 흐름 속에서 살펴볼 수 있었다. 나는 비전문가로서 전문적인 영역을 소개한다는 점을 무척 부담스러워하고 있었기 때문에, K의 도움이 없었다면 아마 너무 걱정을 많이 한 탓에 책이 안 나왔을지도 모른다.

편집자님과의 작업도 매우 재미있고 든든했다. 지금까지 경험해본 바, 일반화할 수는 없겠지만 문학 편집자님들은 본문 전개에 대한 피드백을 아주 조심스럽게 주실 때가 많다. 어떤 장면을 삭제하거나, 전개를 다른 방향으로 수정하거나,

내용 순서를 바꾸자거나 하는 코멘트는 드문 편이다. 아마도 한국에서는 소설이든 시든 작가만의 창작물이라는 인식이 좀 더 강한 편이고 또한 자기 작품에 고집이 있는 창작자가 꽤 있어서가 아닐까 싶다.

반면 논픽션 작업의 특징이겠지만, 『사이보그가 되다』의 편집자님은 과감한 제안을 자주 하셨다. 반복되는 사례 서술을 대폭 줄이자거나 아예 결론 전체를 다시 써보자는 제안을 주시기도 했다. 덕분에 첫 논픽션을 쓰느라 어깨가 굳어 있던 나도 점점 더 편하게, 엇나가면 바로 잡아줄 누군가가 있다는 믿음을 가지고 원고를 고칠 수 있었다. 사실 이 과감한 본문 편집은 첫 소설집인 '우빛속' 때도 경험한 것이었는데, 우빛속의 편집자님도 이전까지 인문사회서를 주로 편집하시던 분이었다(나는 강렬한 카리스마를 발휘하는 편집자님들과 특히 잘 맞는 것인지도……).

글을 몇 번 고쳐 썼는지 기억이 나지 않을 정도로 여러 번 고쳐 썼다. 보통은 원고를 교정지에 앉힌 이후에는 내용을 크게 손대기보다 오류나 일부 수정사항을 짚어내는 정도로 고치는 경우가 많은데『사이보그가 되다』는 매번 주고받는 교정지가 너덜너덜해져 원래 문장이 거의 남지 않았다. 얘기를 들어보니 김원영 작가의 교정지도 비슷한 상황 같았다. 처음부터 잘 쓰면 좋았을 텐데. 그래도 고칠 때마다 글이 나아지는 것이 나에게도 편집자님에게도 보여서 끝까지 포기할 수 없었다.

막바지에서 가장 재미있었던 것은 역시 김원영 작가와의 대담이다. 대담은 이 작업에 대한 우리의 자가 피드백처럼 진행되었다. 우리는 서로의 글에 대한 생각과, 책에서 다 다루지 못한 논의와, 우리 작업의 한계를 이야기했다. 본문으로 쓰지 못한 고민과 아쉬움이 대담의 형식을 빌리니 쉽게 흘러나왔다. 대담 내용을 편집해 책 마지막 챕터로 실었다. 책 본문에 사진으로 삽입되어 있는 이지양, 유화수 작가와의 시각예술 협업 역시 재미있었다. 이 일을 계기로 미술 분야의 협업을 좀 더 기쁘게 받아들이게 되었다.

그렇게 혼자서도 분투했으나 많은 이와의 협업이기도 했던 첫 논픽션이 세상에 나왔다. 여러 번의 인터뷰를 하고, 서울과 울산을 오가며 북토크를 다니고, 한동안은 아침마다 서평을 찾아 읽으며 뿌듯한 기분으로 하루를 시작하고는 했다. 논픽션이 출간된 해 가을에는 나의 두 번째 소설집도 나왔는데, 집필 시기가 겹치다보니 수록된 작품들이 여러 문제의식을 직간접적으로 공유한다. 독자님들도 공통점을 발견했는지 "이번 소설집은 우빛속에『사이보그가 되다』를 더한 것 같네요!"하고 흥미롭게 읽어주었다. 책은 점점 더 널리 읽히고 좋은 평가를 받아 교양 저술 분야에서 꽤 중요한 상을 받기도 했다.

그리고 나는 다짐했다. 앞으로 십 년간은 논픽션 안 써야지.

정말 어려운 일이었던 데다가 아직은 나를 확 잡아당기는 다음 주제를 발견하지 못했으므로 반쯤은 진심이다. 이렇게 에세이를 쓰고 있으니 또 모를 일이지만.

그렇지만 어찌됐든 첫 논픽션 작업이 나에게 알려준 읽고 쓰는 기쁨은 작가 생활을 하며 만나는 여러 좋은 것 중에서도 몇 안 되는, 빛나는 무언가일 것 같다. 나는 모르는 것을 쓰는 일을 예전보다 덜 두려워하게 되었다. 나 자신에 관해 솔직하게 쓰는 일에 조금은 더 익숙해졌다. 그리고 나의 글이 언제나 나의 것인 동시에 공동으로 쓰이는 글이기도 하다는 것을 알았다. 소설만 썼다면 아마도 알지 못했을 것들이다.

지금도 내 독서 생활의 상당수는 논픽션이 차지하는데, 전과 달라진 것이 있다면 맨 뒤의 감사의 말과 참고문헌을 대충 넘기지 않고 유심히 보게 되었다는 것이다. 소설에 비해 논픽션은 거의 항상 이 부록이 긴 편이다. 어떤 책은 가족, 친구, 출판관계자뿐만 아니라 수많은 인터뷰이와 조언자와 연구자를 언급하느라 감사의 말만 열 페이지가 넘어간다. 또 어떤 책은 참고문헌이 본문 한 챕터보다 훨씬 두껍다.

그런 책을 읽을 때마다 나는 우리 각자의 앎이 결코 동떨어져 있지 않다는 사실을, 누구도 오직 홀로만 탁월할 수 없다는 사실을 생각한다. 그리고 그것이 얼마나 우리에게 다행한 일인지를 생각한다.

2장

읽기로부터 이어지는
쓰기의 여정

작법서, 작가의 토템

　가장 좋아하는 노래를 딱 한 곡만 골라보라고 한다면, 나는
아주 오랫동안 고민하다가 페퍼톤스의 〈Fake Traveler〉를 고를
것이다. 이 노래만 수십 번씩 돌려 듣던 때가 있었고 지금도
한밤중 깊은 새벽이 되면 종종 생각나는 곡이다. 좋은 이유를
다 설명하기는 어려운데, 비유하자면 이 곡이 나에게는 레이
브래드버리의 서정적인 단편처럼, 몽환적이며 여운을 남기는
한 편의 소설처럼 느껴진다. 이 노래를 들을 때면 우주 한가
운데 있는 것 같기도, 한밤중 외계행성의 사막에 있는 것 같
기도 하다. 시간여행자들의 이야기 같은 가사가 매력적이다.
이 곡은 사실 페퍼톤스의 곡 중에서는 좀 덜 알려진 편이다.
검색해보면 나처럼 이 곡을 좋아한다는 사람들이 가끔 보이

기는 하지만. 어쩐지 나는 대체로 타이틀보다는 수록곡 취향이다.

갑자기 이 노래 이야기를 꺼내는 이유는 내가 소설 창작을 시작한 계기와도 직간접적인 관련이 있어서다. 2015년의 어느 날 나는 소설 쓰기에 대한 작법서 한 권을 읽고 지인들과 함께 있던 채팅방에서 "작법서를 읽었는데 재밌더라. 취미로 소설 써볼까?" 가볍게 말문을 텄는데 별안간 "그래, 다 같이 한번 써보자!" 하고 몇몇이 동조하며 뜬금없이 창작 모임 하나가 급조되었다. 예전부터 온라인게임 길드니, 보드게임 모임이니 하며 알게 된 친구들이었다. 우리는 사는 지역도 나이도 제각각이었지만 십 대, 이십 대 시절에 피시 통신과 웹 연재 판타지 소설의 전성기를 거쳐왔고 그 밖에도 온갖 서브컬처의 수혜를 받았다는 공통점이 있었다. 그렇게 갑작스럽게 결성된 모임에는 무엇보다 멋진 이름이 붙어야 했다. 나는 페퍼톤스의 노래 〈Fake Traveler〉에서 따온 모임명을 제안했다. 그리고 만장일치로 통과되었다.

우리는 일주일에 한 번, A4 반 페이지라도 좋으니 무엇이든 짧은 소설을 써 와서 함께 읽고 피드백을 나누자는 단순한 목표를 정했다. 우리 중 프로 작가가 되려는 사람은 아무도 없었다. 그러기에는 다들 너무 늦었다고 생각했는지도 모르겠다. 소설 잘 쓰는 사람이야 이미 세상에 너무 많으니까. 그렇지만 낭만적인 곡 제목에서 따온 멋진 이름이 있다는 것은 적어도 나에게는 모임에 꾸준히 참여할 만한 좋은 동기가 되었다. 소설도 일단 멋진 제목을 붙여놓으면 쓰고 싶어지는 것 아닌가. 게다가 누군가 자신의 글을 기다린다는 낯선 감각 때문인지 다들 열심히 매주 짧은 글을 써왔다. 나도 예전처럼 도입부만 쓰다가 버리는 대신, 어설프더라도 한 편의 완결된 글을 완성하려고 노력했다. 그것이 나의 본격적인 습작 여정의 시작이었다.

2016년, 대학원 연구실에 다니던 시절이었다. 일요일 오전마다 나는 극심한 내적 갈등에 시달렸다. 베개 밑에서 알람이 마구 울리고 있었다. 마음 같아서는 알람을 다섯 번은 더 미루고 싶었지만 옆 침대에 깊게 잠들어 있는 룸메이트의 눈치가 보였다. 무거운 몸을 일으켜 씻는 둥 마는 둥하고 가방을 챙겨 밖으로 나오면 아직 공기가 서늘했다. 캠퍼스는 눈뜬 사람이 없어 고요했다. 나는 연구실이 있는 화학관 대신 다른 방향으로 걸어 캠퍼스를 빠져나왔다. 걷다보면 조용한 시장 문턱, 나무계단 위 2층에 일찍 문을 연 카페가 보였다. 내가 일요일마다 '출근'하는 장소였다.

카페에서 나는 일요일 내내 소설을 썼다. 오전부터 밤까지,

하루 종일 글을 쓰고 나면 다음 날 월요병이 더 심해졌다. 때로는 토요일에도 카페에 나와 글을 썼다. 이상하게 들릴지 모르지만 소설 쓰기는 그때도 내게 그다지 즐겁기만 한 취미는 아니었다. 에너지를 채우기보다 고갈하는 일이었다. 그런데도 그 일정을 고수했다. 안 그래도 바쁘고 정신없는 대학원 시절에, 어떻게 그런 고행을 해냈는지는 돌이켜봐도 잘 모르겠다. 연구는 해도 해도 결과가 안 나오는데 소설은 시간을 들이면 완성이라도 된다는 점이 좀 위안이 됐던 것일까? 어쨌든 나는 꽤나 진지하게 소설 쓰기를 대했다. 마치 소설 쓰기가 나의 또 다른 직업이기라도 한 것처럼. 그냥 취미인데도, 취미 이상의 중요한 의미가 있는 것처럼.

지인들과의 창작 모임에 제출할 글을 쓰면서, 한편으로 글을 낼 수 있는 공모전이나 투고 지면을 알아봤다. 매주 모임을 하며 글 쓰는 연습을 꾸준히 하고 긴 작품도 준비해서 투고를 해보겠다는 생각이었다. 이제 막 습작을 시작한 것이니 큰 기대는 없었지만 기왕이면 마감이 있는 쪽이 의욕이 생기니까.

당시 글을 쓸 때마다 나는 일종의 작은 의례를 진행했다. 책상 위에 노트북을 펼치고, 공책과 펜을 올리고, 마지막으로 『소설쓰기의 모든 것』 같은 작법서를 노트북 옆에 올려두는 것이었다. 소설을 쓰러 나왔으니 뭐라도 꼭 쓰고 가겠다는 다짐 같은 거였다. 누군가 아는 사람이 그 책 표지를 보면 무척 부끄럽겠다는 생각이 들었지만 그런 묘한 의식이 더 글을 열심히 쓰게 만들었는지도 모른다. 기숙사에도, 연구실 책장에도 작법서를 항상 꽂아두었다. 가방에는 늘 노트북과 작법서 한 권이 들어 있었다. 단 한 페이지도 펼쳐보지 않는 날도 많았는데 그것이 무슨 필수적인 작업 장비나 토템, 행운을 불러오는 부적이라도 되는 것처럼 들고 다녔다. 그것은 내가 글을 쓰고 있다는 사실을 스스로에게 환기하는 물건이었다. 소설이 앞으로 나에게 어떤 의미를 지니게 될지 몰랐고, 그저 취미라고 하기에는 그다지 즐겁지만은 않았으며, 부업 같지만 실제로는 소설로 푼돈조차 벌어들이지 못하던 시기에, 나에게는 작법서처럼 손에 닿기도 하고 펼쳐지기도 하고 묵직한 질감도 느껴지는, 형태를 지닌 결심이 필요했던 것이다.

재능이 없어도 배워서 쓸 수 있다면

나는 작법서를 좋아한다. 심지어 내가 소설을 절대 쓸 수 없을 것이라고 생각했던 십 대 때도 그랬다. 당시 널리 읽히던『유혹하는 글쓰기』『뼛속까지 내려가서 써라』『인간의 마음을 사로잡는 스무 가지 플롯』 같은 책을 사서 열심히 읽고는 했다. 소설 쓰기에 도전했다가 이미 포기한 지 오래였지만, 그래도 여전히 글쓰기를 좋아했기 때문에, 소설 역시 외면할 수가 없었다. 그런데 당시 내가 그런 작법서나 소설가의 에세이를 한참 읽고 내린 결론은 '역시 소설가가 되는 사람은 따로 있다'는 것이었다. 읽으면 읽을수록 소설가란 나와 다른 종족처럼 느껴졌다. 십 대 시절 읽은 작법서들은 나에게 소설을 쓸 용기를 주기보다 소설가에 대한 환상만 키운 셈이다.

나에게는 유명한 작가들의 조언이 특히 와닿지 않았다. 스티븐 킹은『유혹하는 글쓰기』에서 플롯에 대한 불신을 여러 번 드러내며 "플롯은 좋은 작가들의 마지막 수단이고 얼간이들의 첫 번째 선택"이라고 말한다. 자신에게 소설이란 땅속의 화석처럼 발굴하는 것이기에 플롯을 믿지 않는다면서. 그러면서 플롯 같은 것은 던져놓고 일단 흥미진진한 상황, '만약'으로 시작하는 질문을 만든 다음 그다음 장면을 써보라고 제안한다. 하지만 프롤로그만 수십 번 써본 전적이 있는 나는, 그 조언을 받아들일 수가 없었다. 그런 것도 결국 머릿속에 그다음 장면이 떠오르는 사람이나 가능한 거 아닌가. 역시 나는 소설가의 재목은 아닌 걸까.『뼛속까지 내려가서 써라』

는 그때나 지금이나 꽤 인기 있는 작법서인데 사실 작법보다는 글쓰기를 대하는 태도를 이야기하는 책에 가깝다. 그렇지만 "첫 생각을 놓치지 마라" "말하지 말고 보여줘라"는 식의, 지금 생각해보면 무척 중요한 조언도 그때의 나에게는 도움되지 않았다. "일단 써라, 뭐가 됐든 써라"는 말도 소설 쓰기에서라면 실천할 수 없었고(다음 장면이 떠오르지 않았다!) "아는 것에서 출발하라"는 말도 나에게는 해당이 없었다(아는 것이 전혀 없었다……).

『인간의 마음을 사로잡는 스무 가지 플롯』은 내가 십 대 때 읽었던 글쓰기에 관한 책 중 작법을 가장 본격적으로 다룬 책이다. 이 책은 플롯이 무엇인지를 설명하는 도입부와 '위대한 플롯' 스무 가지를 소개하는 본문으로 구성되어 있는데, 널리 알려진 영화와 소설의 예시를 들어 각각의 플롯을 구체적으로 설명한다. 『돈키호테』와 『오즈의 마법사』는 '추구' 플롯이다. 주인공은 인생 전부를 걸어 무언가를 찾는다. 그리고 그 과정에서 많은 장소를 돌아다니고 온갖 장애물을 맞닥뜨리며, 그 결과 주인공은 크게 변화한다. 할리우드의 많은 영화는 '추적' 플롯을 이용한다. 〈죠스〉 〈터미네이터〉 〈에일리언〉 같은 영화가 그렇다. 이 플롯에서 작가들은 반전과 같은 트릭을 적극적으로 이용하고, 긴장감을 유지하며, 좁고 제한적인 장소를 활용해야 한다. 이렇게 세상의 많은 이야기를 스무 가지 플롯으로 분류하고 창작의 조언을 주는 이 책을 고등학생이었던 나는 정말 재미있게 읽었다. 밑줄을 잔뜩 긋고 귀퉁이를 접어두었는데 한번은 실수로 물을 쏟아 속상해하다가 새로 책을 사기까지 했다.

하지만 이 책은 나에게 작법서로서의 구실을 전혀 못 했다. 나는 이 책을 읽고 내가 아는 이야기를 스무 가지 플롯으로 분류해보거나 내 소설에 적용해본 적이 한 번도 없는데, 솔직히 말하면 시도는 해봤지만 성공할 수 없었다. 예전에 수학을 공부하면서 온라인강의를 들을 때, 영상 속 강사가 엄청난 기술을 발휘해 어려운 문제를 풀고는 "어때요, 쉽죠?" 하는 것을 보면 자신감이 생겼지만 강의를 끄고 문제집을 펼치면 머릿속이 하얘지고는 했다. 스무 가지 플롯 분류법도 내게 비슷한 기분을 들게 했다. 지금도 나는 내 소설을 어느 플롯 카테고리로 넣어야 할지 잘 모르겠다. 아마도 누군가에게 꽤 유용했을 이 플롯 분류법이 나에게는 영상을 끄면 증발하는 수학 강사의 화려한 문제 풀이 스킬 같은 것이었다.

당시 인터넷에 연재되던 로맨스나 판타지 등 장르소설 분야에서 십 대 작가가 꽤 많이 나오고 있었기 때문에, 이런저런 작법서의 조언으로부터 약간 뒷걸음친 다음에는 재능을 단념하기 쉬웠다. 글의 완성도나 매끄러움을 떠나서 그저 재미있게, 다음 내용이 궁금하게 쭉쭉 써나가는 또래 작가가 잔뜩 있던 시기였다. 그런 것을 보면 역시 나에게는 이야기를 쓰는 재능은 없는 것 같다는 생각이 절로 들었다.

이렇게 여러 '신비로운' 책을 읽으며 소설가에 대한 환상만 무럭무럭 키웠던 나는 정작 소설을 쓰지 못하고 어른이 되었다. 대학 시절 내내 글쓰기를 거의 부업 삼으면서도 소설만큼은 결코 내 영역이 아니라고 생각했다. 그러다 앞서 얘기한 것처럼, 2015년 우연히 읽은 한 권의 작법서 때문에 돌연 소설 습작을 시작했다. 이 이야기를 주위에 하면 많은 이가 "도대체 그 작법서가 뭐예요?" 하고 궁금해한다. 하긴, 마치 성서나 계시 같은 작법서를 만났다는 이야기처럼 들리니까.

없던 얘기를 지어낸 것은 아니지만 그렇다고 무슨 성서를 만난 것도 아니다. 그 작법서의 조언이 마음에 깊게 와닿았고, 그래서 소설을 쓰기 시작했지만(참고로 그 책은 『소설쓰기의 모든 것 1 : 플롯과 구조』다) 지금 생각해보면 내가 과거와 달리 소설 쓰기에 대한 환상을 덜어낸 이후였던 것이 크지 않았나 싶다. 십 대 시절에 나는 소설을 쓸 것이라면 『해리포터』나 『룬의 아이들』 같은 소설을 써야 한다고 생각했다. 시리즈로 이어질 만큼 길고, 많은 인물이 등장하고, 눈을 뗄 수 없는 극적인 사건이 계속 이어지는 그런 이야기를. 당연히 그런 소설을 쓸 재주는 나에게 없었으므로 자신감도 급격히 상실할 수밖에. 하지만 자라면서 나는 소설의 영토가 매우 넓다는 것을 알아갔고, 그 어딘가에 나를 환영해줄 마을은 따로 있을지도 모른다는 생각을 하게 되었다.

습작을 본격적으로 시작하기 전 학교 여름 특강으로 단편을 완성해본 것도 중요한 계기였다. 그전에는 한 번도 소설 한 편을 끝까지 써본 적이 없었다. 다다음 해 교내 SF 공모전에 도전하며 두 번째 단편을 완성했다. 그다지 좋은 평은 듣지 못했지만 그렇게 두 편을 완성하자 나도 소설을 '쓸 수는' 있는 사람이라는 생각이 들었다. 그리고 마침 그 시기에 만난 작법서들이 나에게 이런 말을 해주었다. "소설도 배워서 쓸 수 있답니다!"

그때의 나에게 꼭 필요한 말이었다. 타고난 작가들 말고, 어릴 때부터 재미있는 이야기를 밤낮으로 들려주며 친구들을 휘어잡았던 그런 작가들 말고, 스토리텔링의 재능이라고는 눈 씻고 찾아봐도 없는 나도 이야기를 쓸 수 있다는 확신이 필요했으니까. 그렇게 몇 권의 작법서를 읽으면서 나는 진짜 소설 쓰기의 세계로 진입했다. 아이디어가 떠오르지 않을 때, 첫 장면을 어떻게 써야 할지 모를 때, 장면과 장면 사이를 전환하는 방법이 궁금할 때, 회상 장면을 얼마나 넣어야 할지 알 수 없을 때마다 작법서를 참고했다. 하나하나 조립하듯, 바닥부터 쌓아 올리듯 소설 쓰기를 익혔다.

이런 경험들 덕분에 그간 나는 소설을 쓰게 된 계기가 작법서라고 서슴없이 말해왔고 글쓰기 조언을 구하는 분들에게도 작법서를 추천해왔다. 그런데 얼마 전 책장 정리를 하면서, 작법서들을 책장 한군데 모으고 다시 읽어보면서 한 가지 기묘한 사실을 발견했다. 곰곰이 살펴보니 나는 딱히 작법서대로 소설을 쓰고 있지 않았던 것이다! 조언대로 써보려고 전전긍긍한 흔적들은 있었다. 하지만 그때 줄 그어둔 조언과 메모는 이제 까마득하게 느껴졌다. 그럼 내가 지난 몇 년간 열심히 작법서를 읽고, 줄을 긋고, 조언을 노트에 옮겨 적고 했던 것은 다 뭘까? 어딘가로 사라지고 만 걸까?

지금 와서 해본 생각이지만, 작법서에는 그것의 진짜 기능 (창작에 도움이 되는 조언을 제공하는 것) 외에도 약간의 주술적인 효과가 있는 것 같다. 물론 나는 주술과 부적, 미신적인 믿음이 깃든 모든 물건을 믿지 않는다. 하지만 그것과는 별개로, 우리가 도무지 통제할 수 없는 상황을 어떻게든 통제할 수 있을 것이라고 믿게 해주는 눈에 보이는 물건들은 중요하다. 신비와 신성은 존재하지 않는다고 해도 뇌를 달래는 플라시보 효과는 엄연히 실재하는 법. 나는 그 작법서들이 지난 글쓰기의 과정에서 소망이 깃든 토템처럼 작동했다는 생각을 떨칠 수 없다. 내가 소설을 쓴다는 것을, 언젠가 소설가가 될지도 모른다는 것을 나는 물론이고 세상 누구도 믿지 못하던 시절에도, 책상 위에 올려진 작법서는 내가 지금 소설을 쓰고 있다는 것을 일깨워주고는 했다. 일단 펼치기만 하면 아이디어의 사막에서도 어딘가 뿌리 내린 선인장 하나는 찾아낼 수 있으리라는 믿음을 나에게 주고는 했다.

　작법서가 토템처럼 작동한다고 작법서의 진짜 기능을 부정하려는 것은 당연히 아니다. 내 생각에 작법서의 가장 큰 위력은, 소설 쓰기를 이제 막 시작했지만 아직 손에 맞는 방법을 찾지는 못한 시기에 발휘되는 듯하다. 대부분의 작법서가 창작에는 정도가 없다는 것을 강조하고 최대한 다양한 창작법을 시도해보도록 제안한다. 나 역시 그런 과정을 통해 많이 배웠다. 새로운 작법서를 읽을 때마다 새로운 조언대로 아이디어를 구상하고 장면을 고쳐 썼다. 작법서를 한창 열심히 읽던 시기에는 매 작품을 쓸 때마다 지난번과는 다른 방식으로 썼다. 그렇게 계속하다보니 나에게 잘 맞는 도구가 무엇인지 알게 됐고 그 도구들은 나의 무의식으로 편입되었다. 내가 잘 다루지 못하는 도구들은 도전과제의 목록으로 들어갔다.

오랜만에 펼친 작법서에서 '어, 지금은 이렇게 안 쓰는데' 하는 느낌을 받기도 했던 건 그만큼 그 조언들을 여러 번 곱씹어서, 원래와는 조금 다른 형태로 무의식의 창고에 들어갔기 때문인지도 모른다.

데뷔 이후, 작품활동을 시작한 후에도 작법서를 열심히 사 모았다. 예전만큼은 아니지만 나는 여전히 작법서 애독자다. 마감은 다가오는데 머리는 텅 비어 있을 때, 소설을 쓰다 툭툭 걸리는 부분이 있는데 그게 뭔지 도통 감이 오지 않을 때 작법서를 펼친다. 물론 책장에는 그저 그곳에 꽂혀 있는, 단 한 번도 펼쳐지지 않았지만 오직 존재만으로 스스로의 가치를 증명해 보이는 작법서들도 있다. 그 책들을 보면 뿌듯하다. 언제 저 책을 펼칠지는 모르지만, 어쨌거나 거기 존재한다는 사실이 중요한 것 아닐까?

세상에는 수천수만 가지의 창작법이 있고, 개인의 작업 방식에 맞는 작법서를 발견하는 것이 가장 좋겠지만, 그중 나에게 특히 유용했던 책들을 소개해보려고 한다. 여기서부터는 잠시 작법서처럼 소제목을 써보겠다.

A. 편집자의 관점으로: 『소설쓰기의 모든 것 5 : 고쳐쓰기』

내 경우 초고는 의식과 무의식의 작용 비율이 3:7쯤 되는 것 같다. 반면 고쳐 쓸 때는 반대로 의식과 무의식이 8:2의 비율로 일한다. 여기서 무의식이란 엄밀한 학술적 의미로서의 무의식이 아니라, 그냥 깊이 생각하지 않고 쓴다는 뜻이다. 물론 초고를 쓸 때 나는 구조와 도입부, 중간, 결말을 고심해서 구상하고 시작하지만 정작 본문의 세세한 문장을 채워넣을 때는 영혼을 어디 맡겨놓은 것처럼 그냥 써내려가는 경우가 꽤 많다. 그렇게 써도 결과물이 괜찮아서가 아니라 그러지 않으면 진도를 도저히 나갈 수가 없어서다. 문장 하나하나를 의식하며, 작법서의 조언들을 시시각각 상기하며 썼다가는 완성은 둘째 치고 한 페이지를 채우는 것도 어렵다. 문제는 그렇게 무의식이 활약해 만들어낸 초고는 대부분 형편없다는 것이다. 이제 정신을 바짝 차리고 고쳐쓰기에 임해야 한다.

나는 작법서를 주로 고쳐 쓰는 과정에서 참고한다. 초고는 이미 내 손에 익숙한 잘 맞는 도구들을 이용해 자유롭게 쓰되, 고쳐 쓸 때는 내가 눈앞의 원고를 난도질해야 하는 세상에서 가장 냉정한 편집자라고 상상해본다('역시 이 글은 세상에 내놓아서는 안 돼⋯⋯' 초고를 보고 그렇게 생각한 적이 얼마나 많았던지). 대부분의 작법서가 고쳐 쓰는 과정에서 더 유용하다고 생각한다. 특히 지금 소개하는 『소설쓰기의 모든 것 5 : 고쳐쓰기』는 고쳐 쓰는 과정에 초점을 맞춘 책이다. 이 책은 총 다섯 권의 '소설쓰기의 모든 것' 시리즈의 마지막 권으로 나에게는 시리즈 중 가장 활용도가 높았다. 초고를 고칠 때야말로 누군가의 조언이 절실한 순간이고 그럼에도 날카로운 조언에 가장 마음을 다치기 쉬운 순간이니까.

책의 1부에서는 인물, 구조, 시점, 장면, 대화 등을 수정할 때 참고할 세밀한 기법들을 알려준다. 다루는 영역이 넓고 조언의 양도 방대해서 읽다보면 '고쳐서 쓰기에는 이미 늦었다!'라고 느낄 수도 있다. 나는 그럴 때마다 한 번에 하나를 발전시키자고 생각했다. 한 작품에서 모든 요소를 완벽하게 채우기보다는 한두 가지 요소에만 좀 더 집중해서 수정해보자고. 2부는 '고쳐쓰기 최종 점검 리스트'를 제공한다. 이 목록의 질문은 역시 완성된 초고를 옆에 두고 짚어봐야 한다. 질문들을 따라가다보면 내 초고의 진짜 문제가 무엇인지를 직면할 수 있다. 때로는 문제를 알면서도 해결할 능력이 없어서 손 놓을 때가 있지만, 문제가 무엇인지를 모르는 것보다는 훨씬 나은 일이다.

이런 책들은 뭔가 잘못되었다는 것은 알지만 어떻게 잘못된 것인지 모르는 상황에서 가장 도움이 된다. 내 경우는 장편 초고를 쭉 써놓고 고치려고 했을 때 이런 의문이 떠올랐다. '어떤 부분을 쳐내야 하고 어떤 부분을 더 구체적으로 써야 할까?' 불필요하게 늘어지는 것처럼 느껴지는 장면이 있고 너무 후다닥 지나가버리는 것 같은 서술이 있다. 그렇지만 글을 쓴 사람 스스로 어디를 어떻게 고쳐야 할지 정확하게 판단하기는 어렵다. 이 책에서는 '해당 장면에서 인물의 감정의 강도를 0부터 10 사이의 단계로 나타내보라' 같은 구체적인 조언을 준다. 0은 전혀 격렬함이 없는 상태고 10은 감정이 극한에 이른 상태다. 저자가 경험하기를, 감정의 강도가 5단계 이상이라면 '보여주기' 방식으로, 즉 장면을 구체적으로 풀어서 대화와 행동을 보여주며 전개하는 편이 낫고, 그 아래 단계라면 '말해주기'로, 빠른 장면전환과 요약으로 넘어가는 편이 낫다고 한다. 물론 매번 이렇게 수치화할 필요는 없겠으나 이런 분석이 필요할 때가 있다. 작가마다 받아들이기에 따라 다르겠지만 나에게는 "말하지 말고 보여줘라"는 너무 단순한 조언보다는 훨씬 유용한 조언이었다.

B. 단편을 쓰는 즐거움: 『단편소설 쓰기의 모든 것』

SF는 단편이 유독 사랑받는 장르다. 판타지, 미스터리, 추리, 로맨스와 같은 다른 장르에서는 장편이 좀 더 대중적으로 인기 있는 모양인데 SF에서는 단편 역시 장편만큼 인기가 많다. 나에게도 독자로서 SF 단편과 장편 중 더 즐겨 읽는 쪽을 고르라면 역시 단편이다. 인상 깊은 아이디어 혹은 세계의 단면을 극적으로 보여주는 것만으로도 충분하다는 점, 이야기 전체를 작가가 완전히 장악하고 제어할 수 있다는 점에서 SF 장르와 단편은 잘 어울린다.

많은 SF 소설가처럼 나도 단편소설로 경력을 시작했다. 하지만 작가 경력 초기에 나는 단편과 장편의 작법이 어떻게 다른지 잘 몰랐다. 그저 단편을 길게 늘려놓으면 장편이 되고 장편이 될 법한 내용을 압축하면 단편이 되는 줄 알았다. 와중에 내가 읽어온 작법서들은 장편 분량에 맞춰진 것이어서 그런 책에서 소개하는 '3막 구조'라든지 행동과 대사, 서술에 관한 조언을 그대로 단편에 적용하면 이야기가 끝없이 길어지기 십상이었다. 그때『단편소설 쓰기의 모든 것』을 만났다. 이 책은 장편보다 단편 쓰기에 좀 더 유용한 조언들로 채워져 있는데 원제 역시 'Creating Short Fiction'이다.

저자 데이먼 나이트는 미국의 SF·판타지작가협회를 만든 작가다. 게다가 아내이자 동료 작가인 케이트 윌헬름과 클라리온 SF·판타지작가워크숍을 공동 설립하고 운영했다. 클라리온워크숍은 수많은 SF 작가가 지망생 시절 거친 곳으로 유명한데 옥타비아 버틀러, 테드 창, 코리 닥터로우 같은 작가들도 이 워크숍 출신이다. 데이먼 나이트와 케이트 윌헬름은 클라리온을 포함해 약 삼십 년간 소설창작 수업을 했다. 다시 말해, 이 부부는 SF 습작생들을 가르치는 데에 거의 도가 텄던 이들이다. 이 사실을 새삼 상기하니 이 책이 왜 나에게 유독 와닿는 조언들로 채워져 있는지 알 수 있었다. 저자는 SF 습작생이 흔히 저지르기 쉬운 실수를 특히 잘 짚어낸다.

이를테면 이런 것이다. SF를 처음 쓰는 사람이라면 무언가 기발한 아이디어 하나로 소설을 완성하겠다는 생각을 할 것이다. 당연히 나도 그랬다. 실제로 아이디어 하나에 의존하는 단편이 공모전에 많이 투고되고 출간까지 이어지는 경우도 있지만 그다지 성공적이지는 않다. SF 장르 아이디어들은 대부분 장르의 역사에서 이미 수천 번 이상 실험되어온 것이기 때문이다. AI가 인간과 교류하다 타락해서 세계를 멸망시킨다든지, 우리가 사는 우주가 실은 시뮬레이션 우주라든지 하는 발상으로 소설을 쓰면 거의 망하는 이유다.

이 문제를 해결하기 위해서는 앞선 작품들을 읽어보는 방법도 있지만 저자는 좀 더 실용적인 조언을 한다. 바로 처음 아이디어에 두 번째와 세 번째 아이디어를 더 붙여보라는 조언이다. '하나의 아이디어로는 부족하다!' 이 책에서 거듭 강조되는 이야기다. 또한 저자는 추상적인 아이디어에서 시작하더라도 거기서 반드시 인물, 장소, 상황, 그리고 감정을 끌어내야 소설을 쓸 수 있다고 말하며 아이디어를 구체화하는 법을 알려준다.

단편 「스펙트럼」을 쓸 때 내가 가장 먼저 떠올린 아이디어는 인간과 반려동물의 관계를 뒤집는 것, 그리고 수명 관계를 역전시키는 것이었다. 하지만 그것만으로는 한 편의 이야기를 완성할 수 없었다. 나는 두 번째 아이디어를 더하라는 이 책의 조언을 받아들여서, 고민 끝에 루이가 인간보다 뛰어난 감각을 지님으로써 인간과는 완전히 다른 언어체계를 사용한다는 것, 그로 인해 희진과 루이의 관계에 아득한 소통의 지연이 유발된다는 발상을 덧붙였다. 「공생가설」 역시 마찬가지였다. 이 단편은 '만능 통역기가 아이들의 옹알이를 해석한다면, 그런데 그것이 아주 철학적인 대화라면?'이라는 하나의 아이디어에서 출발했다. 그렇지만 거기에 유년기 기억상실이 뇌로 침입하는 외계 생명체에 의한 의도적 현상이라는 것, 그리고 화가 류드밀라의 존재라는 두 번째, 세 번째 아이디어를 덧붙인 다음에야 비로소 이야기를 완성할 수 있었다.

이렇게 아이디어 중심의 SF 단편 쓰기에 유용한 조언이 많지만 SF가 아닌 다른 장르의 단편을 쓰려는 사람들에게도 도움이 될 책이다. 나는 마지막 장의 '성공'이라는 부제가 붙은 페이지를 가장 좋아한다. 이 문장에 줄을 그어두었다. "소설가로서 진정으로 성공할 수 있는 방법은 하나뿐이다. 아무리 조그마한 구석 자리라도 자신밖에 채울 수 없는 빈 공간을 찾아내는 것." 오랜 시간 작가 경력을 이어가는 내가 존경하는 이들을 떠올려보니 그 말은 정말로 옳다. 상업적 성공 여부를 떠나 다른 누구도 대체할 수 없는 나의 자리를 찾는 것을 예전도 지금도 변함없는 목표로 삼고 있다.

그나저나, 전혀 다른 원제를 가진 이 작법서들은 왜 한국에 와서 '―의 모든 것' 같은 형태의 제목이 붙었을까? (나처럼 그런 제목의 책들을 다 사들이는 독자가 있기 때문이겠지만…….)

C. 사전과 사전, 그리고 사전들

최근 눈에 띄는 작법서 종류로는 『트라우마 사전』 『디테일 사전』 『캐릭터 직업 사전』 『인간의 130가지 감정 표현법』 『캐릭터 만들기의 모든 것』 『딜레마 사전』 같은 나열형 참고서가 있다. 제목만 봐도 알 수 있듯 인물이 겪을 수 있는 트라우마 종류, 도시 혹은 시골의 각종 장소를 묘사할 때의 디테일, 감정을 서술할 때의 세부 사항 등을 다룬다. 예를 들어 『트라우마 사전』에서 '강제 추방' 항목을 펼치면 인물이 강제 추방을 경험할 수 있는 구체적인 상황, 이 경우 가질 수 있는 두려움, 형성될 수 있는 성격 특성 등이 나열된다. 한편 『캐릭터 만들기의 모든 것 1 : 99가지 긍정적 성격』의 '느긋한 성격' 항목을 펼치면 느긋한 성격 형성의 배경과 연관된 행동들, 영화와 문학작품 속 사례가 나열된다. 참고로 이 책들의 국내 출판사는 다르지만 저자는 같다. 해외에서는 'Writers Helping Writers Series'라는 하나의 시리즈로 묶여 나온 책들이다.

나는 이 시리즈를 다 모았는데 사실 개별 책을 처음부터 끝까지 살펴본 것은 아니다. 이런 나열형 참고서의 의의는 순차적으로 읽는 것이 아니라 내가 필요한 부분을 목차에서 찾아 참고할 수 있다는 데에 있다. 잘 정리된 자료 창고 역할을 하는 것이다. 이야기를 구상하기 전 이 책들을 살펴보는 것보다는, 어느 정도 이야기를 구상해둔 상황에서 인물의 성격이나 과거사, 장소 묘사의 세부 사항이 필요할 때 펼쳐 참고하는 것이 좋다. 따라서 생각보다 자주 찾아 읽지는 않게 되지만, 그럼에도 책장 잘 보이는 곳에 꽂아둘 가치가 있는 책들이다. 도무지 안 풀리는 장면 하나, 회반죽처럼 뭉뚱그려진 인물 하나가 발목을 붙잡을 때가 많다. 그럴 때 '어쩌다 한번' 나를 구원해주는 이런 참고 자료들은 구원의 빈도수와는 무관한 가치를 지닌다.

D. SF 장르에 초점을 맞춘 창작론

어떤 장르를 쓰든 도움이 되는 조언들이 있지만, 한편 콕 집어 SF 장르 작가들에게 도움이 되는 조언들도 있다. 나는 이런 '장르 창작론'을 특히 즐겨 읽는다. 그냥 작가 에세이라고 생각하며 읽어도 재미있고, 같은 장르 작가들이 쓰는 책이면 공감도 가고, 무엇보다 실질적인 도움이 된다. 앞서 'SF란 무엇인가'의 미로에서 헤맸던 경험을 이야기했는데 꼭 SF가 아니더라도 각 장르에는 장르가 축적해온 역사와 도구, 그리고 개별적 미학이 있으며 그것을 잘 파악하는 일은 창작에도 큰 도움이 된다고 나는 생각한다. 장르의 도구를 전혀 모르면 새롭게 쓰기도 어렵다. 본격문학에서 작품을 평가하는 미학적 틀을 그대로 SF로 가져오면 잘 작동하지 않는데, 본격문학의 기준에 맞추어 잘 쓰려고 해봤자 어중간한 결과물이 나올 뿐이다. 사실 그런 것쯤 잘 몰라도 뛰어난 작품을 써내는 작가도 많지만, 나는 모르고도 잘 쓰는 계열은 아니었으므로 SF 비평 또는 SF 창작론을 자주 찾아 읽었다.

이런 종류의 책 중에서 가장 먼저 접한 책은 『아시모프의 과학소설 창작백과』였는데, SF에 관심이 없는 사람도 '아시모프의 로봇공학의 3원칙'이라고 하면 들어봤을 정도로 유명한 그 아이작 아시모프다. 이 책은 아시모프의 SF 장르론, SF

창작론, 그리고 몇 편의 소설을 묶어 아주 두툼하다. 지금은 절판되어 새 책을 구하기는 어렵지만 SF 창작에 관심이 있다면 도서관 상호대차 서비스를 이용해서라도 읽어볼 만하다. 솔직하고 유쾌한 아시모프의 필치 때문에 금방 읽을 수 있고 SF의 주요한 테마나 도구에 대한 생각도 수십 년 전의 글이지만 그다지 녹슬지 않았다. 올슨 스콧 카드의 『당신도 해리 포터를 쓸 수 있다』 또한 어울리지 않는 번역 제목과 절판이라는 슬픈 운명을 지닌 책이지만 SF와 판타지에 확실하게 초점을 맞추고 있어 SF 작가로서 배울 점이 많은 책이다. 한편 접근성이 훨씬 좋으며 SF 주요 테마를 살펴볼 수 있는 책으로 이경희의 『SF, 이 좋은 걸 이제 알았다니』가 있다. 앞쪽에 실린 에세이도 물론 재미있지만 시작하는 창작자들에게 도움이 되는 것은 뒤쪽의 'SF 소백과 사전'이다. 부록이라는 이름이 붙었으나 거의 본문 두께다. 항성 간 여행, 외계 문명과의 접촉, 인공 중력 같은 SF의 테마와 소도구들에 대해 가볍게 소개한다.

『넷플릭스처럼 쓴다』라는 책이 있다. 약간 엉뚱하게 느껴지는 지금 제목과는 달리 예전에 'Now Write 장르 글쓰기'라는 제목으로 출간된 적이 있다. 나는 예전 버전을 가지고 있다. 말 그대로 사변소설(Speculative Fiction)에 초점을 맞춘 작법서다. 아이디어 얻는 법, 제목 짓는 법 등 꼭 필요하지만 인터넷 검색으로는 찾기 어려운 조언과, 인물을 우주로 데려가는 법, 공포심을 조성하는 법, 상상의 세계를 구체적으로 묘사하는 법 등 장르 창작에 특화된 조언들로 채워져 있다. 여러 작가가 각자 따로 쓴 장르론 혹은 창작론 에세이를 묶은 것인데 이런 책이 으레 그렇듯 지금 자신이 치열하게 고민하는 문제가 있다면 해결의 단서 하나 정도는 얻어갈 수 있을 법한 구성이다.

이런 책들을 읽다보면, 한 장르가 진정으로 번영한다고 말하기 위해서는 소설뿐만 아니라 그 장르와 관련된 논픽션 출간이 활발해야 하는 것이 아닐까 하는 생각마저 든다. 극히 드문 천재나 온갖 작품을 섭렵해온 마니아를 제외한 보통의 작가는 이미 나와 있는 자료와 지침서를 쥐고 장르 세계를 탐색해야 하는데, 그 지침이 될 만한 책들이 없다면 잔뜩 헤매며 시간 낭비를 할 수밖에. 영미권 SF · 판타지 분야의 권위 있는 상인 휴고상도 소설 외에 '최우수 관련 작업(Best Related Work)'이라는 부문으로 각종 SF 사전과 장르론, 작법서, 비평, 에세이 중 하나를 선정해 매년 상을 주고 있다. 이 수상작과 후보 목록은 너무나 흥미롭지만 국내 출간 가능성이 거의 없어 보이는 책으로 가득해서 마음을 아프게 하는데, 다만 나는 역시 운이 좋은 편이다. 최근 몇 년간 한국에도 SF 논픽션 출간이 급증하고 있다. 번역서와 국내 저자의 책 모두 늘어났다. 책이 팔려야 출판사에서 더 내줄 텐데 하는 걱정에 출판사들이 시키지도 않은 영업을 뛰고 있지만(효과는 별로 없는 것 같다……) 어쨌든 지금은 이 시기를 즐기고 있다.

여기에 더해, 엄연히 말해 작법서는 아니지만 작법서만큼이나 '토템' 역할을 톡톡히 하는 책들이 있다. 작가의 에세이, 특히 SF를 쓰는 작가들의 에세이다.

E. SF 작가의 에세이

다른 작가들의 이야기를 듣는 것은 재미있다. 예전에 유튜브에서 구독자가 매우 많은 일상 브이로그 채널을 우연히 본 적이 있다. 평소 나는 그런 영상들을 무심코 넘기는 편이지만 그 영상 속 주인공은 유독 부지런하게 요리하고 공부하고 일을 해서 어쩐지 그냥 넘길 수가 없었다. 홀린 듯 구독 버튼을 누르고 몇 편의 영상을 봤던 기억이 있다. 작가들의 에세이를 읽는 일도 나에게는 이런 것과 비슷한 만족감을 준다. 비록 나는 작업에서 도피하기 위해 뒹굴거리며 자료 조사랍시고 책만 읽지만, 여기 이 작가는 얼마나 성실히 일하고 또 부지런하게 글을 쓰는지! 나 대신 누군가 열심히 사는 것을 볼 때의 대리만족이라고 할까.

SF 작가들의 에세이는 특히 더 재미있다. SF 작가들은 'SF' 딱지 없이 그냥 에세이를 써달라고 해도 왜인지 자기 장르에 관해 이야기를 마구 늘어놓는다. 내 생각에 SF 작가들은 해외에서나 국내에서나 'SF란 무엇입니까' 같은 질문을 주구장창 들은 나머지 각자의 장황한 SF론을 내면에 정립하는 것 같다. 덕분에 SF 작가들의 에세이는 작가의 일상을 슬쩍 엿볼 수 있을 뿐만 아니라 작가의 장르와 작법에 관한 이야기를 잔뜩 들을 수 있는, 동료 작가로서는 매우 유익한 비장의 연장통인 셈이다.

수십 년 전 출간된 해외 SF 작가들의 에세이를 읽으면 시공간을 가로지르는 이상한 기시감을 느낄 때가 있다. 이를테면 어슐러 K. 르 귄이 『밤의 언어』에서 본격문학과 사실주의 소설만을 높게 평가하는 문학계 분위기 때문에 상대적으로 SF·판타지 작가가 폄하된다고 이야기하는 부분이나 아니면 "대체 착상을 어디에서 얻으시는 겁니까?"라는 질문을 모든 SF 작가가 놀라울 만큼 주기적으로 받는다고 이야기하는 부분이 그렇다. 분명 에세이가 쓰인 시점과 지금은 반세기 정도의 시차가 있는데 말이다.

한편으로는 그것이 해외에서도 꼭 옛날 일인가 싶기도 하다. 마거릿 애트우드는 2011년에 출간한 에세이『나는 왜 SF를 쓰는가』에서 자신이 SF라는 장르를 오랫동안 화성인이 등장하는 우주전쟁물 정도로 오해해왔다는 점을 솔직히 털어놓는다. 르 귄과 공개토론을 한 2010년 이후에야(르 귄은 자신의 작품들이 SF가 아니라고 생각한다는 애트우드를 서평으로 비판한 적이 있다) SF의 범위에 관한 생각을 바꾸어 이 책을 썼다고 하니, 그다지 오래된 일도 아니다. 물론 '여기나 거기나'라고 하기에는 다른 점도 많다. 수십 년간 큰 규모를 이루며 발전해온 해외 SF 팬덤이나 장르 출판계의 역사를 읽으면 역시 규모의 차이가 크구나 싶어 부러워진다.

르 귄이 쓴 에세이 중에 나는 「SF와 브라운 부인」(『밤의 언어』) 「우주 노파」(『세상 끝에서 춤추다』)를 가장 좋아하는데 공교롭게도 둘 다 SF와 노부인에 관한 에세이다. 「SF와 브라운 부인」은 버지니아 울프의 에세이에 등장하는, 기차 객실 맞은편낡고 초라한 행색을 했지만 동시에 결연하고 영웅적으로 보이는 인물 '브라운 부인'을 소개하며 시작된다. "모든 소설은건너편 구석에 앉아 있는 노부인으로부터 시작된다"는 울프의 말과 함께. 그리고 르 귄은 이렇게 묻는다. "SF 작가들도그녀의 맞은편에 앉을 수 있을까?" 영웅과 군인, 과학자, 개척자가 대활약하던 당시의 SF 소설에 초라하고 사연 많은 브라운 부인의 자리가 있는지 묻는 이 에세이는 인류가 아닌 개인, 집단이나 공동체가 아닌 단 한 사람으로부터 출발하는 SF의 가치를 설득력 있게 전달한다.

「우주 노파」에서 르 귄은 알타이르 네 번째 행성에 사는 우호적인 주민들이 우주선을 타고 찾아와 인류 대표로 지구인의 본질을 알려줄 한 명을 요청하는 상황을 가정한다. 대부분 젊고 건강하고 총명한 남자 우주비행사를 고르겠지만 르 귄 자신은 슈퍼마켓에 가서 평범한 노년의 여성 한 명을 고를 것이라고 한다. 아마도 아이를 키워보았고 평생 남들로부터 중요하지 않게 여겨지는 사소한 일들을 해왔을, 여러 생명의 탄생과 죽음의 과정을 거쳐 완경기에 접어든, 인간의 모든 변화를 경험한 이 여성이야말로 인류를 대표할 만한 사람이라면서(물론 그렇지 않은 노년의 여성도 많다. 1976년에 쓰인 에세이라는 점을 감안하자). 정작 이 여성은 자신이 아닌 '키신저 박사' 같은 과학자를 보내야 한다고 말할 것을 알면서도 르 귄은 경쾌하게 주문한다. "설령 인정하지는 않는다 해도, 이 여성은 키신저 박사가 결코 그녀가 가본 곳에 간 적이 없고 앞으로도 가지 않을 것임을 안다. 어떤 과학자나 샤먼도 그녀가 한 일을 하지 않았다는 사실을 안다. 그러니 우주선에 올라요, 할머니." 약간은 시간의 흔적이 보이는 글이지만 나는 이 에세이가 흔히 경시되고 마는 어떤 일들, 그리고 여성의 나이듦의 가치를 말하고 있어서 좋았다. 툴툴거리며 우주선에 오른, 인류를 대표하는 할머니의 모습이 엘리자베스 문의 『잔류 인구』에서 얼마나 매력적으로 그려지는지 이미 목격했기에 더더욱 그렇다.

배명훈의 『SF 작가입니다』는 당장 일하러 책상 앞으로 달려가고 싶게 만드는 SF 에세이다. 국제정치학을 전공한 배명훈 소설가는 부지런한 연구자의 시선으로 세상을 조망하고 그 통찰을 SF에 녹여내는데 나는 늘 그 연구자적인 자세를 흠모하고는 했다. 이 에세이에서는 특히 그의 세상을 해석하는 태도, 세계관의 개성이 확연히 느껴진다. 게다가 한국에서 SF를 쓰는 작가라면 누구나 모호하게 체감할 어떤 현상을 아주 시원하고 명료하게 짚어내는 꼭지가 많다. 한국에서 한국어로 SF를 쓰는 작가가 반드시 직면하는 장벽으로 언어와 공간의 문제를 든다든지, '일확천금을 꿈꾸며 성실하게'가 직업 모토가 되는 작가의 경제적 토대를 설명한다든지. 아무튼 여러모로 성실해지고 싶어지는 그런 기분을 일깨우는 책이다. 『장르 세계를 떠도는 듀나의 탐사기』도 매력적인 장르 에세이다. SF, 판타지, 호러, 미스터리 같은 각각의 장르가 어떻게 형성되고 발전해왔는지, 장르 거장들은 얼마나 매력적이고 또 구멍이 많은 작품을 만들었는지 명암을 드러내며 거침없이 직진한다. 저자의 해박한 장르 지식과 시니컬하면서도 이따금 상냥한 어조로 이 장르와 저 장르를 마구 오가는 이야기를 듣다보면 '와, 이런 에세이는 듀나 작가밖에 못 쓸 거야' 생각하게 만든다. 장르의 맥락을 이해하면 작품을 보는 눈이 정말 달라지는구나 싶은 대목도 많다.

앞서가는 작가들과 동료 작가들의 에세이는 좋은 SF 작품만큼이나 SF를 좋아하게 만들고 쓰고 싶게 만든다. 소설 쓰기란 기본적으로 책상 앞에서 혼자 해야 하는, 누구도 대신 해줄 수 없고 누군가와 매번 상의할 수도 없는 작업이지만 그럼에도 이런 책들을 읽으면 분명 함께 일하고 있다는 생각이 든다. 나의 고민이 나만의 것이 아니라는 안도감을 주고, 동시에 '나도 이런 작가가 되고 싶다'고 다짐하게 만드는 빛나는 글들. 이따금 벽에 부딪힐 때, '쓰고 싶지만 쓰기 싫다' 상태에 빠질 때, 자신이 SF를 얼마나 좋아하고 사랑하는지 또 SF가 얼마나 매력적인 장르인지 열렬히 토로하는, 나의 존경하는 작가들의 에세이를 펼친다.

F. 시간이 지나야 유용해지는 책들
어떤 만남은 한참 시간이 지난 다음에 그것의 가치를 안다.

작법서도 그렇다. 처음에는 잘 와닿지 않았던 책인데 나중에야 그 유용성을 알아차린 적이 있다. 나에게는 인물이나 대사 관련 책들이 그랬다. 나는 그 책들을 오랫동안 방치하다가 최근 다시 뒤적이기 시작했다.

지금 생각해보면 이전에는 인물과 대사가 나에게 중요한 관심사가 아니었기 때문인 것 같다. 처음 몇 년간 주로 내가 한 고민들은 '아이디어를 어떻게 한 편의 소설로 이어가는가' '세계를 어떻게 설계하고 세부 사항을 채워 넣는가' 같은 것이었다. 한동안은 그것이 가장 중요한 도전과제였고 그 외의 문제들은 뒷순위였던 것이다. 그러다 장편과 중편 작업을 하면서, 뭔가 전에 없던 새로운 과제가 생긴 것 같은데 그게 뭘까 곰곰 고민하던 시기가 있었다.

작년에 비로소 그 단서를 얻었다. 주위 SF 작가들과 요즘 쓰는 글에 대한 고민을 나누던 자리였다. 내가 이런 질문을 했다.

"독자들이 제 인물들 성별을 종종 헷갈려해요. 저는 정해놓고 쓰는데, 외모 묘사를 잘 안 해서 그런 걸까요? 근데 인물들 외모는 다들 구체적으로 설정 안 하지 않아요?"

그러자 자리에 있던 천선란 소설가는 그렇지 않다며, 자신은 처음부터 인물 외모는 물론이고 성격과 말투, 인간관계,

배경, 자주 쓰는 손동작과 습관까지 상세히 기록하고 시작한다고 했다. 대부분의 이야기를 인물에서 시작하는 편이고, 인물이 분명하니까 독자들도 좀 더 뚜렷하게 기억하는 것 같다고 했다. 무척 신기한 이야기였다. 나는 한 번도 인물을 그 정도로 상세하게 정하고 시작한 적이 없다고 하니 천선란 소설가가 말했다.

"작가님 소설은 세계 중심이니까요. 읽다보면 마치 위에서 내려다보며 세계를 조망하는 새의 관점 같거든요."

그 말에 나의 새로운 도전과제가 무엇인지 문득 알게 됐다. 마침 그때 읽은 천선란 소설가의 신작은 어린아이 시점에서 전개되는 단편으로, 주인공 시선 바깥의 영역이 은폐되어 있는 것에서 오는 서늘한 공포감이 특색인 작품이었다. 모든 면에서 그 인물이 아니면 나올 수 없는 이야기였다. 반면 나는 인물의 중요성을 알고는 있었지만 그렇게 하나의 인물에 푹 빠져 그 인물의 시점으로만 세계를 상상하며 글을 쓴 적은 없었다. 늘 인물들과 적정한 거리를 두고 썼다고 해야 하나. 그렇지만 앞으로도 그래야 하는 것은 아니었다. 특히 장편의 경우 인물의 매력이 무척 중요하다는 것을 첫 장편을 쓰며 경험한 바였다. 전에는 해본 적 없던 방식으로 글을 써볼 때가 온 것이다.

그제야 오래전 사놓고 내던져뒀던 인물과 대사에 대한 책들이 눈에 들어왔다. 예전에『소설쓰기의 모든 것 3 : 인물, 감정, 시점』을 처음 읽었을 때는 놀라울 정도로 감흥이 없었다. 책의 저자 낸시 크레스는 내가 정말 좋아하는 SF 작가인데도 그랬다. 낸시 크레스의 SF 중편소설집『허공에서 춤추다』를 즐겁게 읽었고, 그가 인물을 무척 잘 다루는 작가라는 것도 알았는데, 정작 그 인물들이 어떻게 탄생했는지에 대해서는 궁금해하지 않았던 것이다. 하지만 일단 매력적인 인물을 써보겠다는 목표를 세우니 책의 조언이 훨씬 생생하게 와닿았다. 인물의 미니 전기를 써보라든지, 인물의 옷차림에 사회경제적 맥락을 담으라든지, 인물이 무엇을 소유하고 어떻게 집을 장식하고 어떤 차를 타는지 상상해보라든지. 그 조언들을 읽고 나니 낸시 크레스가 쓴 소설의 인물들도 다시 보였다. 인물의 디테일에 집중하며 소설을 새롭게 즐길 수 있었다.

　대사 쓰기에 대한 작법서를 펼쳐놓고 예전에 내가 쓴 소설의 대사를 다시 읽어보기도 했다. 어떤 소설을 쓰면서는 인물의 대사를 쓰는 것이 전혀 어렵지 않고 손에 쫀득하게 달라붙는 느낌이 있었다면, 또 다른 소설을 쓸 때는 대사가 버석거리고 겉도는 느낌을 받고는 했는데 뒤늦게 그 이유를 알 수 있었다.『Dialogue : 시나리오 어떻게 쓸 것인가 2』를 읽으며 파악한 문제는 이렇다. 인물에 충분히 몰입하지 못한 것, 대사가 감정 과잉이라고 생각했지만 사실은 감정보다 동기 부족의 문제인 것, 인물들의 지식 수준이 사용하는 어휘와 연관되지 않은 것. 역시 대사의 중요성을 실감하기 전까지 알아차릴 수 없던 문제들이다. 전에 몇 번 들춰보기는 했지만 왠지 영화나 드라마 작가에게 유용할 내용이라고 생각하며 넘긴 책이었으니까.

아주 훌륭한 작법을 알려주는 책이라도, 소설을 계속 써나가며 자신의 문제를 직접 깨닫기 전까지는 가치를 알지 못할 수 있다. 내 경험만으로 일반화하기 조심스럽지만 다른 창작자들도 비슷한 경험을 하지 않을까 싶다. 어쩌면 창작자들은 늘 각자의 자리, 각자의 시점에서 서로 다른 문제를 붙들고 씨름하고 있기 때문에 바로 눈앞의 문제가 아닌 다른 조언 같은 것은 머릿속에 들어오지 않는 것일지도. 새로운 문제를 대면하려면 시간이 좀 지나고 다음 도전과제로 넘어갈 준비가 돼야 하는 것일지도 모르겠다.

새 글을 시작할 때마다 '이번에도 나는 글 쓰는 법을 다 까먹었구나' 하는 가벼운 절망감에 빠진다. 가벼운 절망감인 이유는, 쓰다보면 어떻게든 쓰게 된다는 것을 이제 알고 있기 때문인데, 그래도 절망감인 것은 변함이 없다. 지난번 소설을 끝낼 때까지만 해도 분명 자신감에 차 있었는데 새로운 소설을 시작하면 언제 내가 소설을 써봤나 싶을 정도로 막막해진다. 그런데 지금 생각해보면, 그건 창작의 방식이 어느 시점에도 고정되어 있지 않아서 그런 것 같다.

돌이켜보면 나 역시 습작기에 썼던 소설들과 데뷔작인 「관내분실」이나 「우리가 빛의 속도로 갈 수 없다면」 그리고 최근 쓴 소설들의 글쓰기 방식이 닮아 있으면서도 전부 조금씩 다르다. 쓰던 대로 써서는 예전과 같은 글밖에 내놓을 수 없으니까, 차라리 '잊고' 다시 시작하는 편이 나을지도 모른다. 쓰는 방법이 계속해서 변해간다면 의미 있는 조언도 시기마다 달라질 수밖에 없다. 어떤 작품이 그 시기에는 전혀 감흥을 주지 않다가 한참 뒤에 마음을 치고 가는 것처럼, 작법서 중에도 시간이 흘러야 다시 보이는 책들이 있는 것이다.

진정이 필요한 순간마다

여러 책을 소개하기는 했지만 어디까지나 참고만 해주면 좋겠다. 앞서 말했듯 적절하지 않은 책을 잘못된 시기에 만나면 창작 의욕은커녕 오히려 좌절감만 쌓일 수 있다. 게다가 습작기의 초보 작가든, 데뷔한 작가든 각자 지금 골몰하는 문제는 모두 다르기에 당연히 해답이 담긴 책도 전부 다를 것이다.

작법서의 이런저런 유용성을 설파했으나 나는 역시 작법서의 진짜 의미는 '진정체' 같은 것이라고 생각한다. 예전에 우울을 유발하는 돌멩이, 마음을 차분하게 만드는 비누 같은 것이 '이모셔널 솔리드'라는 소품 브랜드로 출시되어 유행한다는 내용의 단편 「감정의 물성」을 쓴 적이 있는데, 나라면 작법서 모양을 한 진정체를 만들어 작가들에게 팔겠다. 자, 안 펼쳐봐도 좋으니 이 물건을 책상 위에 둬보세요.

아무리 최악의 상황에도 그것을 통제할 수 있다는 믿음, 그 믿음 없이는 소설을 써나가기 어려울 수 있다. 하지만 일단 그 믿음을 얻을 수만 있다면 책상 위 작법서를 한 페이지도 펼쳐보지 않는다고 무슨 문제라도 생기겠는가. 언제든 볼 수 있게 거기 놓여 있다는 사실이 중요한 것이지.

글 쓰는 일은 때로 세계 전체를 뭉쳐 내 손 위에 가져다놓고, 과거와 현재 곳곳으로 나를 데려가주는 빽빽한 거미줄 위에서 벌어지는 화려한 작업 같다가도, 때로는 나를 뚝 떼어내 좁고 작은 방, 오직 책들로만 둘러싸인 방에 고립시킨다. 재미있지만 가끔은 심심하고 외롭고 심지어 고통스러울 때도 있다. 도저히 앞이 보이지 않을 때가 있다.

그럴 때 책상 위에 놓인 작법서와 작가들의 에세이는 마음을 진정시켜준다. 침착하게 다시 상황을 바라보게 해준다. 망하고 있는 것 같지만 사실은 망하지 않았을지도 모른다는 일말의 희망을 준다. 무엇보다 내가 이렇게 늘어져 있는 지금도, 어느 작업실과 침실과 부엌에서 수많은 작가가 화면을 노려보며 분투하고 있다는 사실을 일깨워준다. 그러면 이런 생각이 드는 것이다.

'다시 글 쓰러 가자. 나만 가만히 있을 수는 없으니까!'

불순한 독서 생활

작년 여름, 이 주 정도의 휴식기를 보냈다. 코로나19가 극성이니 어디 멀리 놀러가기도 애매하고 집에서 게임이나 하겠다는 생각이었는데, 여전히 고공행진 중이던 그래픽카드 가격 때문에 게임용 컴퓨터를 새로 장만할 타이밍을 못 잡고 있었다. 무엇보다 그간 작업으로 혹사한 손목이 덜그럭거려서 게임을 했다가는 상태가 더 나빠질 것 같았다. 마음을 바꿨다. 폭력이 난무하는 게임의 세계 대신 조용하고 사색적인 휴가를 보내기로. 그간 미뤄둔 영화와 드라마, 예전에 좋아하던 소설 시리즈를 다시 보기로 했다.

군이 예전에 좋아하던 작품들을 다시 보기로 한 것은 이유가 있었다. 나는 심각한 문제를 겪고 있었다. 책에 몰입하지 못하는 문제였다. 모든 독서가 일처럼 느껴지기 시작한 것이다. 아무리 재미있는 소설을 읽어도 소설 속의 모든 요소가 자꾸 무의식적으로 나의 작업으로 이어졌다. 이를테면 주인공이 사다리를 이용해 우물을 탈출하는 장면을 읽으면 내 소설 인물들을 절벽에서 뛰어내리게 만들어야겠다는 생각이 든다든지, 작중 인물이 활기차게 말하는 것을 보면 내가 구상 중인 인물의 말투를 로봇처럼 뚝뚝 끊어지게 수정해야겠다는 생각이 퍼뜩 든다든지. 도대체 이것과 저것 사이 무슨 연관성이 있는지는 나도 모른다. 그저 무의식이 하는 일이니까. 가끔 정도가 심해지면 영화나 드라마에도 몰입할 수 없었다.

어쨌든 나는 '상시 일하는' 느낌으로부터 탈출하고 싶었고 그래서 꺼내든 것이 오래전 푹 빠져서 읽거나 보았던, 완전히 몰입했던 작품들의 목록이다. 그것들을 다시 보면 나아질 것 같았다.

파란색 전화박스를 타고 우주를 넘나드는 시간여행자의 이야기를 그린 드라마 시리즈 〈닥터 후〉를 다시 봤다. 과거로 돌아가 고독한 화가 빈센트 반 고흐를 만난 닥터, 우주에서 가장 악명 높은 괴물을 가두었다는 전설의 감옥 판도리카, 인류 최초 화성기지에 물과 관련된 재앙이 들이닥치는 '화성의 물'……. 이 기이하고 낭만적인 드라마는 어릴 적 나의 장르 취향을 형성하는 데에 가장 크게 기여한 작품인데 그래서인지 이미 아는 이야기들을 거듭 봐도 좋았다. 이 글을 쓰면서 〈닥터 후〉의 오프닝 곡을 떠올리는 것만으로도 심장이 뛴다. 〈닥터 후〉를 보는 동안 나는 잠시 인물의 대사니, 연출이니, 장면전환이니 하는 분석의 굴레에서 벗어날 수 있었다.

그리고 다음에 나는 판타지 소설을 펼쳐들었다. 어렸을 때 정말 좋아했던 판타지 시리즈로 진작 애장판을 사두었지만 읽지 않고 아껴둔 지 몇 달째였다. 긴 휴가를 맞이하면 몰아 보겠다고 벼르던 것이다. 의심 없이 책을 펼쳤다. 이 책이 내가 사랑했던 세계로 나를 다시 데려가줄 것을 기대하면서. 그리고 이야기는 기대한 만큼이나, 아니 기대 이상으로 너무 재미있었다. 하루종일 책을 읽었다. 종이책으로 읽다가 종이책의 무게가 불편해지면 전자책으로 옮겨 읽었다. (그렇다. 나는 애장판을 종이책과 전자책, 두 세트나 샀다.) 인물들은 살아 움직였고 세계는 눈에 그려지듯 생생했고 사건은 휘몰아치듯 앞으로 나아갔다.

그런데 한밤중 책장을 넘기다가 문득 이상한 사실을 깨달았다. 내가 또 무의식 중에 소설의 표면 아래를 살펴보고 있는 것이 아닌가. 휴대전화를 사용하다가 뜬금없이 스크린 뒤 액정의 입자 구조나 부품의 배치를 생각하는 것처럼, 나는 소설 속 세계가 어떻게 만들어졌을지를 궁리하고 있었다. 인물마다 어떻게 서로 다른 어휘를 쓰는지, 장면은 어떻게 전환되는지, 시점은 어떻게 인물에서 인물로 건너뛰는지, 장면 묘사는 어느 정도 비율로 나오는지……. '이렇게 쓰면 독자가 몰입해서 읽을 수 있구나'라며 감탄하고 있었지만, 정작 그런 생각을 하는 나는 완전하게 몰입하지 못한 채였다. 너무 좋아하는 소설이고 재미있어서 다음 내용이 견딜 수 없이 궁금한 상황인데도. 문득 편집자들이 책을 보면 늘 윤문을 하거나 교정·교열거리를 찾는다는 농담(인지 진담인지 모르겠지만)이 떠올랐다. 분명 며칠 전 〈닥터 후〉를 볼 때는 안 이랬는데! 망했다. 책을 좋아해서 책을 쓰기 시작했는데, 이제 예전처럼 책을 볼 수가 없다니.

소설가가 되고 '불순한' 독서 생활이 시작되었다. 아니, 어쩌면 소설 쓰기를 제대로 결심한 시점부터였을 것이다. 정확히 특정할 수는 없지만 언젠가부터 나의 책 읽는 방식은 조금씩 변화해왔다. 읽는 사람의 독서에서 쓰는 사람의 독서로, 순수한 감탄과 경이에서 벗어나 표면 아래 설계도를 더듬는 방식으로.

한때 나에게 책 속 세계는 완성된 마법의 성이었다. 매끈한 표면 아래 구조와 원리를 알 수 없어도 이야기의 신비를 즐길 수 있었다. 하지만 이제 나는 외계 유물을 역으로 설계하듯 좋아하는 책들을 들여다본다. 아무리 경이로운 세계도 그것을 구성하는 원칙과 기술 위에 세워졌다는 것을 생각하며 책을 읽는다.

어느 날 작업실에 앉아 책장을 쭉 둘러보는데 이상한 느낌이 들었다. 예전 같았다면 존재조차 몰랐을 책들이 눈에 잔뜩 들어왔다. 작가가 되지 않았다면, 필요해서 사들인 게 아니었다면 살면서 한 번도 들춰보지 않았을 책들이 책장의 대부분을 차지하고 있었다. 문득 이런 생각이 들었다. 나는 순수한 애정과 즐거움 대신 글을 쓰기 위해 책을 읽는 독자가 되었지만, 그래서 그게 일종의 직업병이라며 투덜대고 있었지만, 혹시 이 불순한 독서가 나의 세계를 확장하고 있는 게 아닐까? 잘못 탄 버스가 존재하는지도 몰랐던 도시의 낯선 장소로 나를 데려가주는 것처럼.

나는 이 책들에 실려 뜻밖의 세계로 자주 향한다. 의외와 우연의 영역들, 그것은 불순한 독서의 즐거움이다.

한국소설 탐방하기

소설가가 되기 전 나는 몹시 편협한 독서가였다. 취향이 확고했고 취향 바깥에 있는 것들은 거들떠보지 않았다. 책장 절반은 과학책이었고 소설은 SF와 판타지만을 읽었다. 그렇지만 소설을 제대로 써봐야겠다고 마음먹은 이후에는, 이렇게 편협한 독서를 고수할 수 없다는 것을 깨달았다. 쓰기 위해서는 좋아하지 않는 것들도 찾아 읽어야 했다. 얼떨결에 데뷔한 이후에는 내 밑천이 조만간 바닥날 것이라는 두려움이 따라왔다. 독서도 작가의 업무라고 한다면 나는 너무나 형편없는, 당장 퇴출되어도 마땅한 직업인이었다.

내가 스스로에게 내린 긴급 처방은 독서의 영역을 넓히는 것이었다. 예전이라면 집어 들지 않았을 책들로 탑을 쌓기 시작했다. 도서관에서, 서점에서 관심 없던 분야의 서가에 머무르는 시간을 늘려갔다. 사람들은 보통 작가를 다방면의 지식을 갖춘 직업으로 여기는 것 같지만, 나는 반대로 덜컥 기회를 얻은 다음에 그것을 손에서 놓치지 않기 위해 다방면의 책을 읽기 시작했다. 순서야 어쨌든, 나는 곧 그 일이 좋아졌다.

작품활동을 시작한 첫해에는 특히 한국소설과 문예지, 잡지를 많이 찾아 읽었다. 본격문학, 소위 순문학이나 문단문학이라고 하는, 데뷔 전에는 접한 적 없는 영역이었다. 좋아하는 한국 작가가 몇 명 있었을 뿐 원래 문학 애호가라고 할 수는 없었던 내가 한국소설과 문예지를 읽기 시작한 것은 솔직히 좀 불순하고 실용적인 이유가 있었다.

나는 소설을 발표할 지면을 찾고 싶었다. 당시 내 눈에는 소설가로 무사히 한 해를 버틸 방법이 보이지 않았다. 내가 작품활동을 시작한 2018년 초까지만 해도 장르소설을 실어주고 적정한 원고료를 지급하는 고정 지면은 극소수였다. 대부분의 문예지, 잡지, 웹진은 본격문학으로 정식 등단한 소설가의 소설만을 싣고 있었다. 나는 내 소설을 본격문학으로 인정받고 싶은 것이 아니었다. 당장 소설가로 살아남는 것이 중요했던 나에게 문학성은 부차적인 문제였다. 물론 나는 좋은 소설을 쓰고 싶었고 그러기 위해 노력했지만, 내 소설이 좋은 소설인지 아닌지를 본격문학계에서 판가름하기를 바란 것은 아니었다. 그렇지만 모순적이게도 경력을 이어가기 위해 필요한 자원은 본격문학계에 쏠려 있었다. 지면도 독자를 만날 계기도 그랬다. 나는 어떤 소설이 문예지에 실리는지, 어떤 소설이 출판사의 눈에 띄고 독자들을 만날 수 있는지 알아야 했다. 생존을 위한 지면 조사였던 것이다.

그런데 한국소설 단행본을 여러 권 찾아 읽고 과월호 문예지를 구해 살펴보며 내린 어정쩡한 결론은 '나 이렇게 못 쓰겠는데'였다. 문예지에는 장르소설 단편이 거의 실리지 않았다. 실린다고 해도 전에 신춘문예나 문학 출판사 공모전으로 등단한 소설가의 글이었다. 단행본 출간 역시 내가 투고해볼 만한 출판사는 한정되어 있었다. 그래도 청소년 문학 공모전 당선작 중에 SF나 판타지가 꽤 있었는데, 한편으로 SF를 쓰기 위해 청소년 문학으로 영역을 바꾼다는 것이 적절하지 않게 느껴졌다. 오직 SF만 써서 지면을 얻기란 몹시 어려운 일이었다. 경계 바깥에 있는 사람들만 느낄 수 있는 묘한 위계의 존재를 그때 처음 실감했던 것 같다.

그래도 불순한 동기로 시작한 한국소설 읽기는 오히려 '이렇게 쓰겠다'는 생각을 내려놓는 순간 그럭저럭 즐거움으로 전환됐다. 그것이 언제쯤이었는지는 잘 모르겠지만 아마도 꽤 이른 시기였을 것이다. SF 열 권과 본격문학 열 권을 쌓아놓고 읽기만 해도 두 영역이 상당히 다르다는 것은 금세 깨달을 수 있으니까. 처음에는 '이렇게도 써볼까? 이런 방식으로 쓰면 지면을 얻을 수 있을까?' 생각하며 읽었지만 나중에는 '아니다, 이 소설은 내가 쓰는 것과 전혀 다른 영역이다' 생각하며 읽었더니, 오히려 마음 편하게 읽게 됐다.

본격문학과 SF, 그 창작과 독법에 얼마나 큰 차이가 있는지는 작가들 사이에도 의견이 분분하지만, 그 차이를 인지하는 것은 분명 창작자에게 유용하다고 생각한다(독자로서는 그저 마음이 가는 쪽을 읽으면 그만이지 않을까 싶다). 나는 당시 '어떤 것을 좋은 작품으로 보는지', 즉 미학적 평가의 기준이 둘 사이에 상당히 다른 것 같다고 생각했다. 본격문학에서는 인물의 내면, 인물 사이의 갈등, 인물의 변화에 더 주목한다면 SF에서는 인물과 세계의 갈등, 세계의 구조와 규칙에 초점을 맞추는 경향이 있었다.

본격문학에서는 '이 사람 대체 왜 이러지?' 싶은 이상한 인물이 많이 나온다. 곰곰이 이야기를 따라가다보면 이해가 될 것 같기도 하고 안 될 것 같기도 한 그런 다면적인 인물들 말이다. 그런 인물의 복잡성에 마음 복잡해지는 것 역시 소설을 읽는 주된 이유 중 하나라고 생각한다. 너무 쉽게 서로가 서로를 이런 사람이라고 단정 짓는 현실과 다르게 소설은 인간이 이럴 수도 있고 저럴 수도 있고, 이랬다 저랬다 할 수도 있는 존재라는 것을 너그럽게 받아들인다. 하지만 오직 그 기준, 인물이 얼마나 복잡하고 다층적이고 모호한지만으로 소설을 평가할 수는 없다. 반대로 SF에서처럼 세계가 얼마나 독창적이고 구체적이며 논리적이고 선명한지만을 기준으로 본격문학을 평가할 수도 없는 일이다.

본격문학을 읽다가 발견한 또 한 가지 차이는 이것이었다. '이 문학장에서는 답을 내릴 수 없는 것, 다양한 해석 가능성, 모호하고 폭넓게 열린 결말을 높게 평가하는구나!' 주로 책에 딸린 해설이나 문예지 비평을 읽다가 느낀 것인데, '그렇지, 그건 좋은 점이지' 하고 고개 끄덕이다가 '그래도 좀 결론을 내줘야 하는 거 아닌가?' 싶기도 했다. 아마 내가 본격문학 읽기에 숙련되지 않은 독자였어서 그랬던 것 같다. SF든 본격문학이든 각 장르의 기반을 이해하고 읽는 법을 훈련하면 더 재미있게 읽을 수 있으니까.

한국소설에도 다양한 평가 기준이 있을 텐데 너무 단순하게 요약한 것 같기도 하지만, 당시 느낀 전반적인 경향성은 그랬다. 지금도 본격문학은 분명 나와 가깝지만 내가 속하지는 않은 곳처럼 느껴진다. 나는 카페를 운영하고 다른 사장님들은 이탈리안 레스토랑을 운영하는, 그래서 함께 공유할 고민도 많지만 공유할 수 없는 고민도 많은 그런 사이 같다. 요즘은 둘을 같이 운영하는 사람도 많고 서로 영향을 주고받기도 해서 선을 딱 그을 필요는 없지만, 그렇다고 "장르 구분은 의미없다!" 말하면 이제 막 시작하는 작가들을 어리둥절하게 할 수 있을 것 같다. 적어도 작가 생활 초기에 지면을 어떻게 얻을까 궁리하던 나에게는 그 구분선의 존재가 매우 아리송

하고 혼란스러웠다. 그래서 내 결론은 이렇다. 둘을 나누는 차이를 인식하는 것은 창작자와 비평가 모두에게 유용하지만, 그 차이를 차별의 근거로 삼지는 말자.

혼란스러운 SF와 본격문학 어쩌고 이야기에서 벗어나서, 그때 새롭게 한국소설 독자가 된 즐거움도 이야기해보고 싶다. 지금부터는 잠시 작가보다 독자 자아의 이야기다.

내가 한국소설의 독자가 된 2018년 전후는 마침 본격문학계에도 많은 변화가 있었던 시기다. 페미니즘 리부트가 문학 전반에 영향을 미쳤고 내 또래 세대의 여성들이 중심 독자로 부상했다. 여성과 퀴어의 서사가 다채로워졌고 덕분에 소설을 읽을 때 대체로 마음이 편했다. 문학 밖에서 '음, 재밌긴 한데 이 시대에 꼭 이런 내용을?' 생각하게 만드는 작품을 계속 접하다가 문학계로 오면 그래도 맑은 공기를 마시는 것 같았다. 이야기 자체도 예전보다 무게를 덜어낸 독자 친화적인 소설이 많이 사랑받기 시작한 시기였다.

덕분에 나는 좋아하는 동시대 작가들을 발견하고 신작을 열심히 따라 읽는 독자가 됐다. 한국에서 소설가는 주로 문예지와 잡지, 웹진 등으로 단편을 먼저 공개하며 작품활동을 시작한다. 여러 지면을 꼼꼼히 챙겨 읽으면 아직 첫 책을 내지 않은, 그러나 꼭 내 취향에 들어맞는 소설가를 발견하게 되는

데 그럼 어떤 소설가의 첫 소설집(혹은 첫 장편)을 기다리는 재미를 느낄 수 있다. 그런다고 나한테 특별히 좋은 일이 생기는 것은 아니지만…… 그냥 기분이 좋으니까. 남들보다 먼저 훌륭한 창작자를 발견하면 다들 내가 뭐라도 기여한 것처럼 뿌듯하지 않은가? (아닐 수도 있다.)

내 경우는 한정현 소설가와 이유리 소설가가 그랬다. 한정현 소설가는 그의 첫 장편을 읽고 서늘한 다정함과 연구자적 면모에 반해 다음 소설을 기다리기 시작했는데, 그 이듬해 문예지에 발표된 「우리의 소원은 과학 소년」을 읽고 감격한 나머지(이 소설에는 21세기 한국에서 SF를 쓰는 여성작가라면 눈물을 훔칠 수밖에 없는 장면이 나온다) 이 소설이 실린 소설집은 대체 언제 나와서 다른 사람들에게도 추천할 수 있나 오매불망 기다렸던 기억이 난다. 아무래도 문예지에만 실린 작품은 접근성 때문에 영업이 좀 힘드니까. 독특한 서술방식으로 과거와 현재를 태피스트리처럼 엮는 첫 소설집 『소녀 연예인 이보나』가 출간된 이후 나는 기꺼이 홍보대사를 자청하며 주위에 책을 열심히 권했다.

이유리 소설가도 그렇게 첫 책을 기다렸던 소설가다. 내 소설 한 편이 '2021 올해의 문제소설'에 선정됐다며 책이 집으로 왔는데 거기 같이 실려 있던 단편 「치즈 달과 비스코티」를 읽었던 것이 계기였다. 현실 위에 슈가파우더처럼 뿌려진 달콤한 환상, 이상하고 한심하지만 미워할 수는 없는 매력을 지닌 인물들에게 한눈에 반해버렸다. 첫 소설집 『브로콜리 펀치』에 실린 단편들은 모두 현실과 판타지가 마블링처럼 섞인 작품들로 오묘한 맛을 살린 달콤 쌉쌀 디저트 같다. 나는 그가 SF도 써주기를 또다시 기다리다가 잡지에 실린 AI와 디지털 클로닝이 등장하는 신작을 읽고서 무척 행복해졌다. 이렇게 동시대 활동하는 소설가들의 작품을 초기작부터 신작까지 차근차근 따라 읽어가는 것, 그들의 고민과 생각을 조심스레 뒤쫓으면서 소설이 변화해가는 결을 느끼는 것도 내게는 한국소설을 읽는 즐거움 같다.

그렇게 나는 한국소설을 몇 년간 탐방한 끝에 성실한 독자로 남게 되었다. 내가 속한 현실에서 온 이야기이기에 가끔 슬프고 자주 분노하게 만드는, 그러나 이제는 적어도 나를 소외시키지 않는, 사랑과 삶을 끝내 포기하지 않는 이야기들을 기쁘게 읽는다. 언젠가 SF가 아닌 소설, 장르적 요소를 덜어낸 사실주의적 소설에 도전한다면 다시 쓰기를 배우려는 사람의 눈으로 이 소설들을 읽을지 모른다. 그 전까지는 가급적 독자로서의 즐거움을 오래 유지해볼 생각이다.

확장되는 SF의 세계

역시 나는 SF를 읽어야 했다. 아무리 이 장르로 자리 잡기가 쉽지 않다고 해도, SF는 내가 가장 마음을 뺏긴 장르이자 계속해서 쓰고 싶은 장르였으니까.

앞서 'SF란 무엇인가'라는 질문을 받으며 나름대로의 답을 찾기 위해 과거의 소설들을 읽었다고 했는데, 그것이 나의 고전 SF 독서의 시작이었다. 사실 나는 국내 소설가들의 SF소설로 이 장르에 입문했고 데뷔 전에 영미권 SF의 3대 거장이니 황금기의 걸작이니 하는 소설을 읽어본 적이 별로 없었다. 유명한 소설가의 대표작 한두 편 정도를 접한 것이 다였다. 본격문학으로 비유하면 헤밍웨이나 피츠제럴드를 한두 편 정도만 읽어본 사람이 갑자기 작가가 된 것이라고 해야 하나 (뭐, 그럴 수도 있지 않나 싶지만). 아무래도 이런 솔직한 토로는 SF 고전주의자들에게 "그러니까 네 소설이 그 모양이지!" 같은 불만을 유발할 것 같아 빨리 다음으로 넘어가야겠다.

이전 작품들의 미덕을 계승하고 싶은 사람이건 이전 작품들과는 완전히 다른 파격적인 작품을 쓰고 싶은 사람이건 한 번쯤은 장르의 역사를 따라가봐야 한다. 르 귄이 말한 것처럼 "우주선과 외계인과 미친 과학자를, 그러니까 바퀴를 다시 발명"하려고 하는 것이 아니라면. 나는 '바퀴 발명의 역사'를 데뷔 이후에 공부하기 시작한 것인데(이것은 나의 뼈에 새겨진 벼락치기의 역사와 결부되어 있다) 우선 국내에 출간되어 있는 SF 단행본을 시대 무관 전부 수중에 넣겠다는 야심찬 계획부터 세웠다. 일단 책을 사놓으면 언젠가는 읽을 테니까.

그런데 계획에 약간의 문제가 있었다. 일단 절판된 책이 너무 많았다. 사실 과거에 한국 SF 출판 시장이 작았던 것을 생각하면 지금까지 출간된 책의 종수 자체는 많은 편이었다. 판매량을 기대하기 어려웠을 상황을 생각하면 고마울 정도로. 다만 절판된 책은 중고로도 구할 수 없거나 정가의 두 배가 넘는 프리미엄이 붙어 팔리는 경우가 많았다. 그중 일부는 내가 눈물을 머금고 프리미엄 가격으로 샀으니 아마 이후에 가격이 더 올랐을 것이다. 어떤 책은 중고 가격이 십만 원에 달해서 차마 살 수 없었다. 언젠가 '책연'이 닿으면 만나리라 믿는 수밖에.

또 다른 문제는, 분명 SF인데도 서점에서 SF로 분류되지 않은 책이 많다는 것이었다. 예전에 출간된 책들은 물론이고 새로 출간되는 책들도 마찬가지였다. 뒤늦게 책 내용을 살펴보고 '어, 이거 SF였잖아?' 하고 장바구니에 추가할 때가 많았다. 단순한 누락으로 볼 수도 있겠지만 과거에 'SF 딱지'를 숨기려고 했던 흔적 같다는 생각도 든다. 소설이 SF라는 사실을 내세우면 마케팅에 방해가 된다고 여겼을지도 모른다. 나도 첫 책을 내고 'SF 장르라고 해서 안 읽으려고 했는데……'라는 말을 엄청 많이 들었기 때문에, 과거 국내 출판사들의 입장이 이해 안 가는 것은 아니다. 하지만 그런 관습 때문에 많은 책을 잇는 중요한 연결고리가 희미해져버린 것은 사실이다.

과거의 SF를 파헤치는 과정에서 나는 한국에서 SF 독자로 살기도, SF 작가로 살아남기도 결코 만만하지 않다는 사실을 실감했다. 하지만 나쁜 소식과 좋은 소식은 언제나 함께 도착하는 법. 2018년은 SF에 새롭게 입문하기에 딱 좋은 시기이기도 했다. 신생 SF 출판사들이 열정적으로 책을 출간했고 새로 번역되는 책뿐만 아니라 복간되는 책도 많았다. SF가 이제막 언론에서 주목받던 시기여서, 작가들 인터뷰를 찾아 읽으면 작품 추천도 잔뜩 발견할 수 있었다. 정말 자주 하는 생각인데, 나는 시운이 좋다. 흐름에 잘 올라탄 셈이다.

SF의 시초를 찾아가보면 1818년 『프랑켄슈타인』, 더 멀게는 16세기 『유토피아』까지 등장하지만 이 장르가 SF라는 명칭을 얻고 지금 같은 대중문학 장르로 자리 잡은 것은 보통 20세기 초반으로 여겨진다. 현대의 독자들이 고전, 오래된 걸작으로 칭하는 작품들은 영미권 SF의 황금기라고 불리는 1950년대 전후에 많이 몰려 있다. 오멜라스 출판사에서 나온 'SF 명예의 전당' 시리즈는 당시의 중단편들 중 가장 인기 있는 소설들을 모아놓은 것이다. 아이작 아시모프, 아서 C. 클라크, 로버트 A. 하인라인, 레이 브래드버리도 이 시기 활발하게 활동했던 소설가들이고 조금 뒤로 가면 필립 K. 딕도 있다. 나는 기대감과 약간의 미심쩍음을 품고 칠십 년 전의 SF를 읽기 시작했다.

과거의 SF 읽기는 기대보다 훨씬 재미있었다. 솔직히 말하면, 나도 SF로 데뷔하기는 했지만 아직 머릿속에서 SF에 대한 선입견을 완전히 지우지 못한 상태였다. SF는 우주선과 전쟁, 외계인과 로봇, 타임머신 등이 등장하고 과학자와 군인이 주요 인물인 장르라는 그런 생각……. (나의 데뷔작에는 그런 요소들이 등장하지 않지만 그래도 선입견은 무서운 것이다.) 그런데 내가 읽은 고전 SF, 황금기의 SF는 놀랍게도 나의 편견에 완전히 부합하는 소설들이었다! 다시 말해 SF에 관한 오래된 통념은 꽤 예전의 소설들에 기반한 것이었다. 그만큼 당시의 작품들이 SF 장르의 튼튼한 기반이 되었고, 강렬한 인상을 남겼다는 뜻이기도 하다. 유쾌하거나 진중하거나 분위기의 차이는 있지만 대체로 이야기 중심에 과학 또는 과학적 태도가 놓여 있는 하드 SF가 많았다. 현대 SF와는 다른 느낌이지만 확실히 배울 점이 많다고 느꼈다. 특히 이야기 전반에 깔려 있는, 미지의 현상을 끈질기게 탐구하는 집요한 태도가 마음에 들었다.

다만 나는 내 지향점을 황금기보다는 그다음 시기의 소설들에서 찾아내야 했다. 고전 SF와 코드가 완전히 맞지는 않았다고 해야 하나. 이 소설들이 왜 뛰어난지, 왜 지금 SF를 쓰는 작가도 읽어봐야 하는지 충분히 알 수 있었지만 궁극적으로 마음을 뒤흔드는 무언가를 발견하지는 못했다. 좋아할 수는 있었지만 내가 쓰고 싶은 소설은 아니었다. 시간 축을 조금 뒤로 옮겨가면서 나는 비로소 마음을 쾅, 울리는 작품들을 만났다.

옥타비아 버틀러와 제임스 팁트리 주니어를 읽으면서 '그래, 이게 내가 진짜 좋아하는 세계야'라는 생각이 들었다. 버틀러의 『킨』은 내게 남아 있던 SF에 대한 선입견을 와장창 부쉈다. 이 소설은 시간여행물로, 20세기 현대의 흑인 여성 주인공을 노예제가 있던 미국 남부로 데려다놓으며 전개된다. SF라고 할 때 떠오르는 장르 요소는 과거로의 타임 슬립 외에는 거의 없는 편이지만, 서로 다른 사고방식, 낯선 세계 간의 충돌을 보여주는 것이야말로 SF의 매력이라는 것을 알았다.

제임스 팁트리 주니어의『마지막으로 할 만한 멋진 일』은 표제작이 정말로 훌륭한데, 'SF만이 만들어낼 수 있는 기이하고 모순적인 상황 속에서 자신의 길을 찾아 의연히 나아가는 인물'이 나의 취향이라는 것을 깨달았다. 비극을 직감하면서도 해야 할 일을 하는 인물은 사실주의 소설에도 많지만 나는 그런 인물이 SF에서 만들어내는 파동을 특히 좋아하는 편이다.

또 한 번 나에게 큰 충격을 줬던 소설은 엘리자베스 문의『어둠의 속도』다. 임신 중 진단한 태아의 자폐를 치료할 수 있는 근미래 사회에서 최후의 자폐인 세대로 남은 루 애런데일의 이야기인데, 이 소설을 읽으며 나는 SF라는 장르에 대해 가지고 있던 마지막 편견까지 모두 내려놓았다. 이런 이야기도 SF를 통해 할 수 있다면 더 이상 SF가 다루지 못할 이야기는 없을 것 같았다. 이 소설은 SF 팬들에게 '순문학스럽다'는 평을 자주 듣는 모양이지만, 작중 주인공이 처하는 모순적 상황은 소설이 가정하는 가상의 자폐 치료법이 아니면 생겨나지 않는다. 나는 이 책을 읽고 내가 어렸을 때 눈물 콧물 삼켜가며 읽었던『앨저넌에게 꽃을』역시 SF라는 사실을 뒤늦게 알았다. 발달 장애를 가진 찰리는 뇌 치료 임상시험으로 엄청난 지능을 얻지만 더욱 고통스러운 현실을 마주한다. 이 또한 SF적 가정을 바탕으로 과거의 자아와 격렬히 충돌하는 인물을 그렸으니 더없이 훌륭한 SF일 수밖에.

여러 책을 찾아 읽으면서 어떤 경향성이 눈에 들어왔다. 현대에 가까워질수록 SF의 범위가 놀라울 정도로 확장되며 다루는 소재, 인물과 소설의 형식 역시 다양해지고 있었다. 나는 내가 좋아하는 소설과 쓰고 싶은 소설을 마음에 담아두면서, SF 소설가들이 세계와 인물을 어떻게 구성하는지 차근차근 살피면서 책을 읽어나갔다. 그랬더니 내 마음을 크게 움직인 소설의 공통점이 보였다. 그 소설들은 초점이 중심이 아닌 변두리에 있었다. 세계의 중심에서 과학자나 군인이 세상을 바꾸는 위대한 발견을 하고 그것으로 인류와 외계 생명체들에게 엄청난 영향을 미치는 이야기보다는, 변두리에 있는 평범한 인물이 모순적 상황과 세계와의 갈등에 처하는, 그러나 꿋꿋이 자신의 길을 가는 이야기가 좋았다. 그것은 읽는 사람으로서 이야기를 사랑하게 만들 뿐만 아니라 작가로서 이야기를 쓰고 싶은 마음을 들게 했다.

초점이 변두리에 있다는 것. 이 점을 단순하게 소설의 주제나 메시지라고 축약하고 싶지는 않다. 대신 나는 이야기의 특징에 관해 말하고 싶다. 같은 사건이라도 관점을 달리하면 새로운 이야기가 된다. SF에서 수백 수천 번 반복된 미지의 현상에 대한 발견도 마찬가지다. 그것을 발견한 주체가 보스턴에서 야근을 하던 과학자인지, 효자동의 동네 놀이터에서 미끄럼틀에 낙서를 하던 여자아이인지에 따라 그것은 전혀 다른 이야기가 된다. 지금까지 이야기의 세계는 너무 한정된 이들의 놀이터였다. 주목받지 않던 주변의 이야기는 오래된 이야기조차도 새롭게 경험하도록 만든다. SF의 가장 큰 매력 중 하나가 익숙한 세상을 낯설게 보게 하는 것이라면, 초점을 변두리로 옮기는 일은 그것만으로 이야기에 SF다운 매력을 더한다.

  SF 소설을 독파하다보니 내가 왜 이 장르에 빠져들었는지를 다시 한번 알게 됐다. 나는 SF의 밑바탕에 있는 태도가 좋았다. SF의 화자, SF의 인물은 세계를 깊이 이해하고 싶어 한다. 뱀파이어도 유령도 외계인도 갑자기 하늘을 뒤덮기 시작한 검은 구체도 SF에서는 그냥 지나칠 대상이 아니다. 세계의 이상한 구석과 결함, 미지의 무언가, 괴기한 현상을 마주쳤을 때 덮어놓거나 도망치거나 "그냥 그런 거야" 말하지 않고 끈질기게 파고들어 알고자 하는 태도가 SF의 근저에 있다. 물론 삐끗하면 그것은 대상을 정복하거나 통제하려는 일로 이어지기에, 이해는 늘 위태로운 줄타기라는 생각도 든다. 그렇지만 이해의 한계까지도 직면하면서 세계를 알아가려는 SF의 인물들을 좋아하지 않을 도리가 없다. 미지의 영역은 끝까지 남아 있을 것을 알지만, 그럼에도 결코 낯선 세계에 대한 이해를 포기하지 않는 마음. 나는 그것을 SF로부터 배웠다.

가장 가까운 SF

나는 한국소설로 SF에 처음 입문했다. 첫 소설을 읽게 된 계기도 기억한다. 2010년, 고등학교 3학년 때였다. 책을 자주 추천해주던 지인이 "이거 네 취향에 맞을 것 같아" 하며 책을 빌려줬는데 배명훈 소설가의 『타워』였다. 674층짜리 타워형 도시국가 빈스토크에서 일어나는 온갖 이상하고 흥미진진한 사건을 담은 연작소설집이었다. 이야기에 푹 빠져 하루만에 책을 다 읽은 나는 『타워』가 SF 장르로 분류되는지도 모르고 그저 비슷한 이야기를 더 읽고 싶어 당시 책이 나온 출판사 오멜라스의 다른 책들을 살펴봤다. 스타니스와프 렘의 소설 몇 종과 더불어 세계 천문의 해 기념 작품집으로 나온 『백만 광년의 고독』이라는 소설집이 눈에 띄었다. 소백산천문대에서 열린 과학자들과 국내 SF 작가의 창작워크숍에서 시작된 소설들을 묶은 책이라고 했다.

설레는 마음으로 집어 든 이 책에 정소연 소설가의 「입적」

과 김보영 소설가의 「지구의 하늘에는 별이 빛나고 있다」가
실려 있었다. 「입적」은 지구인 사이에 섞여 정체를 숨긴 채
살아가는 페이아인의 이야기이고 「지구의 하늘에는 별이 빛
나고 있다」는 특수 기면증을 앓고 있는 누나가 동생에게 보
내는 편지다. 둘 다 매우 서정적인 단편으로, 충격적이고 아
름다운 장면이 있다. 나는 두 소설에 완전히 반해버렸다. 사
랑에 빠져버렸다.

　나는 단편을 쓸 때 강한 서정성, 극적인 감정이 드러나는
장면을 가장 중요하게 생각하는데 이 부분에서는 정소연 소
설가와 김보영 소설가의 소설들로부터 큰 영향을 받았다고
생각한다. 물론 2010년 당시 나는 SF 소설가가 되겠다는 생
각은커녕 화학자가 될 생각뿐이었으므로, 언젠가 나중에 이
들에게 영향을 받아 소설을 쓰게 되리라는 상상 비슷한 것조
차 머릿속에 없었다. 그렇지만 그때 그 책들을 만나지 않았더
라면 시간이 흘러 나중에 SF를 써봐야겠다는 생각을 전혀 하
지 않았을지도 모르고, 훗날 SF 소설가가 되는 일도 없었을
테니 그 순간을 다시 떠올리면 기분이 이상해진다. 『타워』에
서 이어진 우연한 독서가 멀리까지 이어져 나를 데려온 곳이,
다시 이곳이라니.

　그렇게 독자이자 팬으로서 시작한 독서였지만, 소설가가

된 이후에는 한국 SF소설이 또 다른 의미로 다가왔다. 시대와 국적 불문 온갖 SF를 읽을수록 한 가지 사실이 분명해졌다. 나는 기존 한국 SF와 무관한 소설을 쓸 수 없었다. 다시 말해, 내가 한국어로 한국인이 등장하는(혹은 한국인처럼 생각하는 인물이 나오는) SF소설을 쓰는 이상 한국 SF계에서 나온 소설들의 영향 아래 내 소설이 놓이게 된다는 뜻이었다. 나는 '한국적인' SF소설을 쓰는 일에 별로 관심이 없었고 그러고 싶지도 않았지만, 내가 현실에서 가져온 재료는 전부 내가 나고 자란 사회의 흔적이 묻어 있었다. SF는 낯선 세계를 다루지만 창작자의 상상력은 현실에 기반한다. 나는 내 소설을 현실로부터 완전히 탈맥락화하거나 표백할 수 없었다. 그렇다면 차라리 그 재료들을 들여다보고 이전의 소설가들이 어떻게 그것들을 다뤄왔는지 알 필요가 있었다.

무작정 소설을 쓰기 시작했던 습작 초기 내가 썼던 SF의 주인공들은 '제임스' 같은 이름을 가졌고 영어 번역투로 말했다. 한국 SF를 분명히 여러 편 읽었는데도 해외 콘텐츠를 훨씬 많이 접해온 탓이다. 그렇지만 여러 SF 작가가 지적해왔듯 철저히 한국인처럼 행동하고 말하고 사고하는 제임스와 주변 인물들은 세계의 신빙성을 크게 해칠 수밖에 없다.

그러니 차라리 한국인 주인공을 등장시켜보자고 생각하면,

필연적으로 이런 질문들을 맞닥뜨린다. '이 세계에서 한국어와 한국인의 위치는 어디일까? 먼 미래라면, 한국인은 다 어디에 가 있을까? 과거라면, 한국에 이런 SF적 설정을 도입할 개연성이 있을까? 미래에 국가 형태는 어떻게 변하고 한국 사회는 어떻게 변해 있을까?' 전에는 관심을 가져본 적도 없는 질문들이 SF를 쓰기 시작하자 중요한 질문이 됐다. 다행히도 그 모든 질문에 내가 새로운 답을 내놓을 필요는 없었다. 현대에 바퀴를 새로 발명할 필요가 없는 것처럼. 한국 SF에도 다양한 도구를 만들고 다듬어온 소설가들이 있었다.

어떤 소설가는 별다른 설명 없이 한국 문화를 배경으로 한국적인 이름의 인물들을 등장시킨다. 독자가 '어라, 이 세계는 어떻게 생겨먹은 거지?' 하고 의문 가질 틈을 주지 않고 매끄럽게 전개한다면 효과적인 전략이다. 또 어떤 소설가는 지금의 한국 사회 그대로 미래까지 상상을 연장해서 세계관을 이어간다. 다른 소설가는 한국인과 다른 지역 출신의 인물들을 섞어 등장시키고 그렇게 되기까지 사회 변화를 추측할 단서를 뿌린다. 또 다른 소설가는 인물들의 국적을 구체적으로 설정하지 않고 국적을 짐작하기 힘든 인명과 지명을 쓴다. 어떤 소설가는 현실에 존재하지 않는 새로운 국가와 인물들을 만들고, 지금 지구와의 연결고리를 모호하게 해서 이곳이 지구 바깥의 어딘가일 수 있음을 암시한다. 잘 적용되기만 한다면 모든 방법이 효과가 있다. 그러나 이러한 전략에 관한 고민 없이 찰흙 반죽 같은 세계 속에 인물들을 투입했다가는 소설이 설득력을 잃을 가능성이 크다. SF를 쓰는 창작자에게도 현실에서 오는 세부 사항들은 유용하다. 가장 익숙한 현실의 재료들을 기피해서는 어디에도 발붙이지 못하는 붕 떠 있는 글을 쓰게 된다.

소설을 쓰다보면 사소한 걸림돌을 자주 맞닥뜨린다. 매끄럽게 처리한다면 독자들의 관심을 살 수 없을 만큼 사소하지만 쓰는 과정에서는 자꾸 걸려 넘어지게 만드는 방해물들이다. 이 문제를 다른 소설가는 어떻게 해결했을까 알고 싶어진다. 한국에서 한국 문화를 바탕으로 SF를 쓰는 작가라면 한국 SF 작품이 가장 좋은 레퍼런스가 될 수밖에 없다. 누군가 자신만의 방식으로 특정 재료를 요리하는 레시피를 만들었다면 그것을 활용해 다음 레시피를 고안하기는 더 쉬워진다. 나역시 소설을 쓰며 여러 걸림돌을 맞닥뜨릴 때마다 앞서서 SF를 써온 국내 작가들에게 고마움을 느끼고는 했다. 동시에 이런 레퍼런스도 없이 백지를 채우듯 새로운 글을 써야 했을 작가들에게 존경심도 느꼈다.

내 책장의 한국 SF소설 칸은 점점 증식하고 있다. 예전부터 활동해온 소설가들도, 새롭게 등장하는 소설가들도 다들 어찌나 부지런한지 신간이 끊임없이 나온다. 비슷한 문제를 붙들고 서로 다른 방식으로 분투한다는 점에서 말 한 번 나눠본 적 없는 이들에게 느슨한 동지 의식마저 느낀다. 한편 그들은 늘 나를 긴장시키는 존재이기도 하다. "이만큼은 써야 좋은 작품이지" 하고 말하는 듯한 놀라운 소설을 발견할 때면 등 근육에 힘이 들어간다. 그래, 질 수는 없지! 소설에 이기고 지는 것이 어디 있겠냐마는 동료 소설가의 탁월한 소설은 언제나 나에게 정체하지 말 것을 주문하는 경고이자 축복이다.

소개하고 싶은 책들을 손꼽아봤지만 너무 추천을 줄줄 늘어놓았다가는 독자를 질리게 할 것 같고, 특히 한국 SF는 내가 속해 있는 장이기에 사심을 배제할 수 없어 일부러 언급을 줄이는 것에 양해를 구하고 싶다. 그래도 내가 데뷔하기 전부터 큰 영향을 받은 단편들이 실린 네 권의 책, 듀나 『태평양 횡단 특급』, 배명훈 『예술과 중력가속도』, 정소연 『옆집의 영희 씨』, 김보영 『다섯 번째 감각』만큼은 꼭 추천하고 넘어가야겠다. 내가 너무 좋아하는 소설가들의 각각 다른 개성과 매력이 담긴, 한국 SF의 강렬한 색깔을 담은 소설집들이다. 거의 모든 소설이 선명하고 아름답다. 그들과 동시대에 같은 장에서 소설을 쓰고 있음에 기쁨을 느낀다.

지구의 또 다른 낯선 세계들

SF를 쓰다보면 내가 속한 세계를 행성 규모에서 자주 바라보게 된다. 우리 동네, 내가 사는 도시, 우리나라, 그리고 지구 행성, 이렇게 가뿐히 건너뛰는 것이다. 자꾸 다른 은하로 가는 거대한 이야기를 읽고 쓰니까 지구 정도는 정말 푸른 점처럼 느껴지나보다. 물론 현실은 다르다는 것을 안다. 행성 하나는 결코 작지도 않고 균질하지도 않다. 물리적인 의미에서뿐만 아니라 문화적으로도, 사회적으로도 이곳은 다원적이고 복잡하다. SF에서는 단일한 정치체제나 사회구조를 지닌 행성을 흔히 그린다. 하지만 우리 지구만 봐도 알 수 있듯 그것은 가능성이 희박한 사회상이다. '행성 연방' '태양계 연합' 같은 행성계 규모의 연합체를 편의상 소설에 자주 등장시키지만 사실 그런 것이 가능할지는 회의적이다. 같은 행성 위에서 같은 대기와 바다를 공유하며 살아가는 사람들 사이에서도 이렇게 의견이 일치하기가 어려운데 하물며 행성 간의 연합이라니.

그래도 어쩐지 SF를 읽고 쓸수록 지구는 전보다 더 작고 연결된 세계로 느껴진다. 최근에 바다 건너에서 집필되어 건너온 해외 작가들의 SF를 읽으니 그런 느낌이 더 강하게 들었다. 우리는 정말 다른 삶을 살지만 그래도 분명 같은 행성 위에 살고 있구나. 『에스에프널』을 읽으며 자주 했던 생각이다. 『에스에프널』은 지금까지 총 두 차례, 네 권의 책이 나온 영어권 SF소설 선집이다. 해외에서 2019년, 2020년 발표된 소설들 중 뛰어난 작품을 SF 전문 편집자 조너선 스트라한이 선정했다. 현지에 출간된 다음 해에 한국어로 번역 출간되었다.

동시대의 해외 SF소설, 그러니까 이십 년이나 삼십 년 전 소설 말고, 작년에 해외에서 발표된 SF소설을 거의 시차 없이 읽을 수 있는 날이 올 줄이야. 내가 낸 책들도 출간된 지 반 년, 일 년 뒤에도 여전히 '신간'으로 읽히는 것을 보면 출판계에서 일 년쯤의 시차는 없는 것이라고 봐도 무방하다. 데뷔 이후로 나는 동시대 해외 SF소설들을 나의 미싱 링크라고 생각해왔다. 2020년대, 지금 나와 같은 시대를 살아가는 소설가가 저 밖에서는 어떤 소설을 쓰고 있을지가 너무나 궁금했다. 가장 가까운 시간대의 소설을 읽고 싶었다. 2019년 무렵부터 많은 해외 SF소설이 큰 시차 없이 한국에 소개되고 있다. 그런 점에서 지금은 SF 작가가 되기에도 독자가 되기에도 최적기인 셈이다.

『에스에프널』에 실린 소설 중에는 굉장히 친근하게 느껴지는 작품이 꽤 많다. 가끔 요즘 한국소설은 네이트판이나 트위

터의 '썰'에서 영감을 받은 것 같다는 불평을 목격하는데,『에스에프널』에 실린 소설 일부도 미국 여러 소설 커뮤니티 사이트에서 이야기를 따왔다고 해도 어색함이 없을 정도다. 켄 리우의 「추모와 기도」는 테러 피해자에 대한 사이버 불링과 인터넷 트롤링을 다루는 이야기다. 소설 속 트롤러는 '갑옷' 같은 가상의 도구와 함께 등장하지만 극도로 사실적으로 묘사되어서 당장 한국 인터넷에서도 그들을 찾아볼 수 있을 것 같다. 맥스 배리 「그것은 크루든 팜에서 왔다」에는 시퍼런 푸딩 형태의 외계인이 나오는데 이 외계인은 지구에 불시착해 감금되어 있다가 온라인 커뮤니티에서 인종차별주의를 배워 그대로 읊어댄다. 너무 가까운 기분이 들어 좀 진저리 치고 싶기도 하다. 세계는 참 나쁜 구석을 서로서로 닮았고 소설가들의 관심도 국경을 가로질러 맞닿나보다.

우리가 같은 행성을 물리적으로 공유하고 있다는 느낌을 강하게 주는 소설도 많다. 기후 위기를 다루는 소설들이 특히 그렇다. 이 선집만으로 판단할 수는 없겠지만 이제는 놀라운 첨단기술로 기후 위기를 단번에 해결하는 '데우스 엑스 마키나' 소설은 잘 나오지 않는 모양이다. 기후 위기를 그저 당연한 전제, 피할 수 없는 미래로 가정하고 뭐라도 해보려 애쓰는 인물들을 다룬 소설이 많았다. 이미 기후 위기로 큰 재앙을 겪은 인도를 배경으로 대안 공동체 형성을 모색하는 과학자가 나오는 「재회」, 기후 위기로 인한 침수를 완화하는 지형을 연구하는 주인공이 어느 날 완충지대에서 살인사건 흔적을 발견하는 「푹신한 가장자리」, 문어의 기억을 연구해 사라진 그레이트 배리어 리프를 복원하려는 「튼튼한 손전등과 사다리」 같은 소설이 그렇다. 종말이 코앞까지 다가와 있다는 위기의식, 그럼에도 아무것도 하지 않을 수는 없기에 무엇을 해야 한다는 초조함을 많은 SF 소설가가 공유할 것 같다는 짐작을 한다.

그 밖에도 물론 많은 소설이 있다. 사실 동시대 SF소설은 뭐라고 경향성을 말하는 것이 불가능할 정도로, 한국에 번역 출간된 책들만 봐도 소재와 테마와 스타일이 정말 다양하다. 마샤 웰스의 『머더봇 다이어리』나 은네디 오코라포르의 『빈티』 같은 중편 시리즈는 개성 있는 주인공이 등장하는 스페이스 오페라 계열이다. 굳이 말하자면 나는 우주를 활보하는 모험담보다는 지구를 배경으로 비일상적인 사건을 해결하거나 미스터리를 파헤치는 이야기를 좀 더 좋아하는데, 한나 렌의 『매끄러운 세계와 그 적들』에 그런 소설이 여럿 실려 있다. 인류가 평행우주를 마음대로 오갈 수 있는 초능력을 갖게 된다든지, 신칸센 열차가 통째로 느린 시공간에 갇힌다든지

하는 이야기들인데 일본 청춘 애니메이션 같은 산뜻하고도 쌉쌀한 맛이 난다.

SF와 판타지 사이에 있는 소설도 많다. N. K. 제미신의『다섯 번째 계절』로 시작하는 '부서진 대지 3부작'이 그렇다. 이 시리즈는 가상의 초대륙 고요에서 땅을 움직이고 지진을 일으키는 조산력造山力을 지닌 초능력자들을 중심으로 이야기가 전개된다. 현실 우주와 동일한 자연법칙을 공유하지는 않지만, 세계의 새로운 법칙을 직조하는 과정이 매우 합리적이고 과학적이다. 이제 추세는 SF와 판타지 사이 명확한 선을 긋지 않는 쪽인 것 같다. 휴고상도, 네뷸러상도 SF와 판타지 모두를 후보로 올린다(역시 SF 고전주의자들이 살아가기에는 너무나 험난한 현대사회!). 같은 소재여도 원리를 좀 더 파고드는지, 미지로 남겨놓는지에 따라 느낌으로 SF냐 판타지냐 조금 기울어지는 정도이니 애초에 분명한 구분은 어려운 것인지도 모르겠다.

동시대 해외 SF소설을 읽으면 다양성을 이야기로 들여오는 것이 너무나 당연한 세계적 흐름이 되었다는 것을 실감할 수 있다. 세상은 진보하기도 후퇴하기도 하지만, 어떤 흐름은 꺾으려고 해도 완전히 되돌릴 수 없다는 것을 느낀다. 나는 그 변화를 잘 따라가고 싶다. 앞서가지는 못해도 적어도 뒤처지고 싶지 않다. 부지런히 쫓아가며 작은 의미들을 이 행성의 이야기 세계에 더하고 싶다. 나 역시 언젠가 "옛날이 좋았어"라고 말하는 사람이 되는 것까지 막을 수는 없겠지만, 그래도 그 순간이 최대한 늦게 왔으면 좋겠다. 쓰는 사람으로서도, 읽는 사람으로서도.

쓰는 사람의 눈으로

결코 좋아할 수 없다고 생각했던 책들의 매력을 발견하는 순간이 있다. 심지어는 그런 책들과 사랑에 빠지는 순간도 있다. 나는 그것이 쓰는 사람으로서의 독서가 나에게 준 선물이라고 생각한다. 순수하지 않은 동기로 시작한 일이 때로는 가장 멀리 나를 데려간다. 미심쩍은 기분으로 집어 든 책이 새로운 세계를 보여준다. 읽기가 '일'이 아니었다면 그냥 지나쳤을지도 모르는 세계다.

예전에는 정말 마음을 다 쏟아부을 수 있는, 좋아서 견딜 수 없는 소설들만을 내 소설의 지향점으로 삼았다. 그러다 어느 순간 깨달았다. 그런 소설들, 내 취향의 핵심을 찌르는 글만 쓰겠다고 마음먹어서는 오래 글을 쓸 수 없다는 사실을.

나는 쓰고 싶은 이야기의 범위를 넓혀가야 했다. 그러기 위해서는 최대한 많이 읽고 나의 좁은 관심 영역을 확장해서 내가 좋아하는 이야기를 더 많이 발견해야 했다. 그래야만 이미 '아는 맛'만 곱씹는 대신 더 다양한 이야기를 쓸 수 있을 테니까.

덜컥 소설가가 된 이후로 나는 종종 '쓰고 싶은 글이 없다'는 고민에 빠졌다. 어떤 작가들은 가만히 내버려두면 이야기가 마음속에서 마구 끓어오른다는데, 나는 눈앞에 그럭저럭 관심 있는 재료를 다 늘어놓고도 요리를 시작하기가 싫었던 것이다. 때로는 그것이 나의 재능 없음을 말해주는 것 같아 겁이 났다. 꿈꾸던 소설가가 되었는데, 쓰고 싶은 이야기가 없다니. 그럴 때 내게 묻고는 했다.

'내가 왜 이 일을 하고 싶었더라. 소설을 쓰고 싶은 이유가 뭐였지.'

이제는 해결책을 안다. 소설을 쓰고 싶은 이유에 대한 근원적인 물음이 불쑥 치솟을 때마다 나는 내가 사랑하는 이야기의 세계로 다시 향한다. 어린 시절 사랑했던 이야기, 그리고 지난 수년간 많은 책을 읽으며 찾아낸 또 다른 이야기로.

나를 울게 하고, 웃게 하고, 가슴 벅차게 하고, 생각에 잠기게 하는 이야기들 사이에서 '쓰고 싶은 나'를 새롭게 발견한다. 한 사람의 마음을, 내면세계를 흔들어놓고 지울 수 없는 흔적을 남긴 채 떠나버리는 어떤 이야기들, 나는 이런 것을 쓰고 싶었지. 나는 성실하게 읽는 사람이 되고, 그러면서 쓰는 사람으로 변모한다.

쓰기 위해 읽는 일은 분명 불순하다. 아무리 좋은 소설도 한 발짝 물러나 읽는다. 약간의 의심과 분석적인 태도를 속에 품고 있다. 몰입해 읽다가도 갑자기 튕겨져 나와 내가 쓰던 소설로 돌아온다. 하지만 이렇게 미적지근한 온도로 좋아하는 이야기 세계를 조금씩 넓혀가는 일도 즐겁다. 완전한 몰입 없이도 사랑할 수 있는 소설들이 있다. 소설가가 되지 않았다면 마주치지 않았을 낯선 이야기도 기꺼이 펼쳐 든다. 그리고 그 세계로 기쁘게 한 발을 내딛는다.

이제 예전처럼 소설을 마냥 경이롭게, 베일에 가려진 그대로 바라볼 수는 없다. 여전히 그 세계에 매료되지만 완전히 속을 수는 없는 것이다.

그렇지만 아무래도 좋다. 이것 역시 다른 방식의 사랑일 테니까.

서평, 비평, 그리고 리뷰

한동안 과학책에 집착하다시피 살았던 시기가 있다. 당시 나는 사흘에 한 번꼴로 온라인 서점의 '분야 보기' 탭으로 들어가 과학란의 '도서 모두 보기'를 클릭한 다음 '출간일' 순으로 정렬하고 지난 며칠간 혹시나 놓친 과학책이 없는지 확인했다. 조금이라도 흥미를 끄는 제목이 있으면 책 소개와 출판사 서평을 살폈다. 과학란에는 수많은 전공 서적과 교재와 전문서, 연구소의 전략보고서, 권당 수십만 원쯤 하는 연감도 같이 올라오는데, 혼란 속에서 마음에 드는 과학책을 두 권 이상 발견하면 그 주는 성공적이었다.

무슨 과학책 서점 MD나 과학책 편집자를 꿈꿨던 것은 아니다. 나는 당시 신문에 과학책 서평을 연재하고 있었다. 원고 분량은 짧고, 구간도 괜찮지만 가급적이면 신간을 소개해 달라는 조건이었다. 이것만 봐서는 널널한 조건 같지만 실제로 해보니 꽤 까다로웠다.

일단 책이 마음에 들어도 문화부에서 먼저 기사를 냈거나 다른 신문이 한발 앞서 너무 많이 다룬 책은 제외해야 했다. 단번에 눈에 띄는 책, 큰 출판사에서 나온 책 말고도 과학책 신간 전체를 살펴야 했다. 소개할 만큼 마음에 드는 책을 발견하는 것도 쉽지 않았다. 소개 글과 표지가 흥미로워 집어 들었는데 내용은 영 아니거나, 중간까지 괜찮다가 후반부에 도저히 그냥 넘기기 힘든 결점을 발견하거나, 갑자기 저자의 주장이 유사 과학으로 빠지거나 하는 경우도 있었다. 이미 나와 있는 책들과 별반 다를 바 없는 설명을 반복하거나 너무 상식적인 이야기만 하는 책들도 제외했다.

그러니 격주에 신간 한두 권을 건지면 잘 건진 것이었다. 처음에는 '격주 마감쯤이야 얼마든지!' 하는 마음으로 수락했는데, 이 책 저 책을 이런저런 이유로 제외하다보면 남은 책도 별로 없고 남은 시간도 별로 없어서 초조해지기 일쑤였다. 늘 책상 위에는 읽어야 할 과학책이 열 권씩 쌓여 있었고 (지금 책상 상태도 딱히 다르지는 않지만) 신문 서평 외에도 놓칠 수 없는 의뢰가 늘었기에 갈수록 시간은 부족했다. 신문 지면이라 마감을 못 지키면 큰일이기에 급한 소설을 쓰다가도 전부 제쳐놓고 서평부터 써야 할 때가 많았다.

그래도 나는 그 연재를 다시 없을 기회라고 여겼다. 아직 독자들에게 소설로 이름을 알리기 전이었다. 내 이름을 건 고정 연재 지면이 있다는 것은 내가 글쓰기를 직업으로 삼고 있다는 사실을 잊지 않게 해주었다. 서평 연재는 나의 독서 영역을 넓혀주는 역할도 했다. 서평을 쓸 만한 책을 찾으려면 뭐든 취향을 가리지 않고 읽어야 했다. 전에는 읽어볼 생각도 하지 않았을 법한 분야를 많이 접했다. 이를테면 구소련 시대의 여우 가축화 실험을 다룬 『은여우 길들이기』나 인간과 동물의 관계를 다각도로 연구하는 학제간 학문 인간동물학 교재 『동물은 인간에게 무엇인가』 같은 책이 그렇다. 만약 내 취향대로만 골랐다면 신경과학이나 화학, 감각에 대한 책만 주구장창 읽었을 테니까.

서평을 계속 연재하다보니 어느 날은 출판사에서 서평집 출간 제안이 왔는데, 그때는 어떤 의뢰든 반기며 이야기를 들어보는 편이었는데도 이상하게 서평집은 뭔가 좀 아니라는 생각이 들었다. 아니나 다를까, 그 소식을 연구자 K에게 전해주었더니 K가 비웃으며 나에게 말했다.

"하지 마, 그거 언니 흑역사 된다?"

지금도 나는 K의 말에 전적으로 동의한다. 그 원고를 모아서 서평집을 냈다면 분명 지울 수 없는 흑역사가 되었을 것이다. 서평 연재는 즐거웠고, 덕분에 꾸준히 많은 과학책을 읽었고, 이따금 좋은 책을 독자들에게 널리 알리는 행운도 있었지만 객관적으로 그때 내가 쓴 서평이 '좋은 글'이었냐고 하면…… 사실 나는 모든 종류의 글 중 서평에 가장 자신이 없는 편이다. 이 년간의 서평 연재를 경험하고도 그 생각은 변함이 없다.

이 자신 없음의 근원은 초등학생 시절로 거슬러 올라간다. 당시는 독후감상문 대회의 황금기였다. 교내 대회뿐만 아니라 상금이 거금 십만 원을 넘기는 전국구 대회도 있었다. 하지만 나는 독후감상문 대회 포스터를 매번 아쉬운 마음으로 그냥 지나쳐 갔는데, 몇 번 해보고는 내 영역이 아니라는 사실을, 써 내봤자 시간 낭비라는 것을 깨닫고 만 것이다. 다른 글짓기 대회라면 늘 자신만만했는데도.

또 이런 기억도 있다. 고등학생 때 하루에 수십 명쯤 방문하는 변방의 블로그를 운영하면서 책 리뷰를 종종 올리고는 했다. 반응은 거의 없었다. 한번은 국내 저자의 과학책을 읽고 크게 혹평하는 글을 올렸다. 문장이 어색하고 편집이 잘못된 부분이 있다며 길게 불만을 토로했다. 그런데 몇 달 뒤에 거기에 책의 저자가 직접 댓글을 단 것이다! 정확한 내용은 기억 안 나는데 '앞으로는 더 신경쓰겠다'는 거였나, 태도는 무척 정중하셨던 것 같다. 나는 몹시 미안해졌다. 책이 별로였다는 감상을 남기고 싶기는 했지만 저자가 직접 보라고 쓴 것은 아니었는데……. 소심했던 나는 며칠 뒤 리뷰를 아예 지워버렸다. 내가 책을 잘못 판단했을지도 모른다는 생각이 들었고, 이후에는 리뷰를 잘 올리지 않았다.

나는 왜 서평 쓰기에 자신이 없을까. 곰곰이 생각해본 결과 몇 가지 이유가 추려졌다. 우선, 나에게는 오독에 대한 두려움이 있다. 정확히는 오독을 공개적으로 드러낸다는 두려움이다. 책을 잘못 읽거나 잘못 이해하는 것은 늘 일어나는 일이니 그 자체로는 겁낼 것이 없지만, 오독을 온 천하에 공개하는 것은 좀 부끄럽다. 두 번째 이유로는, 적정한 비평적 거리를 두기가 어렵다는 점이 떠오른다. 특히 국내 작가의 경우더 그렇다. 작가 보라고 쓰는 글이 아닌데 작가가 읽을 수도 있다는 것이, 나는 그게 항상 신경 쓰였다(물론 작가가 된 지금은 더 신경 쓰인다!). 세 번째, 서평을 쓰는 목적이 헷갈린다. 서평은 책을 독자들에게 소개하는 글일까? 아니면 그 자체로 완결된 글로서 가치를 지녀야 할까? 만약 읽어볼 만한 책을 소개하는 것이 목적이라면 그래도 아쉬운 점을 함께 언급해야 할까? 하지만 제한된 지면에 굳이 그럴 필요가 있을까? 그래서 책을 읽으라는 걸까, 말라는 걸까? 물론 이 혼란에 대한 답은 '지면의 성격에 따라 다르다'에 가깝겠지만.

서평을 제법 써본 이들이라면 진작에 해결했을 이런 고민 때문에 나는 서평을 아직도 어려워하는데, 다행히도 지금은 일을 선택할 수 있는 여유가 생겨 나에게 들어오는 모든 리뷰, 비평, 해설 의뢰를 거절함으로써 안온한 무─서평지대에 머무르고 있다. 그나저나 갑자기 이 책이 일종의 독서 에세이라는 것, 서평과 그리 무관하지는 않은 책이라는 것이 몹시 신경 쓰이기 시작했는데…… 일단은 넘어가자.

그런데 여기서 서평 쓰기의 어려움을 구구절절 늘어놓은 것은, 사실 내가 서평 읽기를 무척 좋아한다는 이야기를 하고 싶어서였다. 나는 서평을 기피하는 동시에 애호한다. 그것은 아마도 내가 잘하지 못하는 것에 대한 동경 때문일까?

호불호를 넘어서는 서평의 세계

예전부터 나는 어떤 책에 꽂히면 온라인 서점과 블로그를 탈탈 털어서 그 책에 대한 서평을 전부 찾아 읽었다. 너무 좋았는데 어떻게 좋았는지 설명할 수 없던 느낌을 누군가 정확한 언어로 풀어 이야기해주는 것을 발견하면 속이 탁 트였다. 좋은 서평을 읽으면 여전히 그 작품 안에 머무르고 있는 기분이 들었다. 한동안 나에게 서평 또는 리뷰 읽기란 떠나고 싶지 않은, 오래 기억하고 싶은 세계를 몇 번이고 뒤돌아보며 거기서 천천히 멀어져가는 과정이었던 것 같다. 계속 이 안에 머물 수는 없더라도 언제든 이 기억을 돌려 볼 수 있게 정제하는 독후 활동이라고 할까.

그렇지만 서평은 때로 호불호의 관점, 작품에 대한 느낌과 감상을 매끈하게 정리하는 것을 넘어선다. 나는 요즘 서평의 진가는 책을 '맥락화'하는 것에 있음을 깨달아가고 있다. 좋은 서평은 책의 내용을 다시 생각하게 할 뿐만 아니라 책이 놓여 있는 맥락을 다시 보게 한다. 최근에 강렬한 빨간색 양장본의 『철학책 독서 모임』이라는 책을 흥미롭게 읽었다. 이 책은 철학책 편집자인 저자가 동료 편집자들과 독서 모임을 하며 함께 읽은 동시대 철학책들을 소개하는 책으로, 인문 도서로 분류되어 있지만 일종의 서평집이기도 하다. 저자는 이 책이 고전보다는 지금 읽을 만한 오늘의 철학책이 무엇인지 궁금해하는 독자들을 위해 쓰였다고 밝히며, 읽지 않은 사람들도 책을 둘러싼 논의를 이해할 수 있게끔 책의 내용을 충실히 소개한다. 나는 여기서 다룬 열 권 중 일곱 권을 이미 읽은 이후였다. 그런데 막상 본문을 살펴보니 읽지 않은 책보다 읽은 책에 대한 서평이 훨씬 더 흥미로웠다. 읽지 않은 책 소개는 '재미있겠네. 다음에 읽어봐야지' 정도의 감상이 남았다면, 이미 읽은 책의 서평을 읽으면서는 저자의 배경지식이 나의 지난 감상에 더해져서 한 번 읽은 책을 다시 새롭게 읽는 듯한 경험을 했다. 편집자 독서회에서 출발한 책답게 저자 본인과 다른 편집자들의 감상이 함께 담겨 있어서 마치 내가 독서 모임에 참여하는 기분도 들었다.

무엇보다 이 책의 강점은 서평의 대상이 되는 철학책을 맥락화하고 있다는 것, 즉 책을 둘러싼 사상과 논의의 흐름, 그리고 책이 학문장에서 놓여 있는 위치를 보여준다는 것이다. 이를테면 '어색한 관계의 생산성'이라는 장에서 저자는 『해러웨이 선언문』과 『부분적인 연결들』이라는 책을 함께 다루는데, 책을 쓴 두 사상가가 서로의 사상에 영향을 주고받은 관계라는 점에 주목하며 '부분적 연결'이라는 키워드로 두 책을 교차하여 읽기를 시도한다. 나는 두 책을 예전에 읽었는데도 메릴린 스트래선이 도나 해러웨이의 사이보그 개념을 참조하고 있다는 것 외에는 두 사상가를 잘 연관 짓지 못했다. 특히 스트래선의 『부분적인 연결들』은 낯설고 어려운 개념이 많아 시간을 들여 읽었는데도 내가 뭘 읽었는지 제대로 설명하지 못하는, 읽었다고 하기도 안 읽었다고 하기도 애매한 책이었다. 그러나 『철학책 독서 모임』을 통해 인류학자 스트래선과 과학기술학자 해러웨이가 서로를 어떻게 참조하여 생각을 발전시켜나갔는지 아주 막연하게나마 이해하게 되었다. 이런 맥락은 어쩌다 한 번씩 철학책을 읽는 나 같은 독자로서는 좀처럼 알 수가 없는 것이기에, 편집자로서 많은 철학책을 접하고 그 책들 사이의 관계와 흐름, 맥락을 짚어 보여주는 저자의 서평은 책의 새로운 의미를 탐색하도록 이끄는 가이드 역할을 한다.

이렇게 책을 맥락화하는 서평은 내가 과거의 SF를 탐방할 때도 크게 도움이 되었다. 작가란 기본적으로 책을 많이 읽어야 하는 직업이고 특히 자신이 쓰는 분야의 책들은 흐름을 꿰뚫고 있어야 한다. 하지만 나는 운좋게 데뷔했을 뿐 SF 팬덤 출신이 아니었기에 SF를 어디서부터 읽기 시작해야 할지, 무엇을 읽어야 할지 전혀 감을 못 잡고 있었다. 어영부영 책을 사 모으기는 했는데 전부 읽을 시간은 없고, 막상 마음먹고 펼쳐도 어떤 책은 기껏 시간 내서 읽은 것이 낭비라는 생각이 들고, 신간은 계속 쏟아져 나오고…… 그 시기에 나를 구원해준 것이 SF 마니아들의 서평이다.

자주 하는 말이지만 SF는 맥락을 알고 읽는 것과 모르고 읽는 것에 따라 독서 경험이 크게 달라지는 장르 중 하나다. 둘 다 장단점이 있다. SF 장르가 아직 익숙하지 않을 때는 접하는 작품들이 다 신선하고 경이로워 보인다. 나 역시 가장 마음 깊이 각인된 작품들은 그 시기에 접한 것들이다. 그런데 SF 장르에 익숙해지면 사실 작품의 아이디어가 그것 자체로 엄청나게 새롭거나 놀랍지는 않다는 것을 알게 된다. 그때부터는 엄청난 상상력에 감탄하는 대신 작가가 이전의 것에 무엇을 새롭게 더했고 어떤 부분을 자기 방식대로 변주했는지에 주목하게 된다. 물론 독자로서는 '어떻게 이런 상상력을 발휘했지!' 하고 감탄하는 것도 즐거운 경험이다. 그러나 창작자로서는 작품의 맥락을 아는 쪽에 서 있어야 한다. 그래야 똑같은 이야기를 하면서 새롭다고 착각하지 않을 수 있으니까. 알고 있어야 약간이라도 다른 것, 조금이나마 새로운 것을 쓸 수 있으니까.

　그런 의미에서 SF 마니아들, 독자든 작가든 SF를 잘 아는 사람들이 쓴 상세한 서평은 무척 좋은 가이드였다. 그들이 나보다 훨씬 이 장르의 전문가라는 점에서 말이다. 마니아들이 좋다고 하는 책을 무작정 다 따라 읽었다는 뜻은 아니다. 대중성과 거리가 먼, 그래서 나와는 잘 맞지 않는 책도 많았다.

하지만 그런 책들의 서평에서도 이 책이 SF 팬들에게 왜 높은 평가를 받는지, 어떤 아이디어를 도입하고 어떻게 활용했는지 등을 읽을 수 있었다. 서평을 먼저 읽으면 책에서 무엇을 배울 수 있는지 미리 파악하고 들어가니 독서의 '타율'을 높일 수 있었다.

마침 내가 작품활동을 시작한 시기에 한국일보에서 「SF, 미래에서 온 이야기」라는 서평이 연재되고 있었는데(지금은 『SF 거장과 걸작의 연대기』로 정식 출간되었다) SF 장르에 큰 영향을 미친 거장 작가들의 생애와 당시의 사회상, 대표작들이 쓰인 맥락, 각 작품의 내용을 소개하는 서평이었다. SF를 어디서부터 읽어야 할지 혼란스럽던 나에게 한국어로 그런 서평을 접할 수 있다는 것은 행운이었다. SF 번역서에 붙은 옮긴이의 말도 꼼꼼히 따라 읽었다. SF 번역가들 중에는 이 장르의 오랜 마니아가 많다. 그 덕분인지 SF 번역서에 붙은 옮긴이의 말은 때로 충실한 해설이 된다. 작품을 장르의 전체 맥락 속에서 어떻게 읽어야 하는지를 누구보다도 잘 아는 이들이니 말이다.

여기서 더 들어가면, 흔히 문학비평 혹은 평론이라고 부르는 글이 있다. 서평과 평론 사이에 명확한 구분이 있는 것은 아니겠지만, 나는 평론이 '작품의 가치를 충분한 근거를 들어 설득하는' 보다 전문적인 글이라고 생각한다. 평론에 쓰이는 근거는 문학장에서 통용되어온 개념이기도 하고 문학장 바깥에서 온 개념이기도 하다. 어떤 작품을 비판하는 평론에도 마찬가지로 평론가가 무엇을 가치 있다고 여기는지 판단의 근거가 드러난다. 따라서 평론을 읽으면 평론가가 생각하는 '좋은 작품'의 기준을 파악할 수 있고, 여러 평론가의 많은 평론을 읽으면 그 문학장이 무엇을 좋은 작품으로 여기는지 경향이 드러난다.

언젠가 SF 소설가들과 대화를 나누다가, 소설을 써야 하는데 떠오르는 것이 전혀 없을 때 무엇을 하는지 이야기한 적이 있다. 영화나 드라마를 본다든지, 게임을 한다든지, 다른 소설을 읽는다든지, 나가서 달리기를 한다든지, 소파에 늘어져 있는다든지 방법이 무척 다양했다. 그때 한 소설가가 자신은 그럴 때 SF 비평을 읽는다고 한 것이 기억에 남는다. 처음에는 소설을 쓰기 위해 비평을 읽는다는 것이 낯설었는데 곰곰이 생각할수록 괜찮은 방법 같았다. 이후로 나도 가끔 소설을 쓰기 전의 준비단계로 SF 비평을 찾아 읽는다. 장르적 관점에서 어떤 작품이 왜 좋고 아쉬운지를 말하는 정돈된 글은 작가에게 새로운 자극을 준다. 일종의 도전과제를 부여한다고 할까.

SF는 사실주의 문학 혹은 제도권 문학과 구분되는, 대중문화로 발전하는 과정에서 만들어온 장르 고유의 도구와 미학적 기준이 있다. 물론 그 기준은 고정된 것이 아니며 장르 내의 토론 또는 장르 밖과의 상호작용에 의해 계속해서 변화하고 확장된다. SF 비평은 무엇이 좋은 SF인지에 대한 아직 합의되지 않은, 어쩌면 끝까지 합의에 이를 수 없는 유동적 기준을 설명하기 위해 애쓴다. 그것은 독자뿐만 아니라 작가에게도 작품을 바라보는 다양한 기준과 가치판단의 틀을 제공한다.

창작계에는 한 사람이 창작자이자 평론가로서 양쪽 모두 성공할 수는 없다는 암묵적인 규칙이 있는 모양이지만, 그럼에도 어떤 이들은 좋은 작가인 동시에 좋은 평론가다. 한국 SF소설계에서는 듀나와 정소연이 대표적인 예라고 생각한다. 듀나 작가는 흥미로운 비평집을 여러 권 출간했지만 나는 연재 칼럼 「듀나의 장르소설 읽는 밤」을 가장 좋아한다. 이 연재는 오 년간 이어지다가 작년에 마무리되었고 아직 책으로 나오지는 않았는데 한 편 한 편이 모두 재미있다. 한국에 번역 출간된 장르소설 및 관련 논픽션을 두루 다루는 서평으로 듀나 작가의 어마어마한 장르 지식과 작품의 맥락이 글에 항상 자연스레 녹아 있다. 가감 없는 평과 선명한 기준도 인상적이다.

정소연 작가의 에세이 『세계의 악당으로부터 나를 구하는 법』은 변호사로서의 삶과 사회 이슈에 관한 생각을 담은 앞 내용도 재미있지만 나는 이 책의 후반부를 특히 좋아한다. 후반부에는 작가가 SF 소설가이자 번역가로 활동하며 국내외 고전 및 현대 SF소설에 쓴 해설과 추천의 말, 옮긴이의 말이 모여 있는데 그 자체로 '좋은 SF란 무엇인가'에 대한 통찰이 빛나는 비평이다. 정소연 작가는 예전부터 좋은 SF소설들을 한국에 소개해온 번역가이기도 한 터라, 나는 그의 훌륭한 안목 덕을 많이 봤다.

조애나 러스는 이 분야의 원조 대가라고 할까. SF 작가이자 비평가인 조애나 러스의 『SF는 어떻게 여자들의 놀이터가 되었나』는 SF 비평과 페미니즘 문학 비평을 모은 비평집이다. 사실 나는 이 책을 읽으며 몇 번 등골이 서늘했는데 비평이 너무 직설적이고 또 신랄해서였다. '내가 여기서 욕먹은 작품을 쓴 작가였으면 진짜 울었다. 어떻게 이런 글을!' 러스는 4

장에서 성차별주의자 작가들이 '여성이 지배하는 세계'를 테마로 쓴 괴작들을 거의 불사르듯 비판한다. 이 작품들은 여성 지배에 대한 공포와 차별적 아이디어를 담고 있는데 어떤 작품은 대사 몇 줄로도 러스의 분쇄 목록에 오른 이유를 잘 알 것 같다("시장님이 알게 되신 거죠. 남들에게서 경멸했던 중대한 여성적 약점이 당신께도 있다는 걸요. 페미니스트이기 이전에, 당신도 한 사람의 엄마였다는 걸요!"). 다행히 나는 그 작품을 쓴 작가가 아니었고 또 러스의 분노에 깊이 공감할 수 있었으므로 이 책을 즐겁게 읽었다. 조애나 러스의 또 다른 책인 『여자들이 글 못 쓰게 만드는 방법』은 SF 비평은 아니지만 여전히 동시대적 유효성을 지닌 통렬한 페미니즘 비평서다.

SF 비평에 필요한 이론적 도구들을 한 권에 담은 책도 있다. 『에스에프 에스프리』가 바로 그런 책이다. SF를 좀 더 깊이 읽고 싶은 독자들, SF 비평의 틀을 알고 싶은 이들을 위한 'SF 비평 가이드'다. 이 책의 첫 장은 '과학소설이란 무엇인가?'이지만 이 질문에 명확한 답을 내리는 것은 불가능하다는 사실이 얼마 지나지 않아 드러난다. 저자가 보여주고자 하는 것은 SF의 분명한 정의가 아니라 SF를 읽을 때에 유용한 여러 해석의 틀, 이 장르가 지닌 다양한 면모다. "SF라는 장르의 총체적이지만 완벽하지는 않은 모습을 파악하려 노력하고, 그 과정에서 다양한 비평가들이 제공한 영향력 있는 여러 개념적인 해석을 탐구하는 것"이 책의 목표다. 인지적 소외, 사변소설, 신념과 변화의 문학 등 SF를 해석하는 틀뿐만 아니라 SF 장르에 큰 영향을 미치는 SF 팬덤에 대한 분석도 다룬다.

앞의 책들이 주로 SF 내부의 틀에 근거한다면 SF 바깥의 관점을 통해 SF를 비평하는 책들도 있다. 문학비평에서 여러 사상가의 이론을 빌려와 문학을 분석하듯이, SF를 분석하기에 매력적인 SF 바깥의 도구들도 있다. 작가마다 평론가마다 주목하는 분야가 다르겠지만 나는 특히 과학기술학(STS), 장애학, 비판적 포스트휴머니즘의 틀로 SF를 바라보는 데에 관심이 많다.

로지 브라이도티의 『변신 : 되기의 유물론을 향해』는 페미니즘 철학의 틀로 동시대 SF 문학과 영화를 비평한다. 브라이도티는 비판적 포스트휴머니즘 사상가이기도 한데, 솔직히 말하면 나는 브라이도티의 다른 책들을 매우 어렵게 읽었던 터라 이 책도 약간 의구심을 지닌 채로 펼쳤다(브라이도티에 대한 의구심보다는 나의 이해력에 대한 의구심이었지만). 전반부에서는 뤼스 이리가레의 성차 이론과 질 들뢰즈의 되기 이론에 기반해 주체성에 대한 새로운 접근을 제안하고, 중반부터는 본격적인 SF 문학과 영화 비평으로 진입한다. 많은 SF 작품에서 변신과 변형을 테마로 다루는데, 브라이도티는 이러한 작품에 등장하는 기형과 돌연변이, 괴물이 수행하는 주체성의 해체, 그리고 탈인간중심주의에 주목한다.

이 책을 읽으며 나는 괴물이라고 불리는 신체, 돌연변이와 같은 존재의 물질성을 고민하게 됐다. 징그럽고 기괴해 보이는 괴물이나 외계 생명체의 외형을 상상하는 것만이 아니라, 그 몸속으로 깊이 들어가 물질로서 살아낸다는 것이 무엇인지를 SF를 통해 그려낼 수 있지 않을까 생각해보았다. 여담이지만 이 책을 번역한 김은주 교수가 「'되기'로 다시 보기」라는 칼럼 시리즈에서 내가 쓴 단편 「로라」를 리뷰한 글을 우연히 본 적이 있다. 「로라」는 자신에게 세 번째 팔이 있다고 믿으며 불완전한 기계 팔을 달기를 원하는 한 여자의 이야기로, 그 리뷰는 돌연변이가 되기를 선택하는 여자를 이해하지 못하는 연인의 '이해의 실패'에 주목하고 있었다. 리뷰를 읽는 순간, 나도 분명하게 언어로 표현하지 못했던 「로라」의 의미가 갑자기 나에게 확 와닿는 경험을 해서 놀랐던 기억이 있다. 이렇게 비평을 통해 나의 소설을 스스로 재발견하는 것도 드물기에 특별한 경험이다.

장애학을 기반으로 한 SF 비평서는 아직 국내에서 찾아보기 힘들고, 사실 해외에서도 흔치 않다. 아쉽지만 여기서는 번역되지 않은 외서를 한 권 소개하고자 한다. 앞서 첫 논픽션을 쓰는 과정에서도 언급했던 캐스린 앨런(Kathryn Allan)의 『SF에서의 장애』가 좋은 본보기다. '치료로서의 기술 표현(representations of technology as cure)'이라는 의미심장한 부제에 맞게 여기 실린 비평들은 대개 SF 작품에 등장하는 발전된 기술이 장애를 오로지 치료의 대상으로 삼는 것에 비판적 관점을 취하며, SF 작품에 등장하는 장애 표현이 지니는 한계와 가능성을 두루 비춘다. 나는 장애와 기술에 관한 논픽션을 쓰면서 이 책을 참조했지만 실은 논픽션으로 정리하지 못한 질문이 더 많다. 소설에서 소수자 정체성을 어떻게 표현할 것인지, SF가 장애 정체성에 급진적인 질문을 던지는 사고실험이 될 수 있을지, 불평등을 쉽게 외면하거나 지우지 않고 어떻게 더 나아간 이야기를 할 것인지…… 그렇게 얻은 질문들은 다음 소설을 쓰기 위한 추동력으로 작용했던 것 같다.

　설득력 있는 비평은 이미 쓰인 작품에 대한 관점을 바꿀 뿐만 아니라 앞으로 쓰여질 작품에 대한 관점 또한 바꾼다. 한 장르가 뿌리를 내리기 위해서는 좋은 비평이 필요하다. 국내의 많은 SF 작가가 한국 SF 비평이 아직 충분하지 않아 아쉽다는 말을 자주 한다. '무엇이 가치 있는 소설인가?' 묻는 질문에 단일한 답만 존재하는 문학장은 매우 지루하고 따분하겠지만, 그에 대한 뚜렷한 답이 제시되지 않는 문학장도 삭막하기는 마찬가지일 것이다. 국내 SF계에 앞으로 더 많은 비평과 평론가가 나타나기를, 더 치열한 논쟁과 충돌이 있기를 고대하는 이유다.

내 작품에 대한 리뷰 읽기

북토크에서 독자들이 많이 묻는 질문 중 하나가 작가들도 자신의 작품에 대한 리뷰를 찾아 읽냐는 것이다. 정도의 차이는 있겠지만, 사실 나는 자기 작품의 리뷰를 아예 안 읽는 작가는 본 적이 없다. 가급적 안 읽으려고 한다는 작가는 많이 봤다. 찾아봤다가 괜히 상처받기도 하니까. 그래도 눈앞에 일단 보이면 그냥 넘어갈 수 있는 사람은 별로 없을 거다. 원래 좀 '조용한 관종'들이 작가가 되는 것 아닐까? 관심은 받고 싶은데 그렇다고 너무 나서기는 싫어하는 그런 사람들 말이다(일반화해서 죄송합니다, 작가 여러분).

문제는 글쓰기를 업으로 삼으면 칭찬만 들을 수는 없다는 것이다. 독자들은 자신이 돈 내고 읽은 글을 냉정하게 평가한다. 나 역시 온라인에서 어쩌다 클릭해서 읽은 글과 서점에서 직접 사 읽은 글을 같은 기준으로 보지는 않는다. 그런데 데 뷔 초기에는 그 사실을 머리로는 알아도 가슴으로 받아들이기는 힘들었다. 갑작스레 맞닥뜨린 혹평에 충격이 컸다. 그간 살아오며 글에 대한 피드백을 많이 받아봤지만 사실 내가 속해왔던 작은 집단 내에서 나는 대개 '잘 쓰는' 편이었기에 더더욱 그랬다. 누군가에게 냉혹한 지적을 받기보다는 오히려 지적하는 입장일 때가 많았다. 그런데 갑자기 이렇게 정글 한가운데 던져지다니. 심지어 이 모든 수모가 공개적으로 이뤄지다니. 작가가 된 기쁨만큼이나 어떻게 마음을 다잡아야 할지 고민도 많은 시기였다.

이 경우 한 가지 도움되는 것은 '정신 승리'다. 『악평』에는 아주 유명한 작가들이 받았던 당대의 혹평들이 모여 있다. 책에 따르면 피츠제럴드의 『밤은 부드러워』는 이런 평을 받았다. "이 작가를 이토록 줄기차게 망쳐 놓는 것은 게으름일까 무관심일까 기율의 부족일까, 아니면 불완전한 교육일까?" 헤밍웨이의 『누구를 위하여 종은 울리나』에 붙은 평은 이렇다. "미국 독자들이 이 책을 사는 데 쓴 돈은 적게 잡더라도 1백만 달러 정도 될 것이다. 그 돈으로 독자들이 얻은 것이라고는 34페이지 정도에 불과하고, 그 대목만이 영원한 가치를 지닌다. (중략) 헤밍웨이 씨, 그 살상 장면만 따로 출간해주시

오." 그래, 대단한 명성의 작가도 이렇게 욕을 먹는데 내가 욕을 안 먹을 수가 있나. 피에르 바야르의 『망친 책, 어떻게 개선할 것인가』는 책 전체가 집요하고 잔혹한 혹평이다. 빅토르 위고, 모파상과 같은 위대한 작가들의 실패작을 조목조목 분석하는데, 실패의 원인을 분석하는 데에서 그치지 않고 저자가 직접 소설의 일부 단락을 고쳐서 개선 버전을 제안하기까지 한다. 뒤표지의 카피는 이렇다. "남다른 정신적 능력을 지닌 이 작가들이 어쩌다 그런 지경에 이르렀을까?" 음, 역시 혹평에 대해서는 체념하는 편이 낫지 않을까.

또 한 가지 방법으로는, 혹평을 쓴 이들이 그 평을 작가더러 보라고 쓴 것은 아니라는 사실을 되새기는 것이다. 보통 독자는 다른 독자들과 감상을 나누기 위해 평을 쓰는 것이지 작가를 공격하기 위해 쓰는 것은 아니다. 물론 정말 악의가 담긴 평도 없지는 않고, 창작자를 괴롭히거나 몰아가는 과도한 악플과 인신공격까지 옹호하는 것은 아니지만, 독자가 작가를 의식해서 작품에 대한 평가를 자유롭게 공유하는 데 주춤한다면 그것 역시 독서 생태계에 좋은 일은 아닌 것 같다. 다행히 독자들은 대체로 점잖아서 책이 정말 별로였다고 작가에게 직접 찾아가 욕을 한다든지 하는 일은 드문 편이다. 그저 감당할 수 없는 혹평은 아예 찾아보지 않는 것이 최선이라는 생각이 든다.

무엇보다 근본적인 해결책은 피드백을 받아들이는 나만의 기준을 잡는 일 같다. 지금은 과잉 피드백 시대다. 특히 나와 같은 단행본 작가들보다 웹소설, 웹툰, 유튜브 콘텐츠 등 독자 및 시청자들의 반응을 실시간으로 확인하는 창작자들이 좀 더 시달리는 문제 같다. 즉각적인 피드백을 받아들여야 한다는 압박감과 피로감을 호소하는 이가 많다. 쉬운 문제는 아니겠지만 중심을 잡지 않으면 마구 휘둘릴지도 모른다. 모든 피드백이 의미가 있는 건 아니기 때문이다.

어떤 기준을 잡느냐는 창작자마다 다를 것이다. 나는 몇 년간 고민하며 이런 기준을 세웠다. '단점을 보완하는 것은 중요하지만 그것을 일 순위로 두지는 말자.' 많은 사람이 공통으로 지적하는 문제가 있다면 새겨들을 만하다. 다음 작품을 쓸 때 그 점을 개선하는 것을 목표로 두는 것도 괜찮은 일 같다. 다만 그것이 최우선순위가 되면 안 된다. 사람들의 마음을 끄는 작품은 단점이 없는 작품이 아니라 단점을 압도하는 장점을 지닌 작품이다. 생각해보면 내가 사랑한 이야기들도 그랬다. 결함 없는 완벽한 이야기여서가 아니라 단점 정도는 그냥 눈감아 넘기고 싶은 매력 때문에 그 작품을 좋아했다. 누군가 그 작품에 이런저런 트집을 잡으며 혹평을 하면 "그

렇죠, 그건 아쉬운데, 그래도 말이에요……" 하고 괜히 대신
변명을 하고 싶어졌다. 나를 창작자로 계속 살아가게 해주는
것은 모든 독자의 미지근한 호평이 아닌 일부 독자의 강력한
지지에 가깝다. 단점을 보완하되 장점을 갈고닦는 것이 좀 더
중요하다. 나는 그것을 늘 염두에 두며 피드백을 받아들인다.

　한편으로 창작자로서 나는 내 글을 무작정 변명하고 있을
수도 없다. 나의 글에 읽을 가치가 있다는 것을 확신하지만,
더 나아질 여지가 있다는 것도 인정해야 한다. 누군가의 말에
휘둘려 내 글을 너무 미워할 필요는 없지만 너무 닫힌 마음을
가질 필요도 없다. 독자들의 반응을 처음 접하던 데뷔 초기에
는 양극단으로 빠지기 쉬웠다. 엄청난 혹평을 접했는데 그 혹
평이 어딘가 납득이 가면 '그래, 내가 쓰기는 했지만 이 소설
은 역시 쓰레기였어!'라고 생각해버리거나, 혹은 반대로 '그
럴 리가 없어, 이 사람은 완전 안목이 없네!'라고 생각했다.
보통 현실은 그 사이에 있다. 결함 많은 작품도 어떤 독자들
에게는 소중한 작품이고, 받아들이기 힘든 피드백에도 대체
로 진실이 존재한다.

　작품에 대한 피드백 중 내가 가장 적극적으로 받아들이는
것은 출간 준비 과정의 편집자 리뷰다. 단행본을 내기 전의
원고는 '마지막 기회'를 얻은 미결수다. 일단 책으로 나오면

더 나아질 기회가 없다. 때로 개정판이 나오기는 하지만 개정판을 낼 기회도 어느 정도 성공한 책에만 주어진다. 편집자는 기회의 문이 닫히기 전, 작가와 공동 목표를 공유하는 유일한 사람이다. 편집자는 이 책이 대중적으로 잘되기를 바라는 동시에, 작가의 개성을 해치지 않는 선에서 작품의 완성도를 높여야 한다. 그래서 나는 편집자 리뷰를 귀담아듣고 수정 의견을 가능한 한 반영하려고 노력한다. 솔직하게 피드백을 주실 수 있도록, 내가 작품을 쓰며 마음에 걸렸던 부분을 미리 정리해서 의견을 묻는 편이다. 그 장면을 꼭 편집자 의견대로 고친다든지 피드백을 전적으로 받아들이는 것은 아니지만 편집자가 특정 장면에 의견을 준다면 웬만해서는 오래 들여다보고 다시 쓰는 편이다. 숙련된 독자가 느끼는 '매끄럽지 않다' '덜그럭거린다'의 감각은 이유가 뭐가 됐든 어딘가에는 문제가 있음을 암시하기 때문이다.

출간 이후에는 작품을 뜯어고칠 기회가 없지만 다음 작품에서 무엇을 개선해야 할지 파악하는 것은 중요하다. 이럴 때는 작품을 정확히 읽어낸 평론이 도움이 된다. 다만 이런 평론은 작가가 받고 싶다고 받을 수 있는 것이 아니어서 적절한 행운이 따라줘야 한다. 최근 내 소설에 대한 긴 비평 하나를 읽었는데, 소설을 쓰며 참고했던 작품 외적인 이론을 충실하게 읽어내면서 작품의 아쉬운 점까지 정확하게 짚어낸 글이었다. 다른 비평이나 독자 리뷰에서는 본 적 없는 견해였는데도 읽는 순간 '아, 그렇지, 이렇게 썼어야 했는데!' 생각이 들었다. 반면 정확하게 읽지 못한 평론은 별로 도움이 안 된다. 한번은 아무리 생각해봐도 해석하는 관점의 차이가 아니라 이야기를 아예 잘못 파악한 듯한 평론이 있었다. 당연히 뒤에 이어지는 오독에 기반한 비판도 전혀 받아들일 수 없었다. 심지어 내가 그 평론의 존재를 알게 된 건 그것을 인용한 다른 글 때문이었는데, 이쯤 되면 문예지에도 정정보도란을 하나 만들어야 하는 것 아닌가……. (그냥 해본 소리다. 평론가도 사람인데 잘못 읽을 수 있지.) 사실 이런 오독의 문제는 작품에 대한 긍정적인 평에도 비일비재하다.

때로 작품을 정확히 읽어낼 뿐만 아니라, 작가 스스로도 알지 못한 작품의 의미를 짚어내고, 작가의 세계를 선명하게 그려내는 비평들이 있다. 구체적으로 이름과 제목을 언급하기에는 평론가들도 작가와의 비평적 거리를 고민할 것 같아 굳이 쓰지 않으려고 한다. 앞서도 말했듯이 좋은 비평은 작가의 길을 비추고, 작가가 주저하지 않고 나아가도록 힘을 보탠다. 그리고 작가가 자신의 작품을 다각도로 바라볼 수 있는 해석의 틀을 더해준다. 마음을 읽힌 듯한 비평, 무의식에서 작동한

요소들을 표면 위로 끌어올려주는 비평을 한 번씩 마주치는 것도 창작자로서 누릴 수 있는 큰 기쁨 중에 하나일 것이다.

서평과 평론 읽기는 나를 더 나은 독자가 되도록 이끌어준다. 예외 사례가 있지만 보통 잘 쓰기 위해서는 잘 읽기가 선행해야 한다는 점에서, 나는 '잘 읽는' 독자들에게서 창작에 필요한 많은 것을 배우고 있다. 무엇보다 서평을 읽으며 소설이 독자에게 가닿는 과정에 관한 생각을 정리할 수 있었다. 몇 년 전까지만 해도 나는 내 소설이 의도대로 읽히지 않는 상황에 고민이 많았다. 내가 잘못 쓴 것인지 독자들이 잘못 읽은 것인지, 의도를 더 드러내야 하는지 혹은 숨겨야 하는지 종잡을 수 없어 머리가 아팠다.

이런 일은 다른 작가도 종종 겪는 일 같다. 옥타비아 버틀러는 인간의 몸속에 알을 낳는 외계 생명체와 인간의 공생을 다룬 「블러드차일드」의 후기에서 여러 독자가 이 단편을 노예제의 비유로 읽는다는 사실이 놀랍다고 말한다. 오히려 자신은 이것을 '남성 임신'에 대한 소설로 썼고, 남성이 지극한 어려움에도 불구하고 임신을 선택할 것인지를 다뤄보고 싶었다는 것이다. 흑인 여성작가였던 옥타비아 버틀러는 아마도 자신이 의도하지 않은 방향으로 작품이 해석되는 일을 꽤 많이 겪지 않았을까 싶지만, 경력이 얼마 안 된 나 같은 작가에게도 흔히 일어나는 일이다. 팬데믹을 염두에 두지 않고 쓴 소설이 팬데믹에 대한 소설로 읽힌다든지, 내가 의도하지 않은(정확히는 약간 비껴가는) 소설의 메시지가 마치 작가의 의도인 것처럼 독자와 평론가들 사이에서 여러 번 인용된다든지.

하지만 많은 서평을 읽다보면 소통 수단으로서의 책이 불완전하다는 것과 그 불완전성이 바로 책의 가능성으로 이어진다는 것을 받아들이게 된다. 「블러드차일드」를 노예제의 비유로 읽는 것, 내가 쓴 소설을 팬데믹에 대한 비유로 읽는 것이 틀린 해석일까? 그렇지는 않은 것 같다. 일단 세상에 나온 순간부터 그 작품은 더는 작가만의 것이 아니게 되니까. 나는 종종 서평을 읽으며 나도 몰랐던 내 소설의 의미를 발견한다. 그것은 결코 의도한 것은 아니지만 때로 소설에 내재되어 있는 것 같다. 하지만 누군가 발견하기 전에는 그 의미들은 마치 없는 것처럼 평평한 표면 뒤에 그저 잠들어 있었다.

피에르 바야르는 『읽지 않은 책에 대해 말하는 법』에서 아주 곤란하고 우스운 상황을 다룬 소설 한 대목을 소개한다. 이 장면에는 방송 대담에 나선 두 작가 가스티넬과 도셍이 등장하는데, 가스티넬은 본문을 단 한 줄도 쓰지 않았지만 책의 공저자로 올랐고, 도셍은 분명 그 책을 쓴 작가이지만 편집 과정에서 내용이 너무나 바뀐 나머지 책 내용을 제대로 모른다. 가스티넬은 진행자가 책의 내용에 관해 말을 꺼낼 때마다 필사적으로 대화의 초점을 책 바깥으로 돌린다. 자신들이 쓴 책이지만 독자가 읽은 책은 자신들이 쓴 것과 너무 다른 내용이기 때문이다. 이 장면이 소개된 이유는 결국 작가 내면의 책과 독자 내면의 책이 서로 겹칠 수 없는 운명을 비유로써 말하기 위해서다. 피에르 바야르는 이렇게 쓰고 있다.

> 다른 사람들이 그의 책이라고 말하는 책을 자신의 책으로 알아보지 못하는 도셍은 자기 분열 현상에 직면하고 있으며, 그와 마찬가지로 작가들도 종종 사람들이 자신의 책에 대해 말할 때, 어떤 '다른 책'에 대해 말하는 느낌을 받는다. 그런 분열은 우리에게 내면의 책이 있기 때문에 빚어지는 현상이다. 이 내면의 책은 어느 누구에게도 전달될 수 없고 어떤 책과도 겹쳐질 수 없다.
> — 피에르 바야르, 『읽지 않은 책에 대해 말하는 법』 중에서

작가의 손을 떠난 한 권의 책은 수천수만 명의 독자를 만나며 수천수만 권의 서로 다른 내면의 책이 된다. 이 내면의 책들은 개인마다 너무나 다르게 구성되고 각자의 독서 경험에 고유한 방식으로 개입하므로, 다른 누군가에게 온전히 전

달되는 것도 불가능하다. 나의 내밀한 해석과 감상을 서평으로 옮겨보려 해도 그것은 내면의 책의 일부일 뿐이고, 서평을 읽고 쓰는 행위 역시 또 다른 '내면의 서평'을 만들어내는 일이니까.

가끔 나는 언어를 경유하지 않고 순수한 사고 자체를 서로 전달하는 외계 생명체들을 상상한다. 전하고자 하는 바가 명명백백하게 전달되는 세계에도 책과 이야기가 존재할 수 있을까. 어쩌면 그런 존재들에게 책은 따분한 돌려 말하기이자 늘여 쓰기에 불과할지도 모르겠다. 그러나 우리는 언제나 불완전한 언어를 매개로 소통할 수밖에 없는 존재이기에, 나는 이 따분한 늘여 쓰기에 존재하는 가능성을 주목하고 싶다. 그것은 실패에서 시작되는 가능성이다. 작가가 독자에게 온전한 의미를 전달하는 일에 실패하고 독자가 작가의 온전한 의도를 파악하는 일에 실패함으로써 책은 원래 의도보다 더 확장된 존재가 된다.

그렇다면 서평을 쓰는 일이야말로 실패를 기꺼이 무릅써야만 가능한 일이 아닐까. 읽기를 시도하고 읽기에 실패하면서, 오독이 이따금 확장의 가능성으로 변모하는 우연의 순간을 기대하면서, 오해와 이해 사이를 서성이며 책 위에 무수한 의미를 덧칠해가는 그 작업들을, 나는 기쁘게 찾아 읽는다.

3장

책이 있는 일상

책과 우연들

「행성어 서점」이라는 짧은 소설을 쓴 적이 있다. 은하계 곳곳에 진출해 있는 수상한 서점 체인에 관한 이야기다. 한적한 행성 관광지에 주로 위치한 행성어 서점은 은하계 여행자들에게 이방인으로서의 체험을 판매한다. 소설 속에서 여행자들은 대부분 뇌에 만능 언어 통역기를 이식한 상태여서 여행할 때 언어의 장벽을 전혀 경험하지 않는데, 그러다보니 오히려 '이국적' 경험의 강도가 줄어든 것이다. 행성어 서점에서 판매하는 책은 그 행성의 소수 언어로 쓰였으나 통역기의 해석을 방해하는 글자체로 인쇄되었다. 즉 이 책들은 여행자들에게 모르는 언어에 둘러싸이는 경험을 제공하기 위해, 누군가에게 읽히는 것이 아니라 읽히지 않기 위해 만들어진 셈이다. 여행자들은 서점 문을 열고 들어와 때로는 고개를 갸웃하고 때로는 감탄하고 가끔은 신경질을 낸다. 화자는 외딴 행성에서 행성어 서점의 직원으로 일하며, 몇몇 여행자가 감탄하며 사들고 가는 책들이 다시는 펼쳐지지 않은 채 그대로 책장에 장식품으로 꽂힐 운명이라는 것을 한탄한다.

이 소설은 내가 지닌 여러 종류의 죄책감에 기인했다. 너무 많은 책을 그저 사들이기만 하고 읽지 않는다는 죄책감, 책들이 단지 책장의 장식품으로만 기능하는 것 같다는 죄책감. 그리고 외국 서점에 갔을 때 온통 모르는 단어에 둘러싸여 활자들이 이국적 풍경으로만 존재하는 기이한 감각에 대한 기억…… 아디스아바바에서, 타이베이에서, 도쿄에서, 치앙마이에서 그 나라의 언어라고는 몇 글자도 제대로 읽을 줄 모르면서 서점 구경은 신나게 하며 돌아다녔던 것을 떠올리면 나에게도 「행성어 서점」의 화자가 지긋지긋해하는 여행자들의 모습이 분명히 있었던 셈이다. 그 안의 내용은 이해할 생각이 전혀 없으면서 낯선 언어가 주는 이국적 경험만을 소비하려 하는 태도가.

사실 소설을 쓸 때는 그렇게 깊이 생각을 해본 건 아니었다. '책방 의뢰로 쓰는 소설이니 서점 이야기가 좋겠지'라는 단순한 발상이었다. 이 짧은 소설은 한 장의 예쁜 포스터로 제작되어 서울 한 책방에서 낭독회 형식으로 처음 발표되었다. 원래 낭독회는 하지 않는다는 나에게 책방 대표님은 '참가자들과 함께 읽는 낭독회'를 제안했다. 보통은 작가가 읽어주는 것을 들으려고 오는 것이 아닌가. 과연 그런 낭독회를 좋아할 참가자가 있을까 하는 의구심을 품고 현장으로 갔다. 감사하게도 참가자 분들은 포스터에 인쇄된 소설을 기꺼이 소리 내어 낭독해주었다. 그 자리에는 다른 책방을 운영하는 사장님도, 출판사 직원 분도 있었는데 그분들 중 누군가 「행성어 서점」에 관해 이렇게 질문했던 것이 기억난다.

"행성어 서점에는 왜 본사가 있나요?"

아마 나는 이렇게 대답했던 것 같다.

"본사가 없으면 사장이 진작 닫았을 것 같아서요……."

그날 저녁, 작은 책방에서의 낭독회는 내게 유독 특별한 기억으로 남아 있다. 조곤조곤 소설을 읽는 목소리, 서로 팔만 뻗어도 닿을 가까운 거리에 앉아 숨죽여 이야기를 듣던 진지한 얼굴들이 떠오른다. 아직 그럴싸한 사인을 만들기도 전에, 스스로 소설가라고 소개하기도 민망했던 시절에, 작은 책방은 내가 독자들을 가장 먼저 만난 장소였다.

이후 나는 점차 다른 장소로 말하는 공간을 옮겨 갔다. 사람들 앞에 자주 서게 되었고 무대는 커졌고 청중은 늘어났다.

그렇지만 나는 종종 무대도 단상도 없던 작은 책방에서의 낭독회를 떠올린다. 그저 열 명 남짓의 독자와 그 앞에 마주 앉은 나. 오묘한 편안함과 기분 좋은 긴장감, 책 냄새가 가득한 공기. 아직 첫 책을 내기도 전인 어설픈 작가의 말을 그렇게 귀 기울여 들어주던 분들이 있었다고 생각하면 지금도 마음 한구석이 부드러워진다. 그곳 책방에서의 저녁은 외계 행성의 책방만큼 선명한 이미지로 기억 속에 남아 있다.

떠나온 골목의 책방

대학원 졸업이 며칠 남지 않은 어느 겨울날, 연구실 사수 언니와 카페에서 커피를 마셨다. 학교에서 십오 분쯤 떨어진 한적한 카페였다. 당시 나는 박사과정을 밟지 않기로 결정해서 석사 취득에 필요한 준비를 모두 마치고 기숙사 짐을 정리하던 중이었다. 포항에서의 대학원 생활은 정말이지 쉽지 않았다. 드디어 떠난다는 생각에 기뻤지만, 그래도 정들었던 사람들을 이제 못 본다니 홀가분한 마음 가운데 조금은 미련이 남았다. 특히 사수 언니는 대학원에서 만난 가장 좋은 사람이었고, 포항을 떠나는 것은 좋았지만 언니와의 마지막 시간이라는 것만큼은 아쉽게 느껴졌다. 나보다 일 년 일찍 석사학위를 받은 언니는 연구실에 계속 남아 박사과정을 하고 있었다. 먼저 떠나는 아쉬움, 홀가분한 마음, 앞으로의 계획, 그 밖의 시시콜콜한 이야기가 끝나갈 무렵 언니가 문득 근처에 있다는 작은 책방 얘기를 꺼냈다. 나는 괜히 아는 척을 했다.

"맞아요. 그 책방 진짜 좋아요. 우리 지금 가봐요, 언니."

나는 그 책방을 몇 년 전부터 알고 있었다. 하지만 솔직히 말해 직접 가본 적은 두어 번밖에 없었다. 부지런한 내 친구들은 학교 근처 동네에 책방이 생기자마자 소식을 전해주었고, 얼마 뒤에는 그곳에서 독서 모임이 열린다느니 차가 맛있다느니 하는 이야기를 덧붙이다가, 급기야는 그 책방에서 스터디 모임까지 직접 열었다. 하지만 나는 친구들을 따라가 급하게 서가를 둘러보고 얼른 나온 경험이 전부였다.

당시에는 책을 주로 전자책으로 샀다. 기숙사를 이미 가득 채운 짐을 늘리고 싶지 않았다. 무엇보다 책을 읽을 마음의 여유가 없다고 느꼈다. 학부 졸업 학기를 지나고 연구실에 들어가면서 나는 침잠하는 시기를 지나고 있었다. 흔한 저녁 약속 한 번도 잡지 않았고, 주말에도 사람을 거의 만나지 않았다. 잘 풀리지 않는 연구와 불투명한 미래에 관해서 온종일 생각했다. 그런 와중에 책과 홍차와 독서 모임이라니. 그런 것은 내 삶에 맞지 않았다. 완전히 다른 차원의 것이었다. 그런데 침체기를 어찌저찌 힘겹게 지나와 전부 이곳에 놓고 떠날 준비까지 다 해둔 상태에서, 이제야 그 책방을 다시 떠올린 것이다.

지나가며 책방 간판을 자주 보아서 가는 길은 잘 알았다. 골목을 지나 투명한 유리문을 밀고 안으로 들어서자 바깥 골목과 분위기가 달라졌다. 책을 읽는 사람들, 서가 앞을 서성이는 사람들이 보였다. 다들 목소리를 낮추어 소곤소곤 이야기했고 잔잔한 음악이 흘렀다. 찬찬히 서가를 둘러보았다. 내가 좋아하던 책들. 이름을 들어본 책들. 호기심을 끄는 제목들. 그러나 오랫동안 떠나 있었던 책들.

뒤늦은 아쉬움이 조금씩 밀려들었다. 왜 가장 마음의 여유가 없었던 때에 이곳을 찾지 않았을까. 그때야말로 나에게 책들, '다른 차원의 것'들이 필요했는데.

언니와 나는 서가 앞에서 책들을 한참 뒤적였다. 나는 언니에게 몇 년 전에 읽었던 가즈오 이시구로의 『나를 보내지 마』를 열렬히 추천했다. 언니는 그 책을, 나는 에세이 한 권을 사서 나왔다. 책을 품에 안고 책방 문을 열고 나오자 해가 천천히 지고 있었다. 정수리 위에서 살짝 식은 오후의 햇볕이 바스락거렸고 공기 냄새는 건조기에 갓 돌린 수건 같았다. 언니에게 작별 인사를 했다. 지겹기만 하던 도시에서 나는, 내가 정말로 좋아할 수도 있었던 것을 마지막에야 발견한 채 그곳을 떠났다.

좋은 것들을 천천히 느리게 알아간다. 남들이 다 좋다고 할 때는 들은 체도 않다가 직접 겪어본 다음에 "아, 난 왜 이제 알았지. 진작 말해주지" 하고 엉뚱한 소리를 하는 것이다. 포항을 떠나기 직전에 들여다보게 된 책방도, 작은 책방에서 우연히 책을 만나는 기쁨 같은 것도 그렇다.

나는 오랫동안 내가 취향이 무척 확고한 독자이며 어떤 책을 좋아하고 어떤 책을 읽어야 하는지 스스로 가장 잘 알고 있다고 생각했다. 서점은 이미 구입하기로 결정한 책을 사서 오는 곳이라고만 여겼다. 그런데 언젠가부터 내 취향에 대한 확신이 오히려 내 세계를 좁히고 있다는 것을 알았다. 나는 이미 알고 있는 세계 안에서 빙글빙글 맴돌며 익숙한 즐거움을 찾았다. 서점에 가면 망설임 없이 특정 분야의 서가로 직진해서 그곳만 한참을 들여다보았다. 도서관에서도 마찬가지로 나는 언제나 자연과학 서가 근처를 돌아다녔다.

작은 책방을 찾으며 느낀 것은, 이곳에는 그렇게 오래 들여다볼 만한 커다란 특정 분야의 서가가 없다는 것이었다. 소설책과 시집이 꽂힌 책장에서 몇 걸음 옆으로 가면 사회과학책이 나오고, 또 몇 걸음 가면 건축이나 디자인에 대한 책, 동화책이 나타난다. 큰 서점에서라면 근처에도 가지 않았을 분야의 책이 팔만 뻗으면 손에 잡힌다. 그곳에서 오랜 시간을 보내려면 '나는 소설만 읽을 거야' 하는 고집 센 독자의 자세를 조금 접어두어야 한다. 어쩌면 내가 잘 알지 못하는 재미있는 세계가 있을지 모른다는 생각으로 마음을 아주 약간 열어놓는 것. 그것은 소설가로 살아가고 싶은 나에게 무엇보다 필요한 태도였다. 좋아하는 세계를 자꾸 의식적으로 넓혀나가지 않으면, 소설도 내가 편애하는 자그만 세계에 갇히고 말 테니까.

　우연한 책들과의 만남을 조금 더 기꺼이 받아들이면서 일상에 소박한 즐거움이 하나 늘었다. 일 때문에 장거리 이동을 하는 날이면 꼭 그 지역의 책방을 찾아본다. 행사나 미팅, 인터뷰가 아예 책방에서 잡히는 일도 많은데 그럴 때면 일찍 도착해 서가를 살핀다. 대체로 나는 그 책방에서 '이곳이 아니었다면 사지 않았을' 책을 발견해낸다. 좋은 책방, 큐레이션이 뛰어난 책방을 판별하는 기준도 그렇다. 이곳이 아니었다면 존재를 몰랐을 책이 얼마나 진열되어 있는지를 본다(나와 취향이 비슷한 사장님은 좀 억울하겠지만). 그렇게 책을 사 들고 나오면, 늘 그렇듯 어떤 독서는 성공적이고 어떤 독서는 아쉬움을 남긴다. 하지만 어느 쪽이든 그 책들은 언제나 우연성을 가득 품고 있어서 나의 좁은 세계에 작고 큰 균열을 낸다.

여행을 떠나 그곳에서 산 책을 다 읽고 오는 것에는 또 다른 기쁨이 있다. 그곳의 풍경과 공기와 냄새와 소리, 그리고 책이 하나의 감각 묶음이 되어 기억의 서가에 꽂히는 것이다. 그것이 좋아서 일부러 여행을 갈 때마다 한 권이라도 책을 꼭 다 읽고 오려고 한다. 언젠가 책방 북토크에 초청받아 제주에 갔을 때는 당시 출간 직후였던 이슬아의 『부지런한 사랑』을 발견했다. 덕분에 시월의 제주는 시원한 바람과 노을, 연분홍색 표지와 원고지 위 사각거리는 아이들 글씨로 기억에 남아 있다. 한번은 밀린 일정을 몰아 처리하려고 홍대의 한 호텔에 머물렀을 때 근처 책방에서 피츠제럴드의 『리츠 호텔만 한 다이아몬드』를 사 와서 방에서 읽었다. 그래서 그 출장을 생각하면 실제로는 아주 좁은 호텔방에 있었는데도 번쩍거리는 호텔과 연미복을 차려입은 사람들의 파티, 쓸쓸한 펍의 이미지가 떠오른다.

우연한 마주침의 책방

찰리 제인 앤더스의 「아메리카 끝에 있는 서점」은 캘리포니아와 아메리카의 국경에 위치한 서점의 이야기다. 두 국가는 한때 같은 나라였지만 양극단인 가치관과 사고방식 때문에 쪼개지고 말았다. '퍼스트 앤드 라스트 페이지' 서점의 입구는 두 개다. 각각의 나라에서 찾아온 사람들은 서로 다른 입구를 통과하여 서점에 들어온다. 현금 등록기도, 사용하는 화폐도 다르다. 서점 주인 몰리는 굳이 두 세계를 억지로 섞지 않는다. 아메리카 쪽 입구로 들어온 사람들은 주로 보수적인 접근법의 역사책, 종교 관련 서적, 스릴러와 전쟁소설, 포크너와 헤밍웨이를 주로 마주친다. 캘리포니아 쪽 입구로 들어온 사람들은 주로 여성 및 퀴어 연구, 버지니아 울프와 같은 여성고전문학, 다양한 소형 출판사의 최신간을 만난다.

구조적으로 분리된 덕분에 이 서점은 적대관계의 두 국가 국경에 있는데도 평화롭다. 사람들은 서점에서 원하는 책을 읽다가 조용히 나간다. 때로 사람들은 왜 입구를 하나로 만들지 않았냐고, 서로 부딪히고 말을 섞는 편이 낫지 않냐고 묻지만 서점 주인 몰리는 그저 '모두가 계속 책을 읽게 만들 수 있다면 충분하다'고 대답한다. 국경을 가로질러 두 국가의 친구를 모두 사귀고 아이들을 국경 인근으로 데려와 노는 것은 몰리의 딸 피비뿐이다.

어느 날, 결국 전쟁이 터지고 국경에서 일어난 전투 때문에 사람들은 다급히 방공호로 지어진 서점으로 대피한다. 서로 떨어져 책을 읽던 사람들이 한곳에 모이니 서로 날을 세우며 비방하고 소리를 질러댄다. 양쪽 국가 사이에 놓인 감정의 골만큼 끝없는 말다툼. 하지만 난장판은 그리 오래가지 못하고 피비에 의해 제동이 걸린다.

> "여기는 소리를 지르는 장소가 아니에요. 여기는 서점이라고요. (중략) 여러분이 서로에 대해 무엇을 알고 있든, 무엇에 대해 떠들고 있든 저는 상관 안 해요. 이제부터 여러분은 확실히 예의를 지키셔야 할 거예요, 왜냐하면… 왜냐하면…" 피비는 제이디와 존을 돌아본 다음, 자기 엄마를 바라봤다. "왜냐하면, 잠시 후에 우리의 북클럽 첫 번째 모임이 시작될 예정이니까요."
> ― 찰리 제인 앤더스, 「아메리카 끝에 있는 서점」 중에서

소동을 잠재우기 위해 열린 '그레이트 인터내셔널 북 클럽'에서 사람들은 어떤 판타지 모험소설에 관한 아주 열띤 독서토론을 벌이기 시작한다. 그동안 사람들은 서로의 가치관을, 서로의 예의를, 서로의 삶을 비방하던 것을 잠시 멈추고 책의 세계로 빠져든다. 치열한 토론은 새벽을 넘기지 못한 채

지친 사람들은 모두 느린 숨소리를 내며 잠든다.

나는 이 결말의 일시적인 평화가 좋았다. 책은 갈등을 봉합하지 못한다. 몰리의 서점에 찾아오는 사람들도 자신이 원하는 책만 찾아 읽고 눈에 거슬리는 책이 서가에 놓여 있으면 화를 낸다. 하지만 이렇게 균열된 양쪽 세계 사이에서 이따금 우연한 충돌이 일어난다. 읽을 생각이 없던 책을 우연히 집어드는 사건. 서가를 무작정 따라가다 한 번도 들여다본 적 없는 분야의 서가에서 헤매게 되는 일. 말도 섞을 일 없다고 여겼던 이들과의 독서토론. 그 우연한 충돌도 균열을 꿰매지는 못하지만, 잠시나마 적과 어깨를 맞대고 눈을 붙이게 한다. 책은 찬찬히 생각하게 하니까. 눈앞의 낯선 세계를 곰곰이 살피게 하니까. 그러다보면 화가 조금은 가라앉고 곧 노곤해져서 잠이 들 테니까.

어떤 책들이 우리를 생각지도 못했던 낯선 세계로 이끈다면, 책방은 그 우연한 마주침을 가능하게 하는 통로다. 좀 더 많은 책이 그렇게 우연히 우리에게 도달하면 좋겠다. 우리 각자가 지닌 닫힌 세계에 금이 간다거나 하는 거창한 일까지는 일어나지 않더라도, 적어도 우리는 조금 말랑하고 유연해질 것이다. 어쩌면 그냥, 그런 우연한 충돌을 일상에 더해가는 것만으로 충분할지도.

다행히도 포항의 그 책방에는 또다시 들를 기회가 있었다. 북토크를 한 적도 있고 그냥 친구를 만난 적도 있다. 어느 겨울에는 포항에서 도서관 강연 일정을 마치고 친구와 책방에서 만났다. 친구는 대학원에서 어떻게 지내는지, 나는 요즘 무슨 소설을 쓰는지 서로 일상 이야기를 나눴다. 한참 대화가 이어지다가 잠시 숨을 돌릴 때, 홍차를 마시던 친구의 어깨 너머로 무언가를 발견하고 나는 자리에서 벌떡 일어났다.

"저기 있다. 내가 찾던 책!"

어리둥절한 친구는 내가 책장에서 냅다 집어 온 책을 보았다. 그건 말레이시아 여행 에세이였다. 그때 나는 말레이시아를 배경으로 장편소설을 쓰고 있었는데 코로나19 때문에 직접 가볼 수가 없어 대신 책을 찾아보고 있었다. 가이드북보다는 밀접한 생활의 경험을 담은, 현장의 생생한 공기가 느껴지는 에세이를 찾고 있었지만, 생각보다 그런 책을 찾기 어렵다고 생각하던 차에 마침 노란 책등이 눈에 띈 것이다. 『잘란잘란 말레이시아』라는 제목부터 느껴지는 심상치 않은 분위기에 목차와 본문 몇 장을 살펴보니…… 바로 내가 찾던 종류의 책이었다! 황당해하는 친구에게 기쁜 표정으로 책을 들어 보였다. 어떻게 딱 여기서 이 책을 마주쳤을까.

책방의 우연성에 힘입어 발견했던 그 책은 매우 유용한 참고 자료가 되었다. 나는 가보지도 않은 말레이시아 거리의 공기와 숲 냄새를 상상하며 프럼 빌리지에 푹 빠져 이야기를 쓸 수 있었다. 다시 생각해도 그 책과의 만남은 정말 꼭 필요한 시점에 이루어졌다. 아주 우연하게. 그때 그 책방에 가지 않았다면 어쩔 뻔했을까?

그렇게, 좋은 기억들은 책방과 느슨히 연결되어 있다.

차가운 우주의 유토피아

*본문에 톰 고드윈 「차가운 방정식」, 테드 창 「숨」의
결말이 포함되어 있습니다.

첫 소설집에 들어갈 마지막 단편 「나의 우주 영웅에 관하여」를 쓰면서 정말 고민이 많았다. 이 책에 들어간 다른 단편들을 쓸 때 고민했던 것을 거의 다 합친 만큼. 첫 소설집에는 총 일곱 편의 소설이 실리면 좋겠다고 예전부터 생각했고, 데뷔작과 이런저런 지면에 실은 단편을 다 모으니 여섯 편이었다. 마지막으로 들어갈 미발표작을 쓸 차례였다. 두 번 정도 구상을 하고 초고까지 쓰던 작품을 완전히 엎고 새로 쓰기로 했다. 단편은 인류 최초의 '터널' 우주비행사가 된 재경 이모, 그를 향했던 세간의 의심과 비난, 그리고 재경을 뒤따르는 가윤에 관한 이야기였는데 쓰다보니 다른 단편들에 비해 메시지가 너무 두드러지는 느낌이었다. 재경을 향한 대중의 비난

과 그에 대한 재경의 반응을 그리다보니 소수자에 대한 차별적 시선을 묘사해야 했던 것이다.

어느새 편집자님에게 원고를 넘기기로 한 날까지는 고작 나흘이 남아 있었다. 앞으로의 경력에서 중요한 첫 책이니까, 그래서 모든 단편을 잘 쓰고 싶으니까, 이번에 잘하지 못하면 다음 기회가 언제 있을지 모르니까…… 그런 이유들도 없지는 않았지만, 사실 그 단편을 쓰면서 힘들었던 진짜 이유는 다른 것이었다. 데뷔작 두 편을 공개하고 이런 말을 들었다. "음, 솔직히 말하면 저는 SF에서까지 이런 구질구질한 현실 이야기를 보고 싶지 않아요."

인간을 데이터로 업로드할 수 있고 초광속 항해가 가능한 미래사회에 군이 누군가가 차별받고 또 누군가가 기술에서 소외되는 현상만은 공고히 유지되는 이야기를 써야겠냐는 것이었다. 그냥 취향 차이라고 넘길 법도 했지만 이상하게 그 말을 한동안 잊어버리지 못했다.

어쩌면 나도 오랫동안 마음 깊은 곳에서 비슷한 생각을 하고 있었기 때문인지도 모른다.

'인간 이야기는 지겨워. 차별과 소외 이야기도 지겨워. 그런 건 현실에 널려 있는데 왜 SF에서 그런 걸 봐야 하지. 다른 세계를, 새로운 세상을 만나고 싶어서 SF를 읽고 쓰는 거 아닌가. 현실 이야기를 그대로 가져올 거라면 굳이 SF일 필요가 있나. 그건 SF의 껍데기만 씌운 소설 아닌가.'

꼭 그렇지는 않아, 하고 대꾸하면서도 그런 말에 내심 고개를 끄덕이던 나를 발견했다. 수천수만 년 전, 아니면 수십억 년 후, 별의 탄생과 우주의 종말을 지켜보는 이야기. 인간과 전혀 닮지 않은 존재들이 등장하고, 그들은 우리가 상상도 할 수 없는 마음을 지니고, 헤아릴 수 없는 시간과 공간의 규모로 사건이 일어나고…… 그렇게 멀리 가는, 멀리 떠나버리는 이야기. SF는 인간의 존재 자체가 무의미해지는 세계를 그릴 수도 있는 장르인데, 그 세계에 구질구질한 인간의 문제들을 그대로 가져가 탐구할 필요가 있을까. 그건 현실을 다루는 문학의 몫이 아닌가. SF의 이야기는 좀 더 멀리 갈 수 있지 않나.

맞다. 사실은 나도 멀리 가는 이야기를 쓰고 싶었다. 그것을 의식해서 데뷔작 이후에는 낯선 행성에서 외계인을 만나거나 외계인과 공생하거나 지구 밖에 마을을 만드는 이야기를 완성하기도 했다. 그런데 이상하게 내 인물들은 멀리 갈 때조차 늘 조금씩 현실에 발목이 붙들려 있었다.

특히 마지막 단편을 쓰면서는 "SF에서까지 이런 이야기를 보고 싶지 않다니까" 하는 말이 계속해서 귓가에 들려오는 것 같았다. 「나의 우주 영웅에 관하여」는 첫 소설집 전체에서 가장 '이런 이야기'에 해당하는, 우주와 초광속 항해와 사이보그 따위가 등장하지만 인물들은 꿉꿉한 현실에 붙잡혀 온갖 차별과 배제를 경험하고 마침내 어딘가 유쾌하지 못한 선택을 하는 이야기였기 때문이다.

답답했다. 왜 내 인물들은 과감하게 떠나지 못할까. 나는 왜 시원시원하고 산뜻한 세계를 만들지 못할까. 내가 처음 SF를 좋아하게 된 것도, 그보다 앞서 과학을 좋아하게 된 것도 그것들이 나를 지금 이곳으로부터 멀리 데려가주기 때문이었다. 복잡한 인간사를 잊게 해주고, 오직 거대한 우주와 인간만이 존재하는 차갑고도 아름다운 세계를 마주하게 해주어서. 그런데 정작 소설을 쓰는 나는 그 광막한 세계로 무작정 진입하지 못하고 있었다.

운명처럼 과학에 빠져든 순간을 기억한다. 중학생 때 도서관에서 온갖 과학책을 빌려다 읽던 시기였다. 빅뱅에서 우주 종말로, 최초의 RNA에서 외계 행성 생명체로. 드넓은 시공간을 오가다보면 나를 둘러싼 일상 따위 아주 시시하게 느껴졌다. 나를 과학의 세계로 이끈 것은 그런 책들이었다. 세상은 규칙과 질서로 가득 차 있다고, 영원한 미지란 없다고 말해주던 책들. 과학은 비록 불완전하지만 그럼에도 우리가 가진 최선의 도구라고 말해주던 책들. 나는 정답 없는 사람들의 세계가 싫었고, 그래서 과학의 세계로 향했다. 지금도 그때 읽던 책들이 꽂힌 책장을 보면 명료한 규칙 사이로 도피하고 싶었던 내가 떠오른다. 아주 구체적인 것 같지만 실은 손에 닿지 않는다는 점에서 환상과 우주 사이에는 비슷한 면이 있다.

그럼 과학의 경이감과 SF의 경이감은 얼마나 맞닿아 있을까. 예전에는 그것이 거의 비슷한 감각이라고 생각했다. 광활한 우주 속 희미한 먼지 같은 지구, 그 지구에서 살아가는 먼지조차 되지 못하는 사람들. 허무함이 역설적으로 위로가 되는 순간이 있다. 많은 SF가 압도적인 우주를 이야기의 중심으로 끌어와 경이감을 만들어낸다. 우주는, 자연법칙은 개인을 가볍게 압도한다.

1954년에 발표되어 지금까지도 많은 독자에게 걸작으로 회자되는 톰 고드윈의 「차가운 방정식」은 우주의 물리법칙 앞에 무력한 한 소녀와 조종사의 이야기다. 조종사는 치명적 역병이 돌고 있는 먼 행성에 치료용 혈청을 전달하는 임무를 맡았다. 그러나 항행 도중에 조종사는 생각보다 빨리 연료가 떨어지는 것을 발견하고 화물칸에 몰래 올라탄 밀항자가 있다는 사실을 깨닫는다.

밀항자는 어린 소녀다. 총을 내밀고 있는 조종사 앞에서 소녀는 단지 먼 행성의 오빠를 만나러 가고 싶었을 뿐이라며,

벌금을 내라면 내겠다고 철없이 웃는다. 하지만 조종사가 몰고 있는 것은 긴급사태에만 사용되는 초소형 우주선으로, 오직 한 명만 행성에 도착할 수 있을 만큼의 연료를 싣고 있다. 냉혹한 물리법칙은 한 치의 오차도 허락하지 않는다. 소녀의 체중만큼 추가된 질량은 우주선의 경로를 엉망으로 만들 것이다.

소녀는 우주선을 떠나야 한다. 그렇지 않으면 목적지 사람들이 치료제를 전달받지 못해 죽는다. 조종사와 소녀는 잔혹한 현실에 방법을 찾아보려 하지만 끝내 절망한다. 연민은 자연법칙을 거스를 수 없다. 우주의 규칙은 절대적이며 냉혹하다. 인간은 법칙 앞에서 지극히 미약한 존재일 뿐이다. 소녀는 결국 에어록으로 걸어가 우주의 진공 속으로 떠난다.

「차가운 방정식」을 읽었을 때 나는 크게 충격 받았다. 우주 속 아무것도 아닌 인간, 법칙을 거스를 수 없는 인간의 운명이 슬프고 강렬하게 그려진 비극이었다. 거대한 우주 앞에 인간은 작은 먼지에 불과하다. 그렇게 생각하면 이상하게 아주 슬프면서도 왠지 위로가 되었다.

조금씩 이 소설에 의문을 갖게 된 것은 다른 SF 작가들과 평론가들의 비평을 읽으면서였다. 그들은 소녀가 정말 죽어야만 했는지 묻고 있었다. 소설의 절대적이고 변하지 않는,

차가운 우주의 방정식에 질문을 던지고 있었던 것이다.

「차가운 방정식」은 처음부터 소녀의 죽음을 확정 지으며 시작한다. 이 소설을 지배하는 정서는 무력함이다. 소녀를 발견한 순간부터 조종사는 그를 죽여야 한다는 것을 안다. 끝까지 반전은 없다. 이야기는 시종 무력한 인간에 관해, 바꿀 수 없는 법칙에 관해 말한다. 죽음 외에는 다른 어떤 결말도 없어 보인다. 그런데 나는 나중에, 실은 소설의 결말을 작가가 여러 번 고쳐 썼다는 것을 알았다. 원래 톰 고드윈은 소녀를 구하는 기발한 방법을 생각해냈다. 하지만 당시 SF 매거진에서 막대한 영향력을 발휘하던 편집자 존 W. 캠벨은 이 소설이 반드시 비극으로 끝나야 한다고 생각했고, 작가가 쓴 소녀를 구하는 결말을 여러 번 반려해서 돌려보냈다. 결국 「차가운 방정식」은 캠벨의 의도대로 무정한 물리법칙과 소녀의 무력함이 강조된 결말로 완성되었다.

소설이 발표된 이후에 여러 독자가 소설의 설정을 파고들기 시작했다. 어차피 자연환경은 인간에게 온정적이지 않고 기술은 늘 냉혹한 자연에 맞서는 방향으로 발전하지 않았던가. 사람들은 과거의 불행한 사고로부터 배우고 그것이 재현되지 않도록 새로운 방법을 찾는다. 그런데 왜 하필 이 소녀의 비극만은 '차가운 방정식'의 탓이 될까. 이 비극은 정말로 작중에서 거듭 강조되듯 인간이 바꿀 수 없는 우주의 물리법칙에 의한 것일까. 애초에 왜 화물칸은 소녀가 몰래 슬쩍 올라탈 수 있을 만큼 대충 관리되었는가. 왜 끔찍한 대가에 비해 격납고에 붙은 경고는 고작해야 '승무원 외 절대 승선 금지!'뿐이었는가. 우주선에는 왜 자동조종장치도, 비축된 연료도 전혀 없었는가.

SF 작가 코리 닥터로우는 이 소설에 관해 이렇게 쓴다. "「차가운 방정식」의 진짜 문제는 그것이 무정한 물리학의 산물이 아니라는 것이다. 그것은 인간에 의해 매개변수화되었다." 고드윈은 캠벨의 요구에 의해 어린 소녀가 반드시 비극적으로 희생되는 결말로 소설을 몰고 가야 했다. 이 소설은 차가운 방정식 앞의 무력한 개인을 강조하기 위해, 무력함의 정서를 극대화하기 위해 문제의 일면만을 보여주기를 선택했다. 그러면서 소설은 '어쩔 수 없었다'는 결론에 도달한다. 그러나 실제로 이 비극은 우주만의 문제가 아니라 인간의 문제이기도 했다. 결과는 달라질 수도 있었고, 결과는 바뀌지 않아도 그것을 다른 방식으로 바라볼 수도 있었다.

그 이후 나는 무정한 세계를 다루는 많은 작품을 읽었다. 어떤 SF는 여전히 냉혹한 물리법칙을, 거대한 우주와 그 앞에 무력한 개인을 말했지만 그것만이 전부는 아니었다. SF 속에서 인물들은 늘 어쩔 수 없는 상황에 처하고, 거대한 비극에 휩쓸린다. 그러나 그들은 '그럼에도 불구하고' 행동한다. 테드 창의 「숨」은 우주의 영원한 죽음에 관한 이야기다. 화자는 어느 날 자신이 속한 우주가 죽어가고 있다는 명백한 증거를 발견한다. 냉엄한 열역학 제2법칙에 의해 다가오는 죽음을 이들은 막을 수 없다. 그러나 화자는 정해진 멸망 앞에서도 세계에 대한 기록을 꿋꿋이 남긴다. 누군가가 세계의 흔적을 발견하고 기억해주기를 바라면서 '당신'을 향해 동판에 문자를 새기는 것이다. 여기서 나는 끝을 알면서도 해야 할 일을 하는, 절망에 맞서는 개인을 만난다.

앞에서 소개했던 N. K. 제미신의 『다섯 번째 계절』도 그렇다. 고요 대륙이라는, 그 이름과는 전혀 맞지 않는 비운의 땅. 이 대륙은 끊임없이 지진과 화산 폭발에 시달리며 그에 따른 엄청난 재난이 마치 계절처럼 찾아오는, 죽음과 고통이 일상화된 세계. 매번 마을을 새롭게 쌓아 올리지만 그것을 전부 휩쓸어버리는 거대한 자연 앞에서는 과연 희망을 갖는 것이 의미 있을지 회의가 들 정도다. 그러나 이런 세계에서도 사람들은 포기하지 않고 살아간다. 계속해서 다음 목적지로 향하면서 삶의 터전을 새로 짓는다. 대지는 그들을 압도하지만, 사람들은 무릎꿇지 않는다.

이 소설들에서도 언제나 우주는 거대하고 자연법칙은 인간에게 무정하다. 하지만 인물들은 두려움에 맞서며 그 우주를 미약하게나마 흔든다. 실패하고 무너지고 비합리적인 선택을 하지만 무력함을 넘어선다. 절망 속에서 어려운 낙관을 찾아낸다. 그것은 SF만이 할 수 있는 이야기는 아니지만, 내가 SF에서 읽고 싶은 이야기였다. 내가 원하던 종류의 경이감이었다. 인물들은 영웅이 아니다. 법칙을 이길 수 없다. 하지만 그들은 그 법칙에 굴하지 않는다.

우리가 살고 있는 지구가 우주 속의 창백한 푸른 먼지에 불과하다는 사실이 바로 우리가 무력한 존재라는 당위로 이어지지는 않는다. 과학은 지금 우리가 있는 행성, 발 디딘 장소, 거대한 세계 속 미약한 우리의 존재를 말해준다. 하지만 미약함을 직시한 사람들이 무엇을 선택하는지는 과학이 말해주는 영역이 아니다. 어쩌면 우리는 세계 속에서 미약하면서 존엄하기를 선택할 수 있다. 그 선택은 미약하기에 더 경이로울 수 있다.

그러면 이제 다시 처음의 질문. SF는 더 멀리 갈 수 있는 장르 아닌가. 거대한 우주와 정교한 법칙들에 관해, 놀랍고 장엄한 세계에 관해 말할 수 있지 않나. 현실의 차별과 소외를 재현할 바에는 아예 처음부터 구저분함이 없는 세계를 그릴 수도 있지 않나.

　물론 그럴 수 있다. 단편 「순례자들은 왜 돌아오지 않는가」에서 나는 그런 세계를 만들었다. 어떤 차별도 불행도 없는 세계. 아주 흉한 외모를 갖고 태어나도, 심각한 장애가 있어도 서로를 결코 배제하거나 외면하지 않는다. 그곳은 내가 상상할 수 있는, 가장 나은 유토피아였다. 그런데 이런 세계를 기껏 만들어놓고 나는 그곳에 살던 아이들이 구질구질한 차별이 존재하는 지구로 돌아오게 만들어야겠다고 생각했다. 그들은 지구로 와서 사랑하는 사람과 함께 냉혹한 세계에 맞선다. 유토피아에서 성년이 되는 대신 지구에서 싸우는 사람이 된다.

　나는 끝까지 이 선택이 설득력이 없다고 생각했다. 합리적이지 않다고 느꼈다. 그들은 어차피 미약한 개인에 불과하고 세계를 바꿀 수 없을 것이다. 작품 후기를 쓰면서 문득 내가 그 아이들을 지구로 데려온 이유를 알게 됐다. 그들의 선택에 합리성이 결여된 것은 당연하다. 그것은 결국 지구를 떠날 수 없는, 이곳에 붙들려 살아가야만 하는, 소설 바깥의 나를 위한 결말이었으니까. 하지만 이 소설을 발표하고 첫 소설집을 출간한 후에도 한동안 나는 그 선택이 나 이외에 누구에게 의미가 있을지 확신이 없었다.

몇 달 뒤 어떤 감상을 읽었다. 그는 이 소설을 읽으며 자신이 살아오며 만난 싸우는 사람들의 구체적인 얼굴이 떠올랐다고 했다. 나는 내가 쓰고 싶었던 것이 유토피아 자체가 아니라 유토피아를 만들어가는 사람들에 관한 것임을 알았다. 불가능에 맞서는 태도에 관한 것임을 알았다. 또 다른 글을 읽었다. 그 사람은 이 소설 속 세계에 가본 적 없는데 이상하게 그곳이 그립다고 말했다. 나는 그 문장을 여러 번 다시 읽었다. 우리는 왜 가보지도 못한 세계를 그리워할까.

사람들은 유토피아를 꿈꾸면서도 사실은 유토피아가 없다는 것을 안다. 차가운 우주는 유토피아를 허용하지 않는다. 냉혹한 물리법칙도 인간의 진부한 규칙들도 이 우주에 유토피아를 위한 자리를 남겨놓지 않는다. 그곳은 존재하지 않기 때문에 영원히 그리운 세계다. 하지만 나는 여전히 차가운 우주의 유토피아를, 그곳으로 가는 길을 상상한다. 어쩌면 그 모순에 맞서며 다른 세계로 가는 길을 상상하는 것이, 소설의 일인지도 모른다고 생각하면서.

완벽한 작업실을 찾아서

나에게는 오래된 집착이 하나 있다. 연장, 그러니까 도구에 대한 집착이다.

시작은 필기구였던 것 같다. 중학생이었던 나는 샤프 마니아였다. 처음에는 친구들이 말랑말랑한 젤리샤프를 들고 다니길래, 나도 호기심으로 알파겔 샤프를 사서 쓰기 시작했던 것뿐인데. 어느 순간 정신을 차려보니 나는 그래프1000, 그래프기어, 쿠루토가를 비롯한 온갖 샤프를 리미티드 에디션까지 수집하고 있었다. 가장 좋아했던 것은 로트링과 파버카스텔 샤프였다. 검은색 황동 몸체에 빨간 로고가 새겨진 로트링 샤프는 매우 무거웠다. 무게중심을 제대로 잡지 못하면 심이 툭툭 부러지고, 바닥에 떨어뜨리기라도 하면 촉이 휠 정도였다. 하지만 나는 그 묵직한 샤프를 정말 좋아해서 그다지 종이에 쓸 것이 없을 때도 보란 듯이 꺼내들어 아무 말이나 휘갈겨 쓰고는 했는데, 어릴 때 다들 한 번씩 사로잡히는 허영심의 일종이 아니었나 싶다(나만 그랬나?). 진녹색의 파버카스텔 샤프는 백 년 전 제작된 필기구 같은 고색창연한 느낌이 났다. 금속 그립에 경도 표시 윈도가 있어서 정말 '제도용' 샤프 같았다. 그 샤프를 꺼내 들면 빨리 뭐라도 적어야 할 것 같은 기분이 들었고, 나는 고풍스러운 샤프로 최대한 뭔가를 많이 쓸 수 있는 행위를 했다. 인수분해를 하고 이차방정식을 풀었다는 뜻이다.

그러다 고등학생 때 연필의 세계에 입문했다. 지금은 이름도 기억나지 않는 온갖 연필을 필통에 모았다. 온라인에서 알게 된 또 다른 연필 애호가 친구들에게 빈티지 몽당연필을 잔뜩 선물로 받아서 꽁무니에 깍지를 끼워 쓰기도 했다. 어디선가 진정한 연필 애호가는 연필깎이를 쓰지 않는다는 말을 듣고는 그 말에 설득된 나머지 매번 칼로 연필을 직접 깎아 쓰는 기행을 저질렀다. 자율학습 시간에 (학습 시작을 지연하기 위해) 최대한 천천히 연필을 깎고 있으면 선생님들이 "어머, 너는 연필을 깎아 쓰니?" 하고 희한하게 보고 지나가던 것이 생각난다.

여담이지만 나는 수능 날에도 평소 쓰던 스테들러 노리스 지우개 연필을 잘 깎아서 챙겨 갔는데, 감독관이 내 연필을 보더니 말했다. "학생, 개인 필기구는 안 돼요. 제공되는 샤프를 쓰세요." 어라, 내가 알기로는 아닌데, 연필은 써도 되는데. 하지만 무려 수능이었다. 감독관의 권위에 맞설 수가 없었다. 하필이면 그해는 불량 수능샤프 논란이 일어난 해였다. 조악한 샤프는 가볍고 딱딱해서 필기감이 최악이었고 무엇보다 심이 삼 초마다 뚝뚝 부러졌다. 시험지 위 흩어지는 샤프심 조각들을 보며 흩어지는 멘탈을 붙잡던 오래된 기억. 수학 시험이 끝나고 쉬는 시간이 되자 감독관이 와서 말했다. "아이고, 내가 규정을 잘못 알았네. 연필은 써도 된다네." 뒤늦게라도 정정해주셔서 감사하지만, 그렇지만…… 난 벌써 망했는데!

소설 습작을 시작하면서는 노트를 수집했다. 보통의 수집가들과 다르게 그 노트를 실제로 사용할 목적이기는 했지만. 처음에는 그냥 표지가 예쁜 것을 사들이다가 노트를 몇 권씩 갈아 치우다보니 취향이라는 것이 생겨났다. 어떤 노트를 쓰면 손끝에서 아이디어가 마구 풀려나오는 것 같은데 또 다른 노트를 쓰면 그렇지 않았다. 그러니 '궁극의 노트'를 찾아 헤맬 수밖에. 반드시 소프트커버에, 실 제본이 되어 있어서 360

도로 펼쳐지면 더욱 좋고, 충분히 큰 사이즈여서 한 페이지 안에서 생각의 흐름을 끊지 않고 아이디어를 전개할 수 있어야 하고, 종이는 너무 매끄러운 것은 싫지만 또 너무 거칠지는 않아야 하고, 무지는 선호하지 않으니 적당히 기준이 될 선이 있으면 좋지만 줄눈이 너무 촘촘해도 싫고, 아, 물론 무엇보다 표지가 예뻐야 하고…….

그런 식이었다. 뭔가를 시작하면 늘 궁극의 연장을 찾는 일에 몰두했다. 때로는 일 자체보다 일을 위한 도구를 탐색하는 일을 더 열심히 했다. 기계식 키보드를 종류별로 써보고 키캡을 바꿨다가 중고마켓에 팔고 또 다른 키보드를 중고마켓에서 구해 온다든지, 온갖 종류의 생산성 앱과 노트 프로그램과 논문 정리 프로그램, 캘린더, 투두리스트 따위를 깔았다 지우고 또 다음 프로그램을 찾는다든지. 생화학 연구실에 다니던 시기에는 실험 도구나 장비를 구경하는 일도 좋아했다. 실험 기자재 회사에서 보내온 카탈로그가 왜 그렇게 재미있던지. 특히 나는 부드럽게 잘 눌리는, 견고한 에펜도르프 피펫 세트를 갖고 싶었다. 나의 오래된 길슨 피펫은 너무 빽빽하고 녹슬어 있었다. 하지만 실험 장비는 내 돈으로 사는 것이 아니다보니, 가장 비싸고 큰 도구들을 다루었던 그 시기는 호기심만 휘저어놓은 채 지나가버렸다.

서툰 목수가 연장 탓한다지만, 맹세컨대 나는 연장을 탓한 적은 없다. 그저 연장을 찾고 사들이고 갈고 닦는 일에 지나치게 골몰했을 뿐. 공부든 글쓰기든 연구든, 나는 일만큼이나 도구와 환경을 중시했다. 사진작가나 작곡가가 아니라 글을 쓰는 소설가가 된 것은 그나마 다행이었는지도 모르겠다. 작가는 모든 창작자 중에 값비싼 장비를 가장 덜 필요로 하는 직업이니까. 노트와 펜만 있으면, 혹은 워드프로세서를 돌릴 성능의 노트북만 있으면 책 한 권을 쓸 수 있다. 최소한의 도구와 열정만 있으면 작가는 얼마든지 작업을 할 수 있다. …… 음, 할 수 있나? 꼭 그렇지만은 않은 것 같다.

나의 '궁극의 연장'에 대한 갈망은 결국 '궁극의 작업실'에 대한 갈망으로 이어진다. 여기 그 여정을 잠시 소개해보겠다.

작가의 책상이 필요한 이유

『작가의 책상』은 위대한 작가들의 작업 공간을 담아낸 포토 에세이다. 커트 보니것과 수전 손택, 스티븐 킹, 토니 모리슨 등 익숙한 이름들이 목록에 보인다. 작가들이 일하는 책상 풍경과 작업 습관에 대한 짧은 인터뷰가 실려 있다. 1970년대부터 1990년대 사이에 촬영된 책상의 모습은 옛스럽고 호기심을 자극한다. 책과 메모지, 잡동사니, 수동 타자기, 전동 타자기, 구식 컴퓨터. 수십 권의 책이 쌓여 있는 아주 널찍한 책상도, 타자기 한 대가 겨우 놓인 조그만 책상도 있다. 장소는 서재에만 한정되지 않는다. 어떤 작가는 침대에서 글을 쓰고, 어떤 작가는 소파에서, 또 어떤 작가는 자동차에서 글을 쓴다. 이 엄청난 다양성 속에서 찾아낼 수 있는 공통점은 딱 한 가지다. 작가들에게는 누구에게도 방해받지 않는, 자신만의 고유하고도 내밀한 공간이 있다는 것.

하지만 이십 대 반절을 넘게 룸메이트와 나눠 쓰는 비좁은 기숙사 방에서 보낸 나는 나만의 고유하고 내밀한 공간을 상상할 수 없었다. 습작을 하면서 카페와 기숙사 책상, 휴게실, 침대, 연구실 구석 자리, 서울과 포항을 오가는 기차, 노트북을 올려둘 곳만 있다면 글을 썼다. 공간은 중요하지 않다고 생각했다. 대학원 졸업 이후에, 딱 일 년만 본가로 돌아와 글쓰기를 직업 삼아보겠다고 결심한 것도 그런 생각이 있어서였다. 동생 두 명이 대학 휴학을 선언한 때여서 타이밍이 그다지 좋지 않았지만, 어떻게든 해볼 수 있을 것 같았다. 책상 하나 놔둘 공간만 있다면 집에서 생활비를 아끼며 글을 쓸 수 있을 테니까.

나는 중요한 것을 놓쳤다. 예전에는 일이 아니었고, 이제부터는 일이라는 것. 아, 하나 더 있었다. 카페와 기차를 채운 이들은 나와 무관하지만, 집에는 나와 무관하지 않은 사람들이 있다는 것.

거실 한쪽에 파티션을 치고 책상을 놓았다. 보기에는 그럴싸했지만 얼마 지나지 않아 그곳에서는 도저히 집중할 수 없다는 사실을 깨달았다. 파티션 너머로 온갖 텔레비전 소리와 생활 소음이 넘나들고, 가족들은 수시로 나에게 말을 걸거나 저녁 메뉴를 물었다. 물론 나는 가족들을 좋아하지만 그건 그거고, 일이 안되는 건 안되는 거였다. 어디서든 쓸 수 있다는 것은 반쪽의 진실이다. 어디서든 쓸 수 있지만, 그 공간은 반드시 고립된 공간이어야만 했던 것이다.

소설을 쓰려면 오직 텅 빈 스크린─혹은 노트와 나, 단 둘만 마주하는 고독한 시공간이 필요하다. 주위에 사람들이 있건 없건 상관없었지만 적어도 그들은 나에게 완전히 무관심한 군중이어야 했다. 물리적 고립보다는 정신적 고립, 그것이 소설 쓰기의 필요조건이다. 때로는 이 정신적 고립을 쟁취하기 위한 물리적 환경이 필요하다는 것을, 소설 쓰기를 직업 삼기 전까지는 잘 몰랐다.

그렇다고 한 달 생활비를 겨우 버는 처지에 따로 작업실을 구할 수도 없고, 여러모로 곤란하던 시기에 좋은 소식이 들려왔다. 지역 창작자들을 지원하는 사업에 선정된 것이다.

나의 첫 작업실은 울산시 중구청에서 운영하는 창작실이었다. 지금은 이름이 바뀌었지만 그때만 해도 '종갓집 예술창작소'라는 약간 시대착오적인 간판이 붙어 있었는데, 이름과는 달리 깔끔하고 예쁜 건물이었다. 나는 맨 위층의 가장 작은 방을 배정받았는데 불만은 없었다. 나에게 필요한 것은 오직 책상과 의자뿐이었으니까.

세모꼴 공간의 벽면에 긴 책상 하나가 붙어 있었다. 원래 다른 사람과 책상을 나눠 쓰기로 되어 있었는데, 좁은 공간에 모르는 둘이 붙어 앉아 있는 것이 불편했는지 어느 날부터 그분은 나오지 않아서 책상을 혼자 쓰게 됐다. 2미터쯤 되는 책상, 의자, 벽걸이 에어컨, 작은 창문이 전부였다. 삼면이 흰 벽으로 둘러싸이고 의자 바로 뒤가 유리문이었다. 무척 비좁아서 혹시 내가 고양이라면 만족감을 느낄 테지만 사람으로서는 그다지 낭만 없는 공간이었다.

그래도 그곳은 내게 꼭 필요한 공간이었다. 누구도 나를 방해하지 않는, 온전히 고립될 수 있는 곳이었다. 나는 점심 무렵 출근해 밤까지 글을 쓰다 버스를 타고 돌아왔다. 가끔 마감이 급해 늦은 새벽까지 작업을 하는 날은 아빠의 차를 얻어

타기도 했다(음악가인 아빠도 나와 비슷하게 야행성인 덕분이었다). 근처에 맛있는 식당도 예쁜 카페도 많았다. 햇볕을 쬐며 커피를 한 잔 사서 작업실로 올라갈 때면, 미래에 대한 불안감의 안개 사이로 불쑥 이런 생각이 치솟았다.

'좋아, 이게 내가 꿈꾸던 삶이야.'

하지만 그 생각은 수상한 종교 단체 때문에 제동이 걸렸다. 작업실로 출근하고 몇 달이 지나서였나. 집으로 가는 버스를 기다리고 있으면 계속 수상한 종교를 권하는 사람들에게 붙잡히기 시작했다. 알고 보니 근처에 그 종교의 본거지 같은 건물이 있는데 갑자기 포교 활동이 활발해지기 시작한 것이다. 밤에는 인적이 드문데 종교를 권하는 사람들이 자꾸 말을 걸어서 무서웠다. 포교하는 사람들뿐만 아니라, 버스를 기다리는 내 앞에 오토바이를 멈춰 세우더니 시간 좀 내달라며 끝까지 떠나지 않고 버티던 남자도 있었다. 그런 일을 여러 번 겪으면서 퇴근길 스트레스가 심해졌다. 점점 작업실로 가는 횟수가 줄어들었다.

작업 공간을 바꿔야 하는 상황에 처하자, 오래전 내가 품었던 환상 하나가 떠올랐다. 나는 창밖으로 멋진 풍경을 보며 글을 쓰는 것을 동경해왔다. 특히 여행지에서 글을 썼다는 작가들의 에세이를 읽을 때마다 그렇게 부러울 수가 없었다. 늘 같은 벽을 바라보고 글을 쓰는 것이 아니라 다른 풍경을 보고 글을 쓸 수 있다면. 매일 다른 공간에서 다른 거리를 산책하면 얼마나 많은 글감이 머릿속에서 샘솟을까.

나는 그 이후 한동안 특정한 곳에 정착하지 않고 여러 작업 공간을 떠돌았다.

다른 풍경을 보며 글을 쓴다는 것

환상을 실현할 기회가 몇 번 있었다. 늘 새로운 작업 공간을 찾아 헤매는 작가들을 위해 공간을 지원해주는 프로그램들이 있었던 것이다. 나는 대학생 때 온갖 공모전 기획서를 써내던 기억을 되살려 지원서를 썼다. 실용 글쓰기를 소설가가 되어 또 써먹을 줄이야. 명동의 호텔 프린스에서 소설가들에게 지원해주는 객실 '소설가의 방'에 한 달을 머물 기회를 얻었다. 다시 떠올려봐도, 정말 꿈 같은 시간이었다.

매일 정리되는 깨끗한 침구와 창밖의 도시 풍경. 아침마다 이 층으로 내려가면 샐러드와 커피, 샌드위치를 먹을 수 있었다. 첫 소설집의 수정 작업을 그곳에서 했다. 아침을 먹고 방으로 올라가 계속 글을 쓰다가, 졸리면 잠시 낮잠을 자고, 또 글을 고치다가 근처에서 저녁을 포장해 오고, 밤까지 계속 글을 고치는 생활을 했다. 정말 갇혀서 글만 쓴 것인데 답답하지 않고 행복했다.

이후에도 기회가 되면 이런저런 단기 레지던스로 떠나거나, 여행지로 떠나서 글을 썼다. 강릉과 제주에 갔을 때는 이주씩 숙소를 잡고 글을 썼다. 어디로 떠나든 꼭 노트북을 챙겼고 침대 옆 테이블에는 혹시 모를 생각을 놓칠까 공책과 펜을 올려뒀다.

한번은 태국 치앙마이에 두 달을 머물렀다. 여행보다는 일이 목적이었다. 스튜디오형 숙소를 하나 빌려서 바로 앞 공유 사무실에서 출퇴근을 했다. 겨울 내내 건조한 여름 날씨를 자랑하며 한 끼를 삼천 원 정도로 해결할 수 있고 망고가 맛있는 그곳은, 한국에서도 거의 요리를 해먹지 않는 나의 생활방식에 매우 적합한 동네였다. 아침부터 저녁까지 일을 하고, 저녁 퇴근길에 과일 트럭에 들러 망고 한 팩을 산 다음, 숙소로 돌아오면 링피트를 켜서 운동을 하고, 주말이면 선데이 마켓에 놀러가는 그런 일상이었다.

카페 창밖으로, 호텔 창밖으로 계속 다른 풍경을 보며 글을 썼다. 그것은 분명 내가 꿈꾸던 일상이기는 했지만, 한편으로 내게 어떤 슬픈 진실을 깨닫게 했다. 눈앞의 풍경이 아무리 새롭고 아름다워도 그것은 나의 글과 대부분 무관하다는 것. 아름다운 창밖 풍경은 내가 원고를 완성하도록 도와주지 않는다. 특히 당장 써야 할 글이 있고, 그 글을 내일까지 지구 반대편으로 보내야 한다면 더더욱.

낯선 거리를 걷거나 어제와는 다른 풍경을 보는 것이 일하는 기분을 좀 더 산뜻하게 만들어주기는 했다. 그렇지만 일단 글을 쓰기 시작하면 눈앞의 풍경을 완전히 잊어야 했다. 내가 지금 명동에 있는지 연희동이나 치앙마이 님만해민에 있는지 아무래도 상관없어지는 순간에야 비로소 소설의 세계로 진입할 수 있었다. 주인공들은 이미 태양계를 훌쩍 떠나 외계 행성이나 블랙홀 근처를 서성이고 있는데, 달라봐야 지구의 어느 다른 동네에 불과한 풍경을 음미하고 있어서는 이야기에 몰입할 수가 없었다.

그러니 먼 곳까지 떠나서 쓴 소설이 집 근처 동네 카페에서 쓴 소설보다 더 나으리라는 법도 없었다. 그것을 알면서도, 이따금 다음 문단으로 넘어가지 않는 순간마다 나는 창밖으로 시선을 옮기며 생각했다. 그래도 와보기를 잘했지. 환상을 하나씩 깨는 것도 여행의 부수적 목표니까.

테라포밍이 진행 중인 어느 위성의 황무지, 별빛들 사이 머물 곳 하나 없는 공허한 우주 한가운데, 인류보다 오래된 존재들의 고향 행성을 상상할 때, 가끔 그 세계들은 정말로 내가 걸었던 동네처럼, 몇 시간이고 창문 너머로 무작정 바라보았던 풍경처럼 선명하게 느껴진다. 결코 가볼 수 없는 세계의 공기와 햇볕이 구체적으로 나를 감싸는 경험은 소설 쓰기가 내게 주는 가장 큰 기쁨이기도 하다. 그렇게 가상의 여행을 하는 즐거움을 알면서도 나는 왜인지 평범한 지구의 어느 다른 동네로 떠나는 꿈을 자꾸만 꾼다. 이 풍경은 내가 쓰지 않아도 창밖에 있으니까. 아주 조금 다른 시공간은 더 멀리 있는 시공간으로 가는 길의 정류장 같은 것이니까. 그렇게 일 년 정도, 나는 다른 풍경 속을 돌아다니며 글을 썼다.

정착 생활, 그리고 궁극의 작업실

오래가지는 못했다. 치앙마이를 떠나 한국에 돌아오자, 세상이 완전히 봉쇄되어 버리고 만 것이다. 고립될 수 있는 곳이라면 어디든 좋다는 생각으로 여러 작업 공간을 떠돌았는데, 더는 밖에 나갈 수 없는 상황이 오고 말았다. 카페에 나가 작업하는 것조차 신경이 쓰였고, 가족들이 다 들어와 있는 집은 더더욱 집중이 되지 않았다. 이 현실이 도저히 끝나지 않으리라는 것을 결국 받아들이고 결심했다. 그래, 다시 정착지를 찾아보자.

난생 처음으로 원룸을 보러 다녔다. 집에서 도보 삼 분 거리, 짙은 색 마루가 깔린 조그만 북향 원룸을 계약했다. 그곳이 나의 새로운 정착지였다.

새 작업실을 얻고 보니 정착 생활에도 큰 장점이 있었다. 우선 서재가 생긴다는 점. 그 전까지 나는 본가에 모든 책을 두고 밖을 떠돌았던 터라 작업하다 필요한 책이 생기면 메모해놓고 집에 돌아와 찾아야 했다. 하지만 메모를 했다는 사실 자체를 잊어버릴 때도 많아서 다음 날 다시 작업을 시작했다가 '아, 맞다. 그 책 안 가져왔네' 하고 떠올리기가 부지기수였다.

새로 구한 작업실에는 오 단에 세 칸짜리 책장을 놔두었다. 책이 많이 꽂히는 것은 아니었지만 당장 작업에 필요한 참고 자료들을 꽂아두기에는 충분했다. 특히 그 시기에는 『사이보그가 되다』를 작업하느라 많은 단행본을 수시로 펼쳐봐야 했는데, 수십 권이 넘는 책을 한눈에 들어오도록 정리해두고 필요할 때 언제든 펼쳐볼 수 있다는 것은 작업에 큰 장점이었다.

그때 서재가 단지 책을 잘 정돈해서 꽂아두는 공간일 뿐만 아니라, 그 자체로 생각을 분류하고 맥락화하는 데에 도움을 주는 장치임을 알았다. 예전에는 늘 작업을 하다가 어떤 책을 떠올리는 일방적인 흐름만 있었다. 분명히 읽었는데도 잘 기억하지 못하는 책이 많았고, 소장하고 있는 책도 그 책을 소장하고 있다는 사실 자체를 까맣게 잊어버려서 다시 펼칠 기회가 오지 않았다. 서재는 물리적인 데이터베이스로, 내가 어떤 정보를 어디에서 얻어야 하는지를 일목요연하게 눈앞에 펼쳐 보여주는 역할을 했다.

　나만의 작업실의 또 다른 장점은, 자신에게 맞는 책상과 의자를 놔둘 수 있어서 바른 자세에 도움이 된다는 것이다. 카페나 호텔을 옮겨 다니며 글을 쓰는 것은 낭만적이기는 하지만 치명적인 문제가 있다. 거기 놓인 책상과 의자가 오랫동안 컴퓨터 작업을 하기에는 적합하지 않다는 것이다. 한국의 시판 책상과 의자에 대한 불평만으로도 에세이 한 편을 쓸 수 있지만 다들 질려할 테니 결론만 말하겠다. 약 72~75cm 높이의 표준적인 사무용 책상 혹은 식탁은 한국인 남성 평균 키인 173cm인 사람에게도 컴퓨터 작업을 하기에는 너무 높다. 독서나 종이에 뭔가 쓰는 작업이라면 그 높이가 적정하겠지만 말이다. 높은 책상에 앉아 키보드를 치면 어깨가 잔뜩 들려서 통증을 겪고, 그렇다고 의자를 높이면 발이 동동 떠서 하중을 지탱해주지 못한다. 나는 높이 조절이 되는 전동 책상과 내

키에 맞는 작은 사이즈의 사무용 의자를 작업실에 구비하고 비로소 구원을 얻었다.

나는 정착 생활에 걸맞게, 새로운 작업실에 완벽한 책상과 완벽한 의자(는 약간 시행착오를 거쳤지만), 커다란 모니터, 묵직한 키보드, 4인용 식탁, 소파베드 등을 하나씩 들였다. 여행에서 사 온 소품들도 여기저기 놓았다. 조금씩 내 취향이 깃든 장소가 되어갔다. 나는 일이 있어도 없어도 매일 작업실로 출퇴근했다. 일 년 반 동안 네 권의 단행본을 작업했다. 작업실이 있으니 친구나 아는 작가들을 초청하기도 편했다. 아무래도 생활 공간이 아니라 업무 공간이니까.

가끔 4인용 식탁 앞에 앉아 한눈에 들어오는 조그만 작업실을 둘러볼 때면 이 작은 공간이 지금까지 열심히 글을 써온 나의 이력을 담고 있는 것처럼도 느껴져서 무척 뿌듯했던 것 같다.

그렇게 드디어 나의 완벽한 작업실 찾기 여정이 끝났냐고 하면…… 아쉽게도 그렇지는 않았다.

원룸 작업실은 타협의 결과였다. 코로나19 때문에 급하게 방을 구해야 했고, 도보로 갈 수 있는 거리 안에서 찾다보니 선택지가 별로 없었다. 햇볕이 잘 들지 않는 북향이어서 겨울철에는 좀 더 울적했고, 잠깐 쉴 때 앉으려고 샀던 소파베드는 보기와 달리 불편했고 허리가 아팠다. 층간소음도 꽤 심했다. 쿵쿵, 소파베드에 늘어져 천장을 타고 내려오는 진동을 느낄 때면 그런 생각을 자주 했다. 지금도 충분히 좋지만 그래도 언젠가는 완벽한 작업실을 얻을 수 있지 않을까. 궁극의 작업실, 책을 더 많이 꽂을 수 있고, 독서용 책상이 하나 더 있고, 소파베드가 아닌 제대로 된 휴식용 의자를 놔둘 수 있는 그런 작업실을…….

작년 말에 독립 겸 이사를 결정했다. 작업실을 어떻게 할지 고민하다가 이번에는 집 안에 작업실을 차려보기로 했다. 나에게는 꽤 큰 모험이었다. 늘 집 밖에서 일을 해왔으니까. 집 안에 작업실을 차리려는 것은 두 가지 이유가 있었다. 일단 작가 생활을 하는 동안 책이 너무 많아졌다. 이제 내게도 큰 서재가 필요했다. 그리고 두 번째, 새벽 작업을 자주 하는 나에게 출퇴근은 거리가 짧아도 약간은 부담되는 일이었다. 새벽 세네 시 무렵에는 아무리 안전해 보이는 골목이라도 조금씩 섬뜩했다.

올해 초, 이사를 위해 집을 보러 다니며 내가 가장 중요하게 봤던 것은 작업실로 쓸 방의 상태였다. 침실이든 주방이든, 다른 것은 아무래도 후순위였다. 햇볕이 잘 들고, 창문이 크고, 책상 두 개와 여러 개의 책꽂이가 들어갈 만큼 널찍한 작업실이 필요했다. 휴식용 의자를 둘 수 있다면 더욱 좋았다. 조망이 더 좋고 다른 조건이 훌륭한 집도 있었지만 결국 작업실을 기준으로 최종 선택을 했다.

그래서 이번에는 정말 완벽한 작업실을 구했냐고?

물론이다. 이제 나에게는 벽면을 가득 채운 책꽂이, 독서용과 컴퓨터 작업용으로 구분된 두 개의 책상, 내 몸에 맞는 사무용 의자와 쉴 때 앉을 1인용 소파, 그리고 내 키만 한 아가베 아테누아타 화분 하나가 놓인 꿈에 그리던 작업실이 있다. 창문은 벽면 하나를 차지할 만큼 크고, 남동향이라 아침부터 햇볕이 환하게 쏟아진다. 새벽까지 일하고도 퇴근길이 무섭지 않다. 바로 옆 침실로 퇴근하면 되니까. 완벽한 작업실을 찾던 나의 여정은 드디어 끝난 것이다.

하지만 이해할 수 없는 것은 나 자신이다. 나는 도대체 왜, 이렇게 완벽한 작업실을 꾸려놓고 밖에 나가서 글을 쓰고 있는가? 몇 달 전 이사 온 지 얼마 지나지도 않아서, 나는 다시 온갖 카페와 외부 작업 공간으로 나돌기 시작했다. 심지어 이 글도 강릉의 공유 사무실에서 초고를 썼다. 대체 나는 뭐가 문제일까?

이제는 조금 알 것 같다. 나에게는 떠날 곳과 돌아올 곳이 둘 다 필요하다는 것을. 창밖 풍경이 그다지 도움되지 않는다는 것을 알면서도 새로운 풍경을 찾아 나선다. 글쓰기를 좋아하는 만큼 이 일을 오랫동안 즐거운 마음으로 하고 싶다. 낯선 공간에서의 고립이 주는 우연한 불씨들을 모으고 싶다. 아마 나는 앞으로도 끊임없이 여기저기를 옮겨 다니며 글을 쓸 것이다. 시간과 건강이 허락하는 한은. 그럼에도 이 서재는 나에게 좋은 베이스 캠프가 될 것이고, 나는 이 공간의 책들을 계속해서 증식하며 내 책을 써나가겠지.

얼마 전에는 밖에 나가지 않고 얌전히 작업실에 틀어박혀서 하루 종일 글을 쓰는데 문득 좀 쓸데없는 생각이 들었다. 아, 이게 내가 원했던 나의 모습이구나. 작가가 되어 좋은 일이 많았지만, 그 무엇보다도 이렇게 고립되어 좋아하는 공간에서 좋아하는 도구들로 글을 쓰고 있을 때 가장 평온한 행복을 느낀다. 연구실 구석 자리, 기숙사 책상, 삼각꼴의 조그만 창작실, 작가 레지던스와 강릉과 제주와 치앙마이, 햇볕이 잘 드는 새로운 작업실까지 나를 둘러싼 공간은 계속해서 변하지만 그 모든 순간 내가 마주한 빈 화면이 나에게 주는 두려움과 기쁨은 변함이 없다.

여기에는 약간의 뒷이야기가 더 있다. 사실, 완벽한 작업실을 유지하려던 나의 계획은 실패하고 말았다. 일단 취미 장비들인 플레이스테이션, 닌텐도 스위치, 게이밍 노트북, 게임

패드 따위를 작업 공간과 분리하고 싶었지만 도저히 놔둘 데가 없어 결국은 작업실 여기저기 비치해놨는데, 그랬더니 놀러 오는 사람마다 "여기 작업실 맞아요……?" 하고 미심쩍어하며 묻는다. 게다가 나는 도저히 미니멀리즘과 맞지 않다. 서점 사은품으로 받은 쿠션, 없으면 춥지만 있으면 거치적거리는 담요, 바닥을 가로지르는 어지러운 전선들, 책장에 다 꽂지도 못한 책들이 제자리를 찾지 못한 채 마구 굴러다니며 작업실을 점령하고 있다. 마감이 밀릴수록 책상 위와 바닥의 책탑이 석순처럼 자라난다. 분명 이사 오기 전에는 책장의 책들을 분야별로, 작가별로, 주제별로 완벽하게 정리하겠다고 생각했는데, 몇 달이 지난 지금 정리는커녕 책 한 권 찾을 때마다 책장 앞에서 한참 눈을 굴려야 하고, 이제는 언제 정리해야 할지도 알 수 없다.

심지어 나는 내가 떠나온 언덕 동네의 그 작은 원룸, 완벽하지 않다고 생각했던 작업실을 가끔 그리워한다. 작아서 모든 책을 다 꽂을 수 없었던, 그래서 가장 좋아하는 책들만 꽂혀 있던 책장. 가끔 친구들을 재워주기도 했던 엉성한 소파베드. 몇 분만 걸으면 최고로 맛있는 파스타를 파는 동네 식당이 나오고, 조금 더 걸으면 경치 좋은 카페가 많은, 과일을 사러 마트로 내려갔다가 우연히 장보는 엄마를 마주치기도 했던 그곳.

어차피 삶은 이상과 현실 사이의 타협이다. 아무리 애써도 내가 완벽한 작업 도구와 완벽한 작업실을 가질 수 없다는 것을 이제 인정해야 할 때인 것 같다. 작업실은 그만 생각하고, 이제 일하러 가자.

우리가 가진 최선의 도구

십 대 '과학소녀' 시절 나의 바이블은 칼 세이건의 『악령이 출몰하는 세상』이었다. 자연과 우주의 경이를 말하는 수많은 책이 있는데 왜 하필 제목도 험상궂은 이 책을 바이블 삼았냐고 물으면 그때의 내가 과학적 방법론이라는 주제에 매달려 있었기 때문이다. 아득히 먼 블랙홀의 존재도 주기율표의 규칙도 다 좋았지만 무엇보다 나는 과학이라는 학문의 합리성에 끌렸다. 칼 세이건은 책에서 당대 미국을 휩쓸었던 반과학주의와 반지성주의, 유사 과학의 유행을 날카롭게 비판한다.

우리가 자신에 대해서 관대하고 무비판적일 때, 희망과 사실을 혼동할 때, 우리는 유사 과학과 미신으로 미

_끄_러져 들어간다. 과학 논문에서는 데이터를 조금이라도 제시하려면 반드시 오차 막대(error bar)를 함께 표시해야 한다. 이것은 어떠한 지식도 완벽하거나 완성된 것이 아니라는 생각을 조용하면서도 강력하게 상기시켜준다.

— 칼 세이건, 『악령이 출몰하는 세상』 중에서

과학은 인간의 불완전성과 오류 가능성을 인정하며 오류를 발전의 동력으로 삼지만, 유사 과학은 반증과 반례를 거부하며 스스로 세운 믿음을 강화할 뿐이라는 것이다. 칼 세이건은 과학적 방법이야말로 과학적 발견 그 자체보다 훨씬 더 소중한 것이라는 논지를 전개해나간다. 온갖 미신과 루머, 음모론을 과학적으로 파헤치는 한편으로 과학이 아직 이해하지 못한 영역이 많고 잘못된 행위의 수단으로 이용되기도 한다는 점도 인정한다. 책에서 가장 핵심적인 주장을 담고 있는 문장은 이렇다. "과학은 지식을 추구하는 완벽한 도구라고 할 수는 없다. 과학은 우리가 가진 최선의 도구일 뿐이다."

『악령이 출몰하는 세상』은 20세기 후반 미국에서 유행하던 외계인 납치설이나 심령술사, 악령 등의 미신을 주로 다루기에 한국 현실과 다소 거리가 있었지만 그때 나에게는 이 책이 그야말로 청량한 탄산수처럼 느껴졌다. 사이비 과학으로 심각한 스트레스를 받던 시기여서 더 그랬던 것 같다. 중학생 때 나는 어렸을 때부터 다녔던 교회를 그만뒀다. "아메바가 진화해 인간이 됐다니 말이 되냐" "원숭이랑 친척이 되고 싶냐" "진화론은 다 사기다" 같은 말을 더는 견딜 수 없었기 때문이다. 그냥 얌전히 나온 것은 아니고 한바탕 언쟁을 벌이고 나왔는데, 이 과정은 결코 매끄럽지 않았다. 게다가 당시는 『물은 답을 알고 있다』와 『시크릿』 같은 책이 베스트셀러가 되던 때였다. 물 분자가 말에 담긴 사랑과 감사의 에너지에 반응해서 아름다운 결정을 만든다든지, 인간이 간절히 무언가를 바라면 우주가 반응하는데 이 끌어당김의 법칙은 양자역학에 의해 증명되었다든지 하는 말이 미디어를 점령하는 것까지는 어떻게든 넘어갈 수 있었다. 하지만 학교 선생님들이 『시크릿』에 대한 긴 독후감을 강제로 써오게 하거나 수업 시간에 단체로 뇌호흡 수련을 시키는 일에 이르러서는 도저히 웃으며 넘길 수가 없었다. 정말 너무 고통스러웠다!

십 대 시절의 이런 경험을 담아 「캐빈 방정식」이라는 단편에 괴담과 미신, 유사 과학을 극도로 싫어하는 유현화라는 인물을 서술자의 언니로 등장시킨 적이 있다. 독자들이 "작가님과 가장 닮은 인물은 누구인가요?" 물을 때마다 가끔 그 대목을 떠올린다. 물론 유현화와 나 사이에 그 외의 공통점은 없다. 유현화는 천재 이론물리학자이고 나는 학부 물리화학 교과서마저 끔찍이 여겨 멀리했으니까. 어쨌든 이 단편에서 유현화는 자신이 살던 고향 울산에 있는 공중관람차를 탔던 사람들 사이에 귀신을 목격했다는 괴담이 퍼져나가는 현상을 주목하고, 여기에 '과학적인' 이유가 있을지도 모른다는 가설을 세운다.

　나도 한때 사람들이 미신을 믿게 되는 이유에 관심이 많았다. 이상한 믿음으로 가득한 세상을 살아가는 것이 너무 괴로웠던 나머지 사람들이 대체 왜 그런 이상한 것을 믿게 되는지 알고 싶었다. 심리학과에 갈 법도 했지만, 대신 나는 환원주의와 유물론에 빠졌다. 사람들이 실제로 무슨 생각을 하고 무슨 말을 하는지, 어떤 감정을 느끼는지에 집중하기보다는 인간의 작은 뇌 안에서 무슨 화학적 사건이 일어나고 있는지가 좀 더 궁금했던 것 같다. 한동안 사람들의 비합리적인 태도를 비판하는 회의주의 계열의 학자들(주로 백인 남성이며 종교에 적대적인) 책을 열심히 읽었다.

　그렇지만 어른이 된 이후 나는 내가 숭상하던 이성과 논리의 세계 역시 비합리로 가득 차 있다는 것을 알게 되었다. 과학을 하는 사람도 과학 외의 영역에서는, 심지어 자기 분야만 조금 벗어나도 전혀 합리적이지 않을 때가 많았다. 오랫동안 가설과 시험, 검증을 거쳐 사고하는 훈련을 받은 사람조차 자신이 다루는 대상(자연의 일부)과 그 밖의 믿음을 완전히 별개로 생각하고는 했다. 유사 과학에 빠져드는 과학자, 자신이 잘 알지 못하는 분야에 확신을 지닌 채 이상한 말을 하는 과학자는 수없이 많았다. 게다가 내가 한때 고개 끄덕이며 읽었던 책을 쓴 소위 '세계적 석학'들이 책 바깥에서는 아무렇지 않게 인종차별적이거나 우생학적인 발언을 일삼았다는 것을 알았다. 그런 발언에 특별한 과학적 근거가 있던 것도 아니다. 왜 과학적으로 사고하지 않냐고 타인을 날카롭게 비판하는 이들이 스스로는 신념에 매몰되어 있었다. 많은 회의주의자가 검증과 의심의 날 끝을 스스로에게는 들이대지 않았다.

나는 과학에 관해, 과학자에 관해 다시 생각하게 되었다. 개인을 존경하지 말자. 개인에게 기대를 걸지도 말자. 한 사람은 언제나 틀릴 수 있고 무수한 오류와 실수를 저지른다. 어쩌다 충분히 신뢰할 만한 누군가가 존재할 수도 있지만 그가 스스로의 오류 가능성을 부정하고 자가 검증을 멈추는 순간 다시 문제가 시작된다. 합리성은 뛰어난 개인에게 깃드는 것이 아니라 비판과 검증을 가능하도록 만드는 열린 시스템에서 생겨난다. 과학이 우리가 지닌 많은 질문에 꽤 괜찮은 답을 내놓을 수 있는 이유는 그것이 내놓은 잠정적 결론이 다시 시험대에 오를 수 있기 때문이다. 절대적인 진리는 없다. 과학의 결론은 언제나 잠정적이다. 그런 생각을 내 안에서 정립하게 됐다.

하지만 좀 더 근본으로 들어가서, 나는 과학이 갖는 합리성에 대해서도 재검토해야 했다. 대학생 때 '과학은 인간의 다른 행위에 비해 더 합리적인 행위인가'에 대한 답을 찾고 싶어서 과학철학 스터디 모임을 운영했던 적이 있는데, 앨런 차머스의 『과학이란 무엇인가?』를 주제 도서로 삼고 매주 한 챕터씩 맡아 돌아가며 발제를 했다. 처음에는 흐름을 따라가기 쉬웠다. 실험과 귀납, 반증주의에 이르기까지 초기의 과학철학은 과학이 가장 합리적인 인간의 지식 생산 체계이며 그 지식이 보편적이고 객관적이라는 통념에서 그다지 벗어나지 않는다. 하지만 통념을 뒤집는 학자가 여럿 등장하면서 과학에 대한 통념도 변화하기 시작하고, 여기서부터는 곧바로 받아들이기가 쉽지 않았다.

토머스 쿤은 실제 과학사에 기반한 연구를 통해 과학을 과학자 사회에 의해 만들어지는 패러다임의 변화로 설명했다. 과학이 실제로는 가설과 실험, 반증이라는 명확하고 합리적인 과정만을 거쳐 발전해오지 않았더라는 것이다. 임레 라카

토슈는 스승이었던 칼 포퍼의 반증주의에 한계가 있음을 인정하면서도 '연구 프로그램'이라는 새로운 개념을 제시하며 과학의 합리성을 옹호하려고 했다. 한편 파울 파이어아벤트는 과학적 진보를 설명하는 단일한 과학적 방법론은 존재하지 않는다는 과감한 주장을 펼치기도 했다. 이처럼 과학과 비과학을 나누는 '구획 문제'에 과학철학자들은 긴 논쟁을 벌여왔는데, 사실상 현대 학자들은 이에 명확한 답이 없다고 보고 있는 것 같다. 때로 과학의 영역 안에서도 비합리적인 일이 잔뜩 일어나고 유사 과학으로 여겨지는 것들도 과학처럼 보이기 위해 애쓴다. 과학의 합리성 역시 개별 사안을 들여다보지 않고 그 자체로 '과학이 당연히 더 합리적인 것'이라고 옹호하기는 결코 쉽지 않은 문제다.

이제 사람들은 과학으로부터 유래한 풍요와 안전만큼 위협과 불평등이 존재함을, 과학이 얼마든지 자본 및 권력과 영합할 수 있는 또 다른 '사회적' 영역임을 굳이 길게 설명하지 않아도 안다. 과학은 세상을 더 낫게 만드는 일에도 기여했지만 더 나쁘게 만드는 일에도 기여해왔다. 때로 과학은 무언가를 연구함으로써가 아니라 연구하지 않음으로써, 즉 수행하지 않음으로써 대상을 배제한다. 과학사회학자 데이비드 헤스는 이처럼 연구가 필요하지만 사회적 조건 때문에 외면되는 과학을 '언던 사이언스(undone science)'라고 명명하며 과학 지식의 생산 과정에서 배제되는 것을 주목한다. 과학 공동체는 당대 사회구조, 제도, 권력과 결코 무관하지 않기에 생산되는 지식 역시 사회적 맥락 속에 놓일 수밖에 없다. 환경, 산업, 노동, 의료와 같은 수많은 영역에서 지식 생산의 불평등이 발생한다.

한편 기술이 당대의 차별을 직접적으로 반영하는 경우도 있다. 이를테면 디지털 알고리즘이 어떻게 인종차별과 성차별을 반영하는지는 사피야 우모자 노블의 『구글은 어떻게 여성을 차별하는가』가 잘 다루고 있는데, 이와 같은 기술 분야의 데이터 편향은 이전부터 많은 과학기술학자들에 의해 연구되어온 문제다. 과학과 공학 자체는 객관성을 추구한다고 해도, 지식이 만들어지는 토양 자체가 불평등하다면 그 결과물도 완벽하게 객관적일 수 없는 것이다.

그렇게 내가 합리성의 원천이라고 믿어온 과학의 지위에 균열을 내온 연구들을 접하면서 처음에는 혼란스러웠다. 지금까지 세계를 해석하는 근본적 틀이라고 여겨왔던 과학이 결국 단점과 오류투성이의, 특별한 것 없는 학문 체계에 불과한 것일까? 하지만 조금씩 인정할 수밖에 없었다. 과학자 개인뿐만 아니라 과학이라는 시스템도 큰 한계를 지닌다는 것을. 과학도 인간이 실천하는 활동인 만큼 수많은 오류를 품고 삐그덕거리며 때로는 퇴보하고 이따금 힘겹게 나아간다는 것을. 객관적이고 절대적인 과학, 그 자체로 완벽하게 합리적인 과학이란 어디에도 존재하지 않았다.

다만 이렇게 과학이 불완전하다는 결론을 내린 이후에도, 아직 나는 과학이 꽤 많은 영역에서 '우리가 가진 더 나은 도구'일 수 있다는 견해에 마음이 기울어 있다. 『과학이 만드는 민주주의』에서 과학기술학자 해리 콜린스와 로버트 에번스는 불완전한 과학의 가치를 옹호하려고 시도한다. 저자들은 과학적 지식이나 그 결과물보다 그것이 생산되는 과정에서 과학자 공동체가 지지하고 열망하는 가치들이 더 중요하다고 말한다. 즉 정직성, 성실성, 명확성, 개방성과 같은 과학적 가치들이 과학뿐만 아니라 민주주의를 지탱할 수 있다는 것이다. 이 책 역시 과학기술학계에서 많은 논쟁을 불러왔지만 나는 과학적 가치를 '정당화'할 수는 없더라도 '선호'할 수는 있다는 저자들의 주장에 마음이 간다.

특히 지금 지구를 덮친 팬데믹과 기후 위기라는 거대한 파도를 생각하면 더 그렇다. 정확한 근거에 기반해 신중하게 판단하되, 비판에 열려 있고 모든 결론이 잠정적이라는 것을 받아들이며, 그럼에도 끝까지 알고자 하는 과학적 태도에 힘을 실어주고 싶다. 그저 한 개인이 이사 날짜를 손 없는 날로 잡고, 오늘의 운세를 보며 횡단보도를 조심히 건너는 것쯤이야 세상에 별 해를 끼치지 않는 소박한 믿음이겠지만 기후 위기 부정론이나 백신반대운동처럼 집단적 믿음으로 발전한 유사과학은 다른 사람들에게, 그리고 인간과 더불어 이 행성을 함께 쓰는 모든 생물에게 해를 끼치니 말이다.

그뿐만 아니라 나는 여전히 이 학문의 가장 근본에 놓인 마음, 세상에 대한 호기심과 경이에 이끌린다. 인간이 인간 바깥의 세계를 이해하는 방식, 그리고 불완전한 이해 과정을 통해 재해석한 자연과 우주는 매력적이다. 불완전한 뇌를 지닌 인간은 일반화와 분류와 데이터의 해석을 통해서 세상을 이해할 수밖에 없지만, 그 점진적인 접근이 앎의 영역을 약간씩 넓혀간다는 것, 그리고 그만큼의 미지를 더한다는 것은 언제나 마음을 두근거리게 한다. 특히 나는 그 인류 지식의 경계선에서, 남들이 보기에는 아무것도 아닌 지렁이와 선충과 따개비 따위에 온 마음을 거는 사람들을 좋아한다. 무한한 자기 확신이 아니라 끊임없는 자기 의심을 품고 앎의 세계로 나아가는 사람들을 발견하면, 그 태도를 평생에 걸쳐서라도 조금씩 닮고 싶어진다.

마리아 포포바의 『진리의 발견』은 네 세기에 걸쳐 과학과 예술 분야에서 활약한 인물들의 교차점과 상호연결성을 탐구하는 전기다. 요하네스 케플러, 마리아 미첼, 마거릿 풀러, 에밀리 디킨슨과 같은 인물들이 등장한다. 이들은 공통적으로 시대에 맞서 자신의 의지를 관철해나가는 삶을 살았는데, 대부분 여성이거나 성소수자였다. 포포바는 그들의 예술, 과학, 공학의 성취와 더불어 개인적인 삶의 발자취들을 아름답고 섬세하게 그려낸다. 지성에 대한 갈망, 억압적 사회와의 갈등, 세계를 이해하고자 하는 열망, 그리고 그들의 가장 내밀한 사랑.

책이 가장 많은 분량을 할애하는 인물 중 하나인 레이첼 카슨에 관해 이야기하고 싶다. 포포바는 문학을 전공하던 대학생 카슨이 매혹적인 생물학자 스킹커 교수에게 반해 전공을 바꾸고, 여러 직장을 옮겨 다니며 과학자이자 작가로서 과학과 문학의 접점을 찾아갔던 과정을 보여준다. 시적인 언어로 바닷속 경이로운 세계를 묘사하고 모든 생명이 언제나 복잡하게 얽혀 있다는 사실을 강조하던 카슨은 점차 자연과 현대 기술 사이의 어두운 관계로도 시선을 돌린다. 살충제 DDT의 부작용을 접하고 정치적 책임감을 느끼기 시작한 것이다.

나는 자연의 경이와 사랑에 빠진 카슨이 바로 그 경이로운 세계를 지키기 위해 싸움에 나서는 이 대목을 특히 좋아한다. 카슨은 치밀한 과학적 조사를 거쳐 생태계와 종 다양성, 인체 신경계에 대한 이해 없는 무분별한 살충제 화학전을 비판하고 새들이 더 이상 울지 않는 침묵의 봄을 경고하는 책을 썼다. 자신이 가장 잘할 수 있는 방식으로, 명료한 데이터의 세계와 시적 언어에 한 발씩 단단히 딛은 채로. 그렇게 나온 『침묵의 봄』은 세상을 뒤흔들었다. 카슨은 과학의 기반 위에 문학의 언어를 쌓아올려 지구를 바라보는 사람들의 시선을 바꾸었다.

평생 지구의 온갖 생명체들과 그 연결고리를 살폈던 카슨은 자신의 죽음을 예감하던 시기에도 작은 생명체들을 관찰하며 삶과 죽음의 진실을 탐구했다. 카슨이 죽는 날까지 사랑했던 도로시에게 보낸 한 편지에는, 어느 날 아침 도로시와 함께 제왕나비의 마지막 날갯짓을 보았던 순간이 언급되어 있다. 카슨은 나비의 날갯짓에서 제왕나비의 죽음을 예감했던 자신이 그 광경을 지켜보면서도 슬픔에 잠기지 않았음을 떠올린다. 죽음이 삶의 일부이며, 그렇기에 자신의 끝도 불행한 사건이 아님을 카슨은 "그 반짝거리며 팔랑거리는 생명의 조각들"로부터 배운 것이다. 포포바는 카슨에 관해 이렇게 쓴다.

카슨은 곤충의 시간과 별의 시간이 똑같은 시간의 연속체 위에 존재한다는 사실을 이해하고 있었다. 인간이라는 동물은 야심은 너무도 큰 반면 한정된 시간을 배당받은 소멸하기 쉬운 존재로, 곤충의 시간과 별의 시간 사이 어딘가에서 곤충과 별의 은혜를 입으며 존재하고 있다. 곤충이 없는 세계는 별이 없는 세계만큼 어두울 것이며, 세계를 세계로 만드는 함께 나눌 우주먼지를 빼앗긴 세계일 것이다.

— 마리아 포포바, 『진리의 발견』 중에서

이처럼 인간이 작고 큰 존재들에게 생의 시간을 빚지며 살아가는 우주먼지라는 사실을 나는 자주 생각한다. 그리고 한 사람의 호기심과 사랑이 어떻게 결심과 강인함으로 이어질 수 있는지를 생각한다.

이제 나는 과학이 우리가 가진 최선의 도구라고 확신하지 못한다. 다만 우리의 알고자 하는 마음이 누군가를 죽이고 파괴하는 일보다 이 우주에서 우리가 위치한 곳을, 우리가 어디에서 탄생해 어디로 흘러가 소멸하는지를 말해주는 데에 쓰이기를 바랄 뿐이다. 그것이 너무 순진하고 낙관적인 믿음이라고 해도 어쩔 수 없다. 인간이 이곳에 존재하게 된 이상 누군가는 끊임없이 묻고 또 알고자 할 것이다. 자연의 일부이자 물리법칙에 지배받는, 개별적 존재로 살아가고자 분투하는, 마지막에는 입자 단위로 분해되어 우주로 산산히 흩어질 우리의 삶에 대해서. 우리를 둘러싼 광막하고 거대한 세계에 대해서. 그리고 누군가는, 그 질문에 조심스럽고 잠정적인 답을 내어놓을 것이다.

감사의 말

이 책을 쓰며 나의 작업물이 얼마나 이전의 책과 작품에 많이 빚지고 있는지를 거듭 생각했다. 지금까지 읽은 거의 모든 책이 나를 키웠지만, 무엇보다 내게 새롭고 놀라운 풍경을 열어준 과거의 SF 작가들과 동시대 같은 장에서 함께 고민하며 글을 쓰는 동료 작가들에게 존경의 마음을 전한다. 책이 언제나 협업의 결과물이라는 것 역시 새삼스럽게 다가왔다. 에세이가 나오기까지 끊임없이 응원과 격려를 보내주신 열림원 편집부와 특히 모든 과정을 세심히 살펴주신 최연서 편집자님에게 감사하다.

그리고 언제나처럼, 나를 앞으로 나아가게 하는 독자님들에게 큰 고마움을 전하고 싶다.

2022년 9월
김초엽

1장 ──── 세계를 확장하기

'결국은 인간 이야기'라는 말

김초엽, 『지구 끝의 온실』, 자이언트북스, 2021.

배명훈, 『안녕, 인공존재!』, 북하우스, 2010(초판).

리처드 버드, 『정원사를 위한 라틴어 수업』, 이선 옮김, 궁리, 2019.

밀린 셸드레이크, 『작은 것들이 만든 거대한 세계』, 김은영 옮김, 아날로그, 2021.

스테파노 만쿠소·알레산드라 비올라, 『매혹하는 식물의 뇌』, 양병찬 옮김, 행성B, 2016.

앨런 와이즈먼, 『인간 없는 세상』, 이한중 옮김, 알에이치코리아, 2020.

엘리자베스 문, 『잔류 인구』, 강선재 옮김, 푸른숲, 2021.

칼 세이건, 『창백한 푸른 점』, 현정준 옮김, 사이언스북스, 2001.

할 클레멘트, 『중력의 임무』, 안정희 옮김, 아작, 2021.

DK『식물』편집 위원회,『식물』, 박원순 옮김, 사이언스북스, 2020.

마구 집어넣다보면 언젠가는

김초엽,『우리가 빛의 속도로 갈 수 없다면』, 허블, 2019.

김초엽,『방금 떠나온 세계』, 한거레출판, 2021.

김초엽,『므레모사』, 현대문학, 2021.

드니즈 키어넌,『아토믹 걸스』, 고정아 옮김, 알마, 2019.

레비 R. 브라이언트,『존재의 지도』, 김효진 옮김, 갈무리, 2020.

로렌 그레이엄,『리센코의 망령』, 이종식 옮김, 동아시아, 2021.

메릴린 스트래선,『부분적인 연결들』, 차은정 옮김, 오월의봄, 2019.

소어 핸슨,『벌의 사생활』, 하윤숙 옮김, 에이도스, 2021.

수시마 수브라마니안,『한없이 가까운 세계와의 포옹』, 조은영 옮김, 동아시아, 2022.

스테이시 엘러이모,『말, 살, 흙』, 윤준·김종갑 옮김, 그린비, 2018.

아즈마 히로키,『관광객의 철학』, 안천 옮김, 리시올, 2020.

아즈마 히로키,『체르노빌 다크 투어리즘 가이드』, 양지연 옮김, 마티, 2015.

앤드루 산텔라,『미루기의 천재들』, 김하현 옮김, 어크로스, 2019.

에두아르도 콘,『숲은 생각한다』, 차은정 옮김, 사월의책, 2018.

에릭 캔델,『어쩐지 미술에서 뇌과학이 보인다』, 이한음 옮김, 프시케의숲, 2019.

월터 아이작슨,『코드 브레이커』, 조은영 옮김, 웅진지식하우스, 2022.

제인 베넷,『생동하는 물질』, 문성재 옮김, 현실문화, 2020.

카라 플라토니,『감각의 미래』, 박지선 옮김, 흐름출판, 2017.

케이트 브라운,『체르노빌 생존 지침서』, 우동현 옮김, 푸른역사, 2020.

해리 콜린스,『중력의 키스』, 전대호 옮김, 글항아리사이언스, 2020.

288

얼렁뚱땅 논픽션 쓰기

김원영, 『실격당한 자들을 위한 변론』, 사계절, 2018.

김원영·김초엽, 『사이보그가 되다』, 사계절, 2021.

가즈오 이시구로, 『클라라와 태양』, 홍한별 옮김, 민음사, 2021.

레이첼 카슨, 『침묵의 봄』, 김은령 옮김, 에코리브르, 2011.

레이첼 카슨, 『우리를 둘러싼 바다』, 김홍옥 옮김, 에코리브르, 2018.

리처드 도킨스, 『눈먼 시계공』, 이용철 옮김, 사이언스북스, 2004.

마크 오코널, 『트랜스휴머니즘』, 노승영 옮김, 문학동네, 2018.

미치오 카쿠, 『평행우주』, 박병철 옮김, 김영사, 2006.

브라이언 그린, 『엘러건트 유니버스』, 박병철 옮김, 승산, 2002.

빌 브라이슨, 『거의 모든 것의 역사』, 이덕환 옮김, 까치, 2020.

수전 웬델, 『거부당한 몸』, 강진영 외 2명 옮김, 그린비, 2013.

일라이 클레어, 『망명과 자긍심』, 전혜은·제이 옮김, 현실문화, 2020.

칼 세이건, 『코스모스』, 홍승수 옮김, 사이언스북스, 2004.

칼 세이건, 『창백한 푸른 점』, 현정준 옮김, 사이언스북스, 2001.

Kathryn Allan, 『Disability in Science Fiction』, Palgrave Macmillan, 2013.

Kathryn Allan·Djibril al-Ayad, 『Accessing the Future』, Futurefire.Net Publishing, 2015.

Aimi Hamraie·Kelly Fritsch, 「Crip Technoscience Manifesto」, 『Catalyst』, Vol.5 No_1, 2019.

2장 ─── 읽기로부터 이어지는 쓰기의 여정

작법서, 작가의 토템

듀나, 『장르 세계를 떠도는 듀나의 탐사기』, 우리학교, 2019.

배명훈, 『SF 작가입니다』, 문학과지성사, 2020.

이경희, 『SF, 이 좋은 걸 이제 알았다니』, 구픽, 2020.

전민희, 『룬의 아이들 1~7』, 제우미디어, 2002(초판).

나탈리 골드버그, 『뼛속까지 내려가서 써라』, 권진욱 옮김, 한문화, 2000(초판).

낸시 크레스, 『소설쓰기의 모든 것 3 : 인물, 감정, 시점』, 박미낭 옮김, 다른, 2018.

낸시 크레스, 『Now Write 장르 글쓰기 1 : SF 판타지 공포』, 지여울 옮김, 다른, 2015(초판).

낸시 크레스, 『허공에서 춤추다』, 정소연 옮김, 폴라북스, 2015.

데이먼 나이트, 『단편소설 쓰기의 모든 것』, 정아영 옮김, 다른, 2017.

로널드 B. 토비아스, 『인간의 마음을 사로잡는 스무 가지 플롯』, 김석만 옮김, 풀빛, 1997(초판).

로버트 맥키, 『Dialogue : 시나리오 어떻게 쓸 것인가 2』, 고영범·이승민 옮김, 민음인, 2018.

마거릿 애트우드, 『나는 왜 SF를 쓰는가』, 양미래 옮김, 민음사, 2021.

스티븐 킹, 『유혹하는 글쓰기』, 김진준 옮김, 김영사, 2002(초판).

아이작 아시모프, 『아시모프의 과학소설 창작백과』, 김선형 옮김, 오멜라스, 2008.

안젤라 애커만·베카 푸글리시, 『캐릭터 만들기의 모든 것 1~2』, 안희정 옮김, 이룸북, 2018.

안젤라 애커만·베카 푸글리시, 『인간의 130가지 감정 표현법』, 서준환 옮김, 인피니티북스, 2019.

안젤라 애커만·베카 푸글리시, 『트라우마 사전』, 임상훈 옮김, 윌북, 2020.

안젤라 애커만·베카 푸글리시, 『디테일 사전 : 도시 편, 시골 편』, 최세희

외 2명 옮김, 윌북, 2021.

안젤라 애커만·베카 푸글리시, 『캐릭터 직업 사전』, 최세민 외 6명 옮김, 윌북, 2021.

어슐러 K. 르 귄, 『밤의 언어』, 조호근 옮김, 서커스, 2019.

어슐러 K. 르 귄, 『세상 끝에서 춤추다』, 이수현 옮김, 황금가지, 2021.

오슨 스콧 카드, 『당신도 해리 포터를 쓸 수 있다』, 송경아 옮김, 북하우스, 2007.

제임스 스콧 벨, 『소설쓰기의 모든 것 1 : 플롯과 구조』, 김진아 옮김, 다른, 2018.

제임스 스콧 벨, 『소설쓰기의 모든 것 5 : 고쳐쓰기』, 김율희 옮김, 다른, 2018.

불순한 독서 생활

김보영 외 6명, 『백만 광년의 고독』, 오멜라스, 2009.

김보영, 『다섯 번째 감각』, 아작, 2022.

듀나, 『태평양 횡단 특급』, 문학과지성사, 2002.

배명훈, 『타워』, 오멜라스, 2009(초판).

배명훈, 『예술과 중력가속도』, 북하우스, 2016.

이유리, 『브로콜리 펀치』, 문학과지성사, 2021.

정소연, 『옆집의 영희 씨』, 창비, 2015.

한정현, 『소녀 연예인 이보나』, 민음사, 2020.

한정현, 「우리의 소원은 과학 소년」, 『2021 제12회 젊은작가상 수상작품집』, 문학동네, 2021.

대니얼 키스, 『앨저넌에게 꽃을』, 구자언 옮김, 황금부엉이, 2017(초판).

마샤 웰스, 『머더봇 다이어리(전4권)』, 고호관 옮김, 알마, 2019~2021.

엘리자베스 문, 『어둠의 속도』, 정소연 옮김, 푸른숲, 2021.

옥타비아 버틀러, 『킨』, 이수연 옮김, 비채, 2016.

은네디 오코라포르, 『빈티(전3권)』, 이지연 옮김, 알마, 2019~2021.

제임스 팁트리 주니어, 『마지막으로 할 만한 멋진 일』, 이수현 외 2명 옮김, 아작, 2016.

조너선 스트라한(엮은이), 『에스에프널 SFnal 2021 Vol.1』, 김상훈 외 3명 옮김, 허블, 2021.

조너선 스트라한(엮은이), 『에스에프널 SFnal 2022 Vol.1』, 장성주 외 2명 옮김, 허블, 2022.

한나 렌, 『매끄러운 세계와 그 적들』, 이영미 옮김, 엘리, 2020.

N. K. 제미신, 『다섯 번째 계절』, 박슬라 옮김, 황금가지, 2019.

서평, 비평, 그리고 리뷰

김보영 외 2명, 『SF 거장과 걸작의 연대기』, 돌베개, 2019.

박동수, 『철학책 독서 모임』, 민음사, 2022.

도나 해러웨이, 『해러웨이 선언문』, 황희선 옮김, 책세상, 2019.

로지 브라이도티, 『변신』, 김은주 옮김, 꿈꾼문고, 2020.

리 앨런 듀가킨·류드밀라 트루트, 『은여우 길들이기』, 서민아 옮김, 필로소픽, 2018.

마고 드멜로, 『동물은 인간에게 무엇인가』, 천명선·조중헌 옮김, 공존, 2018.

셰릴 빈트, 『에스에프 에스프리』, 전행선 옮김, arte, 2019.

앙드레 버나드·빌 헨더슨, 『악평』, 최재봉 옮김, 열린책들, 2011.

옥타비아 버틀러, 『블러드차일드』, 이수현 옮김, 비채, 2016.

조애나 러스, 『SF는 어떻게 여자들의 놀이터가 되었나』, 나현영 옮김, 포도밭, 2020.

조애나 러스, 『여자들이 글 못 쓰게 만드는 방법』, 박이은실 옮김, 낮은

산, 2021.

피에르 바야르, 『읽지 않은 책에 대해 말하는 법』, 김병욱 옮김, 여름언덕, 2008.

피에르 바야르, 『망친 책, 어떻게 개선할 것인가』, 김병욱 옮김, 여름언덕, 2013.

3장 —— 책이 있는 일상

책과 우연들

김초엽, 『행성어 서점』, 마음산책, 2021.

이슬아, 『부지런한 사랑』, 문학동네, 2020.

장우혜, 『잘란잘란 말레이시아』, 야호, 2018.

가즈오 이시구로, 『나를 보내지 마』, 김남주 옮김, 민음사, 2021.

찰리 제인 앤더스, 「아메리카 끝에 있는 서점」, 『에스에프널 SFnal 2021 Vol.1』, 김상훈 외 3명 옮김, 허블, 2021.

F. 스콧 피츠제럴드, 『리츠 호텔만 한 다이아몬드』, 김욱동, 한은경 옮김, 민음사, 2016.

차가운 우주의 유토피아

테드 창, 『숨』, 김상훈 옮김, 엘리, 2019.

톰 고드윈, 「차가운 방정식」, 『SF 명예의 전당 1 : 전설의 밤』, 오멜라스, 2010.

완벽한 작업실을 찾아서

질 크레멘츠, 『작가의 책상』, 박현찬 옮김, 위즈덤하우스, 2018.

우리가 가진 최선의 도구

마리아 포포바, 『진리의 발견』, 지여울 옮김, 다른, 2020.

사피야 우모자 노블, 『구글은 어떻게 여성을 차별하는가』, 노윤기 옮김, 한즈미디어, 2019.

앨런 차머스, 『과학이란 무엇인가?』, 신중섭·이상원 옮김, 서광사, 2003.

칼 세이건, 『악령이 출몰하는 세상』, 이상헌 옮김, 김영사, 2001(초판).

해리 콜린스·로버트 에번스, 『과학이 만드는 민주주의』, 고현석 옮김, 이음, 2018.

책과 우연들

초판 1쇄 인쇄 2022년 9월 16일
초판 1쇄 발행 2022년 9월 26일

지은이 김초엽
펴낸이 정중모
펴낸곳 도서출판 열림원
출판등록 1980년 5월 19일(제406-2000-000204호)
주소 경기도 파주시 회동길 152
전화 031-955-0700
팩스 031-955-0661　　　　　　　　페이스북 /yolimwon
홈페이지 www.yolimwon.com　　　　트위터 @yolimwon
이메일 editor@yolimwon.com　　　　인스타그램 @yolimwon

주간 김현정　　　　　　　　　　마케팅 홍보 김선규 최가인
편집 조혜영 황우정 최연서　　　　온라인사업 서명희
디자인 강희철　　　　　　　　　　제작 관리 윤준수 이원희 고은정 원보람

ⓒ 김초엽, 2022

ISBN 979-11-7040-142-1 03810